現代の短篇小説
ベストコレクション2023
雨の中で踊れ
日本文藝家協会・編
佐藤愛子
佐原ひかり
森 絵都
須藤古都離
JN030219
君嶋彼方
一條次郎
文春文庫

目次

雨の中で踊れ

現代の短篇小説 ベストコレクション2023

本書は2022年に文芸誌等で発表された短篇の中から、日本文藝家協会の編纂委員がセレクトした、文春文庫オリジナルです。

イラスト　上楽藍
DTP制作　エヴリ・シンク

悧口（りこう）なイブ

佐藤愛子

あるとき、ある国のある町に、ひとりの年とった男が住んでいた。彼には妻もなく子もなく、身寄りも友人もなかった。もう長い間、彼はひとりぼっちだった。ひとりで町外れのくぬぎ林の中に住んでいて、日曜日になると町の高台にある公園のベンチに所在なげな姿を現すほかは、毎朝、規則正しく勤め先へ出かけて行き、一定の時間に同じ道を帰って来るという生活を、もう何十年もの間くり返しているのであった。

彼はおそらく、ひとりぼっちが好きなのであろう——町の人々はそういっていた。彼だってかつては人々と同じように愛を求めたこともあれば、家庭を築こうとしたこともあった。町の人々の幾人（いくにん）かはそんな時代の彼を記憶に残していた。彼の青年時代、はじめて愛した女の裏切り、それから最初の結婚の失敗、二度目の妻の突然の死、三度目の妻の不品行——人々は彼のたよりなげに痩（や）せた後姿に、女運に恵まれない人の今は諦めきった静かな孤独を見た。

そして四人の女のために、次々に苦痛を味わって来た彼には、今の孤独はむしろ、風のない入江に浮かんでいる小舟のような、穏やかな平和に満ちたものであろうと推量し合ったりしたものである。

ところで、彼がこの数十年、一日の休みもなくその几帳面な足どりで出かけて行く勤め先は、この国の政治科学研究所というところであった。彼はその中にある一つの広大な部屋で、終日、電子計算機と向き合って、この国の運営に必要なあらゆる課目にわたる問題を、電子計算機から聞き出す仕事にたずさわっていたのである。

といっても、この平和で豊かな国にあっては、その仕事はとりたてて多忙を極めるというわけでもなかったので、彼は暇にまかせて電子計算機ととりとめもない対話をかわすことが多かった。例えば、水飢饉に悩むという日本に於ては、今年の夏は、一体どれほどの雨が降るだろうか、とか。

また某々国のプリンスにはどの花嫁候補によって、どんな子孫が生れて行くか、とか、あるいはまた世界の水着の流行はヘソ出しスタイルからオッパイ出しスタイルに移行したが、次にはいかなる部分の露出がいかなる必然性によって現れるか、とか、人間はいつ、トビ魚と競争して勝てるようになるか、あるいはまた世界の美女のベストテンを問うたり醜男のベストファイブを問うたりしては、ひとりクスクスと笑ったり、しかつめらしく肯いたり、また電子計算機の答に対して反論を述べたりしたのである。

「職場でもひとり、家でもひとり、それでよく淋しくありませんね」

たまにそんなことをいう人がいると、彼はいつもその痩せた穏やかな顔に微笑を浮かべてこう答えるのであった。

「孤独な人間は案外、その孤独の中で楽しみをみつけているものなのですよ」

しかし人々はよく、彼には結婚をすすめた。豊かで平和なこの国にあっては、不幸や孤独な人間が一人でもいることは、国家並びに政治家並びに国民一人一人の怠慢になるのであった。

彼はもう六十歳に近く、この国に於いては六十歳という年は必ずしも老年を意味していなかったにせよ、とにかく六十になれば職を引いて安らかな生活に入らねばならぬのであった。六十歳以上の人間はすべて均一な幸福に浸る義務があるのである。

「孤独は悪徳だよ、君。愛こそはこの世における至上の幸福だ。さあ、君の人生の最後の仕上げを急ぎたまえ」

彼の上司はよく彼に向ってそういった。上司は彼に自分の妹を世話しようとしていた。その妹というのは、結婚に失敗してその上司の家に厄介になっている、腰まわりのひと抱えもありそうな中年の女なのだった。

「彼女は善良で働き者だよ」

上司は彼を見さえすればいうのだった。

「唯一つの欠点は、いささか大食であることぐらいのものだ」

そんなとき彼は仕事場にもどり、電子計算機の前に立ってこんな呟きを洩らした。

「あぁイブ！　お前のように聡明で単純で素直な女がこの世にいればなァ……」

彼は電子計算機に「悧口なイブ」という名をつけていたのである。彼はイブを相手に人間の心の定めがたさについて語った。少年時代の初恋の話から、彼を裏切った恋人のエゴイズムについて語った。最初の妻の独占欲のすさまじさについて、二度目の妻の冷やかな貞淑について、そして、三度目の妻の情熱的な性格とその品行について。彼はその広大な部屋いっぱいにひろがって、点滅をつづける機械に向って訴えた。

「イブよ、お前ほどの知識と判断力を持ちながら、お前のように沈黙している女はいないものだろうか――」

だがそれは、無理な注文というものだった。およそこの国では、知識のある女は出しゃばりで、でしゃばらない女は無能と相場がきまっていた。たとえ、聡明な女がいたとしても、そういう女は俺のような男を相手にしてくれまいし、俺を好いてくれるような女は、ふしぎと俺の方で我慢が出来ないようなところが出てくる――彼はそう思い、ため息をついた。

全くイブは明哲で従順で悧口だった。

さからうこともなく、欺くこともなく、媚びることもなく、彼についての勝手な判断を下すようなこともなかった。悧口なイブは彼が問うことに対してしか答えないし、その答には常に彼への敬意がこもっていた。彼についてのイブの記憶の堆積は、長い間にわたって彼自身が植えつけたものであったから、丁度、彼が自分自身を愛するのと同じ愛を、イブは彼に対して持っていたのである。

だがしかし、そんな彼にも、ときどき心中ひそかに泡粒のようなこんな呟きが立ちのぼることがあった。

「あぁイブ！　お前がせめて、一度でいいから、俺に反抗してみてくれたらなあ……」

しかしそれは男の我儘(わがまま)であることを彼はよく知っていた。人間は常にないものねだりをするものなのだ。そしてその結果、折角(せっかく)得た平和を逃がしてしまうことになる。

彼は彼の過去を通過して行った四人の女性から得た教訓を決して忘れなかった。四人は四人ともそれぞれに違うタイプに属し、そうしてそれぞれのタイプの持つ欠陥でそれぞれに彼を悩ませたのだ。

イブの素直さ、聡明さに、何かもの足りなさを感じさせられるとき、彼はわざと陽気にイブとトランプの勝負をたたかわせた。日本の花札でコイコイをやることもあったし、将棋を指すこともあった。そうした賭けごとでは彼は必ず負けるのであったが、そんなとき彼はあたかも愛する女と賭けごとをしている男のように陽気に笑いこけてみせるのであった。彼がイブに負けるのは当り前であり、それは少しも口惜しくなかったが、その口惜しくないという心情が改めて意識されるとき、急につきものが落ちたような白々しいわびしさが彼を吹きぬけるのであった。

夏の終りのある夕ぐれ、彼は公園のベンチに坐(すわ)ってぼんやりともの思いにふけっていた。空いっぱいにひろがった夕焼の色は、今、もの悲しい赤さで町全体を染めており、町の高台にあるこの公園からは、もう間もなく彼が通うこともなくなる政治科学研究所の白亜の建物が美しい薄くれないに輝いているのが見えた。

彼が退職しなければならない日は迫っていた。やがて彼は、イブと永久の別れをせねばならぬであろう。イブの考えてくれた献立で、夕食をすることもなく、イブのデザインの部屋着を着ることもなくなるのだ。

そのとき、その夕焼を浴びて、スーツケースを下げた一人の若い女が、公園の入口を入って来た。一目で、彼女がこの町の人間でないことは明らかだった。彼女は彼のいるベンチの方へ小径を上って来たが、ふと立ち止って町の方を見下ろすと、こういった。

「政治科学研究所って、あの建物ですの？」

彼はそうですと答え、その女の賢こそうな大きな瞳を見上げながらいった。

「あすこに用があって、この町へ来られたのですか？」

「停年でやめる人の代りに来ましたの」

彼女はいった。

「三週間したら、勤めはじめることになります」

「三週間！」

彼は叫んだ。

「じゃ、わたしの代りの方ですね」

思わず彼は調べるように女を見つめ、そしていった。

「あなたとイブが気が合えばいいが……」

「イブ？」

「ええ、イブです。悧口なイブ——わたしの愛するコンピューターの名前です」

女は一瞬、その大きな瞳を丸くし、それから笑い出した。白い歯が夕焼の中で光った。

彼を見つめて笑っている大きな目や、汗に濡れた広い額が同じように光った。と、その瞬間、もう何年も波立ったことのなかった入江のような彼の心の中に、突然小さな破裂が起ったのだった。

「まあ面白いこと、コンピューターに名前をつけていらっしゃるの？」

笑いこけている女を呆然と見ながら、彼は実に長い年月、女の笑顔というものを見たことがなかったのに気がついた。遠い過去の中から、かすかに蘇ってくる甘酸っぱいようなわくわくするような、切ないなつかしい感情が、呆然と口を開けて女を見つめている彼の中をひたひたとうるおして行ったのである。

町の人々は、彼に五回目の恋が訪れたことを知った。彼の穏やかな顔は残照を受けたようにあかあかと輝やき、あの几帳面な足どりは、踊るような早足に変った。彼は女のためにアパートを世話し、安くうまいパン屋やコーヒー店や、肉屋を紹介した。殆（ほと）んど毎日のように女を訪れ、何か不満なことはないか、淋しくはないか、ほしいものはないか、とたずねた。二人は急速に親しくなった。親しくなるにつれ、彼女は無邪気な我儘を発揮するようになったが、そんな彼女は、彼にはどんなにか新鮮で魅力に満ちたものに思われたのである。

「あなたのすすめたクリーニング屋、あれいったい何なの？　スーツもワンピースも台なしにしちゃった。どうしてくれるのよ」

「まずくて高い肉、あなたはあんなものをうまいと思って食べてたの？」

「あぁ、うるさいわねえ。ひとりで静かにしていたいときは、そっとしておいてちょうだいよ。あなたって本当にうるさいのねえ」

しかし彼は、女との意見の衝突や口争いが楽しかった。憎しみや苦痛や当惑は、何と長い間、彼の生活から遠去っていたことだろう。女が彼の親切をうるさがったり、彼をないがしろにしたりするたびに、彼はいっそう彼女に惹かれて行ったのである。

やがて二人は、結婚することになった。彼の上司は彼女の我儘や勝気さを挙げて、彼の気持をひるがえさせようとしたが駄目だった。彼は憤然としてイブの前に立ち、こういった。

「イブ、あの人はあのひと抱えもある大食の妹をわたしの妻にしたいためにあんなことをいうんだ。あの人には彼女のよさがわかっていないんだ。ぼくはこの結婚によって、はじめて最上のベターハーフを得ることが出来る筈なのに。ね？　イブ、そうだろう？お前もそう思うだろう？」

彼は急いで彼女についてのデータを、イブに告げた。

「さあ、イブ、答えておくれ。ぼくらの結婚は、これ以上のものはないほどうまく行くってことを……」

しかしイブは、その明るい空色の胴体のそこかしこのランプを点滅させはしたが、いつまでたっても返答を出さないのである。

「イブ、どうしたんだね。さあ、答えておくれ」

彼はいったが、イブは黙っていた。彼はかっとして拳をふり上げた。

「どうしたんだ、イブ。なぜ答えないんだ！」

だが、それでも尚、沈黙をつづけているイブに向って彼はこう叫んだ。

「いいよ、イブ。わかったよ！　どうせ、もうお別れだ。僕たちはもうおしまいだ。俺のことなんか忘れるがいい。俺もお前のことなんか忘れてやる！」

それっきり彼は、もう二度とイブの前には現れなかった。彼に代って彼の新妻が仕事に就いたが、イブは沈黙したまま執拗に何の回答も出さなかった。国じゅうの技師が呼び集められてイブを点検したが、イブのどこからも故障を発見することが出来なかった。

そうしてこの事態を心配した彼が、新妻とつれ立ってイブの前に現れ、あれこれイブの故障を探ったが、イブはそれまでつづけていたランプの点滅さえもぴたりとやめて、あたかも嫉妬に身をやいた女が、石のような沈黙に閉じこもるかのように、停止してしまったのであった。

彼と彼の妻は、とびきり上等の幸福というわけには行かないにしても、まあまあ普通の夫婦並の倖せとでもいうべき結婚生活を全うした。その結婚生活は、前の三回の結婚と大して違いのない喜びや悲しみや怒りや失望に満ちたものであったにせよ、彼はこの世のすべての夫たちと同様にそれを幸福だと思うことが出来たのである。

そうしてイブは、彼の妻が出産のために職を退いた時以来、再びその怜悧で明哲な活動を開始したということである。

雨の中で踊る

森絵都

「行くとこないなら、フットマッサージでも行ってきたら」

　妻が突然そんなことを言い出したのは、世にも悲惨なリフレッシュ休暇の最終日、夫婦差し向かいで会話のないランチを終えたあとだった。

「フットマッサージ？」

「行ったことないでしょ。気持ちいいよ。すっきりするし、体にもいいしね」

「ふうん」

「ずっと家にいて、体がなまってるんじゃない。明日からまた仕事なんだし、ちょっと行ってシャンとしてきたほうがいいよ、シャンと。足裏のツボを刺激すると血流がよくなるし、内臓も元気になるしね。顔も引きしまるかもよ、むくみが取れるから」

　ツボ押しの効能を並べあげる声を聞きながら、私は去年、妻からふいに「優佳が結婚したって」と、都内で一人暮らしをしていた娘の結婚を過去形で報告されたときのことを思い出していた。妻は平気な顔で突拍子もないことをするきらいがある。こういう人だ、と思うしかない。

「君の話を聞いてると、なんだか足裏のツボで痔だって治りそうだな」

「あ、治るかもね」

　妻には皮肉も通用しない。

「一度行って、相談してみれば。私、予約してあげるから、駅前の『MOMUMOMU』。二時からでいいよね。ちょうど私、二時からオンライン会議だし」

要するに、妻はオンライン会議中、目障りな夫を家から追いだしたいのである。

「南口を出てすぐのとこだよな」

この時点で私はすでに抵抗をあきらめ、行ってみるかという気になっていた。私にしても、リビングの続き間で妻が会議に参加している間中、極限までテレビの音をしぼったり、トイレへ行くのを遠慮したり寝室にこもってスマホをいじったりしているくらいなら、外で誰かに足を揉んでもらっているほうがいい。

どうせならば早めに出て駅前のイオンでもぶらつこうと、手早くランチの皿を片付け、ボトムスのスウェットをデニムに穿き替えた。上は半袖の白いTシャツのまま玄関へ向かう。

と、背後から妻の声が追ってきた。

「その格好で行くの？」

その格好が含んだ非難のニュアンスに立ち止まった。

「おしゃれが必要なのか」

「違う、違う。フットマッサージを受けるときって、膝上十センチくらいまでパンツの裾をめくりあげなきゃいけないの。そのジーンズじゃ無理でしょ」

「そうだな。けど、スラックスだって無理だろ」

「短パンとかないの？」

「ないよ」

「まさか。どっかにあるよ」

一度言いだしたら引かない妻は、短パンを持っていない人間などこの世に存在しない、という信念のもとに寝室へ急ぎ、タンスの引きだしをガサゴソとあさること数分、やがて「あった」とダークグレーのぺらっとしたパンツを引っぱりだした。

「ほら、やっぱりあったじゃん」

その勝ち誇ったドヤ顔に、私は残念な真実を告げた。

「それは海パンだよ」

「え」

「ずいぶん前に買った海パン。もう何年も穿いてない」

「ほんと？　でも短パンに見えるよ」

「ま、見た目はな。丈も長めだし」

「短パンだと思えば短パンだよ。これ穿いていきなよ」

「は？　海パンでマッサージ受けるのか」

「だって、これしかないんでしょ」

「それはそうだけど、海パンだぞ」

「誰もわかんないって。自意識過剰なだけだよ。とりあえず、ちょっと穿いてみれば」

合点がいかないながらも私がすごすご海パンに足を通したのは、「自意識過剰」の一語に少しばかり動揺したためだ。

穿いてみると、たしかにそれは短パン風だった。鏡に全身を映しても、街にいる人間の身なりとしてさしたる違和感はない。素材の質感も一般的な春夏用パンツに近く、丈もひざの下まである。

「ほら、なんの問題もないじゃん。どこからどう見ても短パンだよ」

「そうかなあ」

「上出来、上出来。どうせすぐそこまで行ってフットマッサージして帰ってくるだけでしょ」

言われてみれば、実際、駅前まではたかだか往復三十分の距離である。ひさびさの海パンは妙にすうすうして落ちつかないものの、脱いだデニムにまた穿き替えるのも面倒くさい。なにより、これ以上この問題で揉めていることに嫌気が差してきた私は、日々の常である「ま、いっか」の精神で海パンに甘んずることにした。

妻の魂胆を知ったのは家を出る直前だ。

「けど、短パンも海パンも持ってない客は、どうやってフットマッサージを受けるんだ?」

ふと疑問をおぼえた私に、妻は悪びれもせずしゃらりと言ってのけた。

「レンタルのショートパンツがあるけど、そこのは高くて二百円もするんだよ」

十五階建てマンションの七階からエレベーターで下り、広い通りに面した正面玄関をくぐると、九月のぬるい風がむきだしの脛をくすぐった。曇り空のわりに気温は高いが、真夏の熱気や湿気は去り、空気は程よく乾いている。

平日のせいか、コロナのせいか、路上の人気(ひとけ)はまばらだった。通りの向こうからやってくる人々も、誰も私の海パンをじろじろながめたりはしない。五十路を前にした中年男へのごく一般的な無関心に胸を撫でおろした。

思えば、そもそも短パンと海パンのあいだに明確な一線など存在しないのかもしれない。海パンは海で穿いてこそ海パンなのであって、街で穿けば、それはただの短パンだ。少なくとも傍目にはそう映る。

駅へ近づくほどに私の意識は下半身から解放されていった。代わって胸に寄せてきたのは、レンタルパンツの二百円をケチる妻への不満である。

この十日間、妻と表立った衝突はしていない。しかし、家にいる私を在宅ワーク中の妻が煙たがっているのは明々白々で、彼女はそれを「ため息」「だんまり」「眉間のしわ」「扉バタン」などで多彩に表現し続けた。私としてもそんな妻といるのは苦痛でしかなく、散歩に出たり、図書館へ行ったり、映画を観たり、スタバでコーヒーを飲んだり、可能なかぎりぶらぶらはしてみたつもりだ。それでも、緊急事態宣言下の街で市民にできるぶらつきには限界がある。誰も好きでこんな時期にリフレッシュ休暇を取ったわけではない。

妻への不満は融通のきかない会社への怒りへと波及した。入社二十五年目に十日間のリフレッシュ休暇。たしかにそれが我が社の規定ではある。とはいえ、全世界がコロナウイルスに振りまわされている今、せめてもう少し事態が落ちつくまで休暇の取得を持ちこさせてくれるくらいの温情があってもいいのではないか。「決まりは決まり。これ以上引きのばしたら他の社員に示しがつかない」と、半ば強引にリフレッシュを押しつけてきた役員は、社員の勤労を本気で労う気があるのだろうか。

胸にもやつく鬱屈が爆ぜたのは、車道を挟んだ歩道と新浦安駅をつなぐ歩道橋へ差しかかったときだった。

そこから見える山影に目をやった瞬間、カッカしていた頭の熱が引き、急に心が醒めきった。

何やってんだろう、俺。

素朴な疑念が寄せてくる。毎朝毎晩、あの山を横目に家と会社を往復し続けた挙げ句、楽しみにしていたリフレッシュ休暇の旅行はコロナにつぶされ、妻と二人の家ではだらだらするにも気を遣い、結局のところ少しもくつろげなかった十日間の最終日、何が嬉しくて俺は海パン姿でフットマッサージ店へ向かっているのだろうか。

何かが間違っている。猛烈な違和感に足が止まった。自分がひどくバカげたことをしているような。何もかもが不自然で道理に反しているような。

明日から私がいなくなることにほくほくしている妻の気まぐれに従って、唯々諾々と指定された店で足の裏を差しだす。そんなことに俺は今日という一日を使うべきじゃない。俺がすべきは——ふっと下半身へ目を落とし、私は自然な答えに行きついた。

そうだ。海へ行こう。

南口のマッサージ店から海へ。すみやかに目的地を変更した私は、通過するはずだった駅の改札をくぐり、京葉線のホームへ降り立った。数枚のカードと二万円弱の現金が入った財布、そしてスマホ。海パンのポケットにあるこの二つが私の全所有物だった。遠出には向かない軽装でめざしたのは幕張の海岸だ。新浦安にも海岸はあるけれど、この街全体を覆う空気と同様、いかにも小綺麗で整然としている。今の私には幕張のさびれた海が恋しい。かつて私が通った公立高校は幕張の浜から徒歩二十分ほどの距離にあり、よく友達と授業を抜けだして海辺をぶらついた。その郷愁に引っぱられた。

蘇我行きの電車は思いのほか混みあっていた。海浜幕張までは五駅。東京の仮面を被ったような新浦安のマンション群は、電車が走りだして間もなく窓の向こうを流れ去り、その先には昔ながらのぶっきらぼうな千葉が広がっていった。煤（すす）けたビルや不揃いな家並み、色褪せた看板などが通りすぎるたび、マスクに覆われた鼻の呼吸が少しずつ楽になっていく気がする。

やがてふたたび行儀のよさそうな高層ビル群が空を塞ぎ、海浜幕張駅で電車が止まると、同じ車両にいた半数近くがホームへ流れ出た。歩調の速いスーツ姿の波が向かったのは海側の国際会議場だ。コロナ禍に於いても商売絡みの催しは健在らしい。Ｔシャツに海パンの私は完全に浮いていたものの、ビジネスマンたちは金の匂いのしない人間になど目もくれず、まっすぐ前をめざしていく。彼らがゴールとする会議室やら展示場やらの先にさびれた海が広がっているなど想像だにしていないように。

いや、その海は本当にまださびれているのだろうか――。

約三十年前、私が高校生だったころとはまるで違う駅前をながめまわすにつけ、不安が忍びよってきた。かつてはなかった歩道。かつてはなかった商業ビル。かつてはなかったアウトレットパーク。ひさしぶりに訪れた海浜幕張は私の郷愁を裏切るにぎわいを見せている。

幕張新都心構想の下に一九七〇年代後半から開発が始まったこの一帯は、バブル崩壊のインパクトをてきめんに喰らい、初期に描かれた華々しい青写真からはほど遠い中途半端なオフィス街へ育ち、パッとしないまま廃れていくのだろうと高校のころは思っていた。が、目の前の盛況から推測するに、野心満々の「新都心」から「イベントとショッピングの街」へと舵を切り替えたことで、いつのまにかそれなりに息を吹き返していたようだ。

きらやかに変身した街並みに、もはやノスタルジアは望めない。となると、頼みの綱はやはり海である。これで海岸までが立派なビーチに生まれ変わっていたら、もはや思い出の浸りどころがないというものだ。

駅から五分ほどの陸橋でスーツ姿の波が右手へ折れると、一気にがらんとした道に残された私の足は次第に減速していった。海の現状を見たいような、見たくないような。

絶対にまださびれているとどこかで信じている半面、開発の波に押し流された姿が透けて見える気もする。

広い車道をまたぐ二つ目の陸橋に差しかかったところで、ついに私の足は止まった。海はもうすぐそこだ。風が潮の匂いを運んでくる。なのに心が決まらない。

「あの、すみません」

ふいに背後から声をかけられたのは、私が陸橋の欄干にもたれて長々と物思いにふけっていたときだった。

振りむくと、いかにも人のよさそうな丸顔の中年男がいた。

「海へ行かれるんですか」

いともにこやかに鋭いことを問われ、どきっとした。

なぜわかるのか。とっさに警戒したものの、男の視線の先には私の海パンがある。なるほど。海パンは海で穿いてこそ海パン、という論理が正しければ、海への距離を縮めた今、私の海パンはにわかに本領を発揮しはじめたのだ。

「海へ行こうか迷いながら、物思いにふけっていたところです」

私が正直に答えると、男はつぶらな目を瞬き、すまなそうに低頭した。

「それはどうも、お邪魔しちゃってすみません」

年は四十前後といったところだろうか。短めの髪をオールバックにし、墨で描いたような眉毛を八の字に垂らした男には、初対面にして心のネジをゆるめずにいられない独特の可愛げがある。

「いえいえ、たいした物思いではありませんから。それより、何か？」

「いえ、あの、その……」

ためらいがちに男は言った。

「じつは、僕も海へ行くところなんです。でも、なかなか海が見えてこないから不安になってきて……。本当に海、あるんですか、この先に」

頼りなげに前方を見やる男の目を追うと、たしかに、海岸の手前に生い茂る雑木林にさえぎられて、そこにあるべき海は見えない。

「大丈夫。海はありますよ」

地球は丸い、というくらいの確信をこめて私は言った。

「あの雑木林の向こうです。このまま行けば五分としないで海です」

「ああ、そうですか。よかった。ありがとうございます」

男は顔全体に安堵の色を広げ、よかった、よかったとくりかえした。それでいて、なかなか海へ歩きだそうとはしない。いつまでもにこにこと目を細めて私のそばにいる。

妙な沈黙のあと、「あの」と男がふたたび口を開いた。

「海へ行くか、まだ迷われてるんですか？」

「え。ああ……はい」

予期せぬ追及に戸惑いながらも私がすんなり応じたのは、誰ともろくに口をきいていなかったこの十日間、それ相応の人恋しさを募らせていたせいでもあったかもしれない。

「海へ行こうか迷ってるうちに、ちょっと別のことを考えだしちゃって。それで物思いにふけっていたんです」

「別のこと？」

「あのホテル」

と、私は腕を差しのべ、欄干の先にそびえるホテルを指さした。

「あれ、今はアパホテルですけど、一昔前はプリンスホテルだったんですよ。でね、ここからは見えないけど、あっちの方にあるイオンとZOZOパーク、あのあたり一帯は、昔は高校だったんです。幕張西高校。私の母校です。隣り合わせに幕張東高校と幕張北高校もありました」

「へえ。三つも高校があったんですか」

「はい。千葉県がね、学園のまち構想なんてのを立ちあげて、鳴り物入りで造った三校です。ただし、私が卒業して何年かあとに廃校になったんで、今じゃ見る影もありませんけどね」

「廃校に？」

「正確には、三校を統合した幕張総合高校ってのになって移転したんですけど、それはもう、我々の母校じゃありませんよ。似て非なる高校です」

「ああ、そうですよね。そうでしょうね」

深々とうなずく男の声は、親身に寄りそおうとする意欲にあふれていた。

「お察しします。母校がなくなるっていうのは、実際、さびしいものでしょうね」

「それがね」

と、一瞬言いよどんでから、私は率直に打ち明けた。

「私もそう思って、廃校になってからはこのへんに足を向けてなかったんですが、しかし、いざこうして昔の面影なんか一つもない景色をながめてると、かえってさっぱりするっていうか、あきらめがつきますね」

「え」

「なくなっちゃったもんはしょうがないな、って。いろんなものが失われていく。さくっと造られては壊されていく。私の母校だけじゃありません。どうせ高校、もう通わないですし、あってもしょうがないっちゃしょうがないんですしね」

相槌に困っている男に、私は「それより」とふたたびホテルを指さした。

「考えてたのは、あのホテルのことです。アパホテル。なかなか人気があるみたいですね」

「え……あ、はい。いろんな風呂があるんですよね。露天風呂とか、檜風呂とか」

「私、アパホテルって泊まったことないんですよね」

「あ、そうなんですか」

「自分がアパホテルに泊まってる姿を想像したこともありません」

このおっさんはいったい何を言いだしたのか。そう訝られているのを承知で私は続けた。

「でも、さっき初めて想像したんです。今夜、あそこに泊まってる自分を」

「今夜、ですか」

「はい」

「わりと急ですね」

「じつは今日、私のリフレッシュ休暇の最終日なんです」

「えっ」

「入社二十五年目にしてもらった十日間の自由時間です。もうね、二年前から旅行の計画を立てて、指折り数えて待ってました。それが、コロナでパーです。海を越えるどころか県をまたぐのもはばかられる昨今ですから」

「それは、なんとも言葉にならないくらいお気の毒な話で……」

顔全体に憐憫を張りめぐらせる男に、私は「いえいえ」とあわてて首を揺らした。

「初対面の方に変な愚痴を吐いて、すみません。そんなに深刻な話じゃないんです。私なんて全然いいほうです。世の中にはコロナでもっと苦しんでいる人たちが大勢いますからね。ただね、無為に過ぎたリフレッシュ休暇の最終日に、一日だけ、あのホテルに泊まるくらいの浮かれた時間を自分に与えてやってもいいんじゃないかって、つかの間、そんな夢を見ちゃったんです」

夢。自分で言って、自分で笑った。

しかし、男は笑わなかった。

「夢じゃないですよ。全然、夢じゃないです。ぜひご自分にご褒美をさしあげてください」

「いや、でも、妻がなんて言うかなあ」

「奥さんも呼べばいいじゃないですか」

「や、それはありません。第一、私は今ごろ足を揉まれてるもんだと妻は思ってるんですよ」

行きがかり上、妻に海パンを穿かされて家を出た経緯をざっと語ると、男はいよいよ勢いづいた。

「そういうことなら、ますます泊まるべきですよ。フットマッサージへ行くつもりで海に来たのなら、その先にアパホテルがあってもいいはずです」

「そうかなあ」

「アパホテル、たしかプールもあるはずです。海パンが求めてるんですよ」

「そこまで海パンに委ねるのも……」

「リフレッシュ休暇の最終日ですよ。最後くらい自由に羽を伸ばしてください。明日からまた仕事なんでしょう」

「そこなんですよね。現実的に考えると、明日の朝、始発でいったん家に帰って、着替えて、それからまた会社に行くっていうのも……」

押せば引くの法則通り、男が前のめりになるほどに、私の夢は現実の垢をまとっていく。

「では、こういうのはどうでしょう」

不毛なやりとりのあと、男が話の矛先を変えた。

「まずは海へ行く。で、海を見ながらじっくり今夜のことを考えればいいんじゃないですか」

「なるほど。海を見ながら考える。いいかもしれませんね」

「よかったらご一緒させてください。改めまして、私、オカと申します。よろしくお願いします」

「こちらこそよろしく。私は永井です」

かくして私には一緒に海へ向かう道連れができたのだが、それはすなわち、私がオカの道連れになったことも意味していた。

「おかしいな。どっかに道があるはずなんだけど」

「海、ほんとにあるんですか」

「それは保証します。海だけは誰にも壊せませんから」

陸橋から海まではわずか数分であるはずが、肝心の通り道が見つからず、私たちはうろうろと辺りをさまよい歩くはめになった。なにぶんにも三十年前とはすべてが一変している。千葉マリンスタジアムがZOZOマリンスタジアムへ名を変えたのと同様に、かつての荒れ地は手入れの行き届いた公園と化し、目につくのはサッカーコートやテニスコートなどのスポーツ施設ばかりで、海への入口を匂わせるものがない。

人工芝に渡されたコンクリートの小径をうろついているうちに、長袖シャツにチノパン姿のオカは汗ばんできたらしく、しきりに額をぬぐいはじめた。雲の切れ間からのぞく日射しを除けるように手をかざし、その甲で広い額をこする。その都度、彼が目の端でちらりと腕時計を確認するのを私は見逃さなかった。

彼は時間を気にしている。その発見が、善人のサンプルみたいな男に不審な影をかぶせた。

そもそも彼はなぜ海へ来たのか。平日の昼下がり、四十前後の男が単身で海をめざすのにどんな理由があるのか。なぜやたらと私にくっついてくるのか。

考えだすとこの男特有の人懐っこさまでが疑わしく思われてくる。

「あのう」

ついに私は黙っていられなくなった。

「海で、どなたかとお約束でも?」

可能性の一つとして考えていたロマンティックな事情は、ぴたっと足を止めたオカの横顔を見るなり消えた。にこやかな仮面は剝ぎとられ、その瞳はにわかに硬化している。

「ある人に会うんです」

重い口ぶりでオカは言った。

「フェイスブックの知り合いですけど、リアルで会うのは初めてで」

ＳＮＳ上の知人と直に会う。このご時世、それ自体はさほどめずらしくもないだろう。気になるのは彼の異常な汗から伝わってくる緊迫感だ。

「あの、どういったお知り合いで？」

地面に足を据えたまま動きだそうとしないオカの表情をうかがうと、こわばった口から現れたのは謎の言葉だった。

「僕の相談相手です。年上の男性ですけど、彼、生き方のカリスマなんです」

「はい？」

「生き方のカリスマです」

耳を疑う私に、オカは抑えた声でくりかえした。

「なんていうか、迷える人たちの背中を押す、みたいな活動をしてる人なんです。おかげで生きるのが楽になったって人たちが大勢います。それで、僕も勇気を出してセッションをお願いしたんです」

「セッション」

「マンツーマンの相談会です。今日の三時に幕張の浜へ来るようにって言われました」

三時。腕時計を見ると、すでに五分ほど過ぎている。

「じゃ、とにかく急いだほうが……」

オカの話はさっぱり要領を得ず、私にはそのカリスマがどこの何者か見当もつかなかったが、これ以上この話に深入りしたくもなかった。とりあえず彼を海岸まで連れていき、そこで別れよう。あとはカリスマに任せればいい。そう決めて「さあ」と促すも、オカは頑として歩きだそうとしない。

その上、とんでもないことを言いだした。

「あの、もしよかったら、セッション、永井さんも一緒につきあってもらえませんか」

「は？」

「正直、一人で受けるのは心細くて」

「心細いって、そんな。なんで私が……」

あっけにとられる私に、オカは子犬のようにまっすぐ縋ってきた。

「だって、永井さんだって迷える人間の一人じゃないですか。アパホテルに泊まろうか迷ってるんでしょう。カリスマに会えば答えが見つかりますよ」

「いや、カリスマに会わなくたってその程度の答えは……」

「わかります。永井さん、怪しんでるんでしょう。でも、けっして怪しい人じゃないんです。いや、怪しいかもしれないけど悪い人じゃないんです。その証拠に、彼はいっさいお金を取りません」

「無料なんですか」

「はい、身元も確かです。今は生き方のカリスマですけど、昔はロックンローラーで、ラウド系バンドのボーカルをやってました。知る人ぞ知るって存在で、僕なんか今日、会えるだけでも夢みたいなんです。彼が作った曲、今でもＹｏｕＴｕｂｅで聴けますけど、いいねの数がハンパないんです。本当にいい曲ばっかりです。悪い人じゃないんです」

「しかし、それはそれ、これはこれで……」

「お願いします。ファンすぎて会うのが怖くなってきたんです。二人とか無理です」

生き方のカリスマ。元ロックンローラー。オカが語れば語るほどに謎の人物はその輪郭を暈（ぼ）かし、何が何だかわからなくなっていく。それでも私がオカの頼みを最後まで突っぱねることができなかったのは、新生児なみに素直で警戒心が薄そうな彼にほだされたのと、心の深奥で「迷える自分」を認めていたのと、その両方だろうか。

「私、飲食業をやってるんです」

とどめはオカの告白だった。

「十三年間、路地裏で細々とバーをやってきましたけど、今月で閉店すべきか迷ってます」

私はオカの肩を叩き、ふたたび海への入口を探しはじめた。

壁のように巡らされた雑木林の狭間に人ひとり通れる程度の道を発見したのはオカだった。結局、本来の入口がどこにあるのかわからないまま、私たちはチクチクした枝を絡ませ合う木立のあいだをくぐっていった。直後、時間のトンネルを抜けて三十年前へタイムトリップしたかのような錯覚に駆られた。

見事にさびれたままの海岸がそこにはあった。

あらゆるものが新しく艶めいていた雑木林の向こう側とは裏腹に、そこではすべてがあるがままの姿で放られ、打ち捨てられていた。砂さえあればいいだろと言わんばかりの砂浜に、かったるそうに寄せる波。海の色は仄暗いネズミ色で、沖に点々と連なる船影は、これが泳ぐためではなく魚を捕るための海であることを裏付けている。私の海パンも萎縮するほど原始的な海だ。二十一世紀を思わせるのは地平線から突きだした東京スカイツリーのシルエットくらいか。

「これぞ幕張だ」

地味を絵にしたこの海岸で、昔はよく友達と気安い時間を共にした。好きな音楽の話をしたり、意中の女子をひやかし合ったり、将来の夢を語ったり。進学校ではなかった私たちの高校にはむんむんした野心家はいなかったものの、十代の特権として、当時はまだ誰もが根拠のない自信を胸に宿していた。世界は広く、その広い世界にはいくらだって自分たちの居場所があるものと信じて疑わなかったあのころ――。

「あれー。どこだろ」

私の郷愁をオカの声がさえぎった。海と対峙する私の傍らで、彼はさっきからきょろきょろとカリスマを探している。

つられて辺りを見回すも、寒々とした砂浜に人の気配はほとんどなく、目につくのは波打ち際をぶらつく老人と犬の影だけだった。

おそらくオカはうまいこと担がれたのだろう。こんな海にカリスマなどいるものか。そう決めつけた私が思い出の中へ引き返そうとした矢先、浜の奥まった方へと進んでいったオカが「いました、いました」と私を手招いた。

「あっちにいました。本物です」

マジか。内心ぎょっとしながらも、仕方なく砂に刻まれた足跡をたどっていく。と、なだらかに湾曲した浜の先に黒い孤影が見えてきた。流木を尻に敷き、寂として動かないその男は、長く風雪にさらされた像のようでもあった。

意外だったのは、ゆるくウエーブした半白の髪を後ろで縛った彼がかなりの高齢であったこと、そしてその体をチャコールグレーのスーツに包んでいたことだ。足にはよく磨かれた革靴が光っていた。ここが砂浜でなかったら、さぞやちゃんとした人物に見えたことだろう。

「遅くなってすみません」

男まであと数メートルというところで、たまりかねたようにオカが駆けだした。

「じつは僕、ここへ来るあいだに道に迷っちゃいまして、あの方……永井さんに声をかけたら、永井さんも人生に迷ってることがわかって、一緒に来させてもらいました。勝手にすみませんが、もしよかったら一緒にセッションを受けさせてもらえませんか」

カリスマに会ったらこう言おう、とあらかじめ考えていたのだろう。いかにも台本通りに弁解しているオカへ歩みよっていくと、流木上の男は眼光鋭く私を一瞥し、のっそり腰を持ちあげた。優に百八十センチはありそうな大男だった。

「もちろん歓迎しますよ」

よく響く低声で男は言った。

「初めまして、トシヤです」

物腰柔らかに会釈をされた瞬間、私はぎこちない会釈と共に、とっさに自分のファーストネームを返していた。

「あ……タクです」

トシヤのノリに惑わされた。

と、そこにオカも乗っかった。

「じゃ、僕はヨースケでお願いします」

トシヤ。タク。ヨースケ。互いの下の名を交換したところで、まずは座って落ちつこうということになった。私とオカ——もといヨースケは、トシヤを真ん中に挟む形で、その左右に延びる流木に向かいあって腰かけた。もとよりそこは焚き火スペースのような場所らしく、人為的なコの字を象る流木の内側には炭のかけらが散っている。

「改めまして、今日はよろしく。ヨースケ、新しい仲間と出会わせてくれてありがとう。タク、私のことはヨースケから聞いていますか」

重量感のあるトシヤのまなざしを受けとめ、私はありのままに答えるしかなかった。

「はい、あの、生き方のカリスマと……」

「それは周りが言っていることで、自称しているわけじゃありません。元ロックンローラーと言われることもありますが、私自身は生涯を通して詩人を名乗ってきました。今では年を取った詩人です」

七十代の半ばか、それよりも上か。若いころはさぞ美男子だったであろうトシヤの顔には、存分に陽を浴びてきた人間特有のシミが色濃く、額や目元のしわも深い。それでいて声だけは妙にみずみずしい。

「勝手気ままに詩を綴りながら、最近は頼まれるとこうして人と会い、話を聞いたりもしています。ただ聞くだけですよ。迷いから抜けだすのは皆さん自身です。なので過度な期待はしないでください。そして安心してください。私は演説にも説教にも興味はありませんから」

その言葉にひとまず安心した。これまでのサラリーマン人生の中で演説好きや説教好きにむしり取られてきた時間を換算したら、名画の百本は余裕で観られることだろう。

「今日、ここに来た君たちは、何かしらの問題を抱えて人生に迷っている。私にできるのはそれに耳を傾けることだけです。どうか好きなように好きなだけ話してください」

ヨースケと私を交互に見つめ、トシヤは「ただし」と言い添えた。

「一つ約束してください。自分の問題と他人のそれとを比べて卑下したりしないと」

「卑下？」

「このコロナ禍で顕著な傾向です。どんなに自分が困っていても、もっと困っている人がいるからと、人と見比べて自分自身の問題を貶めてしまう。結果、愚痴のひとつもろくにこぼせず、皆がますます追いつめられています」

心当たりがあるのか、ヨースケが神妙に目を伏せた。無論、私にも思うところはある。

「今日はそんな気兼ねはいっさい忘れ、存分に胸の内を吐きだしてください。今、ここにあるのは我々三人きりの宇宙なのですから」

私にはいまだにこのトシヤという男が何者なのかさっぱりわからなかったが、しかし、たとえ彼がカリスマでも元ロックンローラーでも詩人でもないただのホラ吹き野郎であったとしても、瞳の鋭利さに反したその穏やかな語り口の中に、とりわけその美しい声色に、抗いがたく人を引きつけるものがあるのは認めざるを得なかった。彼が「宇宙」と口にした瞬間、さびれた海も無限の銀河と化すような。

「では、まずはヨースケから始めましょう」

こうして、まさか本当に受けることになるとは思わなかったセッションが始まった。

他人の人生なのでヨースケの話の八割方は割愛させてもらう。

要点のみを凝縮すると、幼い頃から温厚でヘラヘラしていたヨースケは、周りに舐められながらも大方平和な学生時代を送り、大学卒業後は某製薬会社に就職、するとたちまち上司から「ヘラヘラするな」と毎日叱責されるようになり、二年と持たずに精神のバランスを崩して退社、その後は常連だったバーのバーテンダーとして働いていたところ、オーナーから「君には天賦の愛嬌がある。自分の店を開いたら成功する」と乗せられ、その気になってこつこつ金を貯めはじめ、ついに十三年前、京成船橋駅から徒歩十分の路地裏に小さなバーを開店、運良く店は繁盛したものの、女運には恵まれず、四十三歳の今も独り身でいる。

「それも良くなかったんですかね」

と、足下の砂を指でほじりながら、ヨースケはにわかに声色を暗くした。

「コロナが広がって、お客さんがパタッと来なくなったとき、私、ひとたまりもなくやられちゃったんです。孤独に」

孤独。およそヨースケの相好には似つかわしくない一語だが、本人は至ってシリアスだった。

「政府の給付金があるから、金の心配はないんです。けど、朝から晩まで一人っていうのがマジしんどくて、客が来ないってわかってても、やっぱり僕、店へ行っちゃうんです。で、やることないから、緊急事態宣言中は毎晩、黙々と店の酒を飲んでました。今回なんか四月のマンボーから始まって、ほぼほぼ半年ですよ。ひたすら一人で飲み続けました。コロナ前の店のにぎわいとか、常連さんの顔とか思い出しながら、またあんな日が戻ってくるのかなあとか、戻ってこなかったらどうしようとか、そんなこと考えながら飲んでると、もうほんとに止まらないんですよね。おかげで……」

極限まで眉を垂らしてヨースケは言った。

「やっと十月から緊急事態が終わるみたいなのに、店の酒、もうほとんど残ってないんです。ぜんぶ僕が飲んじゃいました」

砂をほじるヨースケの指が止まった。

「店、もう閉じるしかないのかなって、迷ってるんです」

垂れこめる静寂を浚うように、磯臭い風が強く吹きぬけ、足下の砂を転がした。目のやり場に困った私が海を見やると、雲の薄れた空からの西日で水面は色を深め、波打ち際を散歩する犬の種類も変わっていた。

「ヨースケ」

演説も説教もしない。その宣言どおり、沈黙を破ったトシヤの助言は簡潔だった。

「また酒を仕入れればいい」

たちまち、ヨースケは顔全体に生気をみなぎらせて笑った。

「ですよねー」

この二人のやりとりに説得力がなかったとしたら、それは私がヨースケの話の八割方を端折ったせいにちがいない。

実際のところ、その八割の中で彼はこれでもか、これでもかと飲食業者の苦悩を語りまくったのである。感染者数の増減に一喜一憂する毎日がいかに疲れるか。「給付金で潤ってんじゃないの」と心ない軽口を叩く人間のいかに多いことか。こっそり飲ませてほしいと持ちかけてくる常連客を断るのにどれだけの心労を伴うか。おそらく今日まで「もっと大変な人たちに比べたら、店の酒を飲みつくした自分なんて」と自制して人に言えずにきたことを、ヨースケはたがを外して大いにぶちまけ、一時間強にわたってそれはそれは長々と心の澱(おり)を垂れ流し続けたのだった。

それはすっきりしただろう。

「トシヤさん、ありがとうございます。なんだかむくむく力が湧いてきました。また酒を仕入れて一から出直します」

吹っ切れた笑顔のヨースケに、

「ヨースケ、君は大丈夫です。最初に顔を見たときから、私は安心していました」

トシヤは微笑み、続けざまに私を振りむいて言った。

「むしろ心配なのはタク、君の方です」

言葉には呪力がある。加えて、トシヤの声には妙な支配力がある。

心配なのはタク、君の方です。

そうささやかれた直後、私は素手で魂をなでられたような戦慄に震え、しばし機能を停止した。端的に言えば、自分のことがものすごく心配になってきた。

「タク、君の迷いを聞かせてくれませんか。ヨースケとの出会いによって、今、君はここにいる。それが必然だとは言いません。単なる偶然です。だからこそ、君はその偶然を最大限に活用するべきです。必然に抗い、偶然に乗ずる。それが生き方の鉄則です」

生き方。ようやくカリスマの口からそのキーワードが放たれた。が、残念ながら私には彼の言う意味が少しもわからず、わからないことを隠すために重い口を開いた。

「アパホテルに泊まろうか迷ってたんです」

いや、違うか、と言ったそばから首を揺らした。

「その前に、海に来ようか迷ってたんです」

「それも違う」

トシヤの落ち窪んだ目が私を睨んだ。

「君の迷いはもっと深いはずです」

もっと深い――その深みをのぞくように視線を落とすと、今では海岸と完璧に調和している海パンが風を受けていた。

「海パンを穿いたら、なんだか海に来たくなって、ここに……。でも、それも違うのかもしれない。本当は、ただ逃げたかったのかもしれない。どこかへ……たとえば、過去の中とかへ」

途切れとぎれにつぶやくと、トシヤが瞳を和らげ、そうだとばかりにうなずいた。その目力に励まされて私はしゃべりだした。

「社会人になってから二十五年間、これまではずっと、過去なんか振り返らずにやってきたんです。私、家電メーカーの営業なんですけど、ほんと、こんな仕事をやってると、過去なんか構ってる暇はないんです。うちは中小なもんで、大手さんみたいに新商品を出すだけで売り場に並べてもらえるわけじゃない。足で通って、顔を覚えてもらって、頭下げて並べてもらうんです。土日もショップの手伝いに駆りだされてあってないようなもんですし、夜は接待三昧ですしね」

ここで私はヨースケに負けじと中小メーカーの悲哀を微に入り細を穿ち語りまくったのだが、見苦しいので割愛する。

「そうやって脇目も振らずに働いて、ふと気がついた時には、家の中に自分の居場所がなくなってました。よくある話ですけどね。うちの娘は中学に入ってから私とまったく口をきかなくなって、妻との会話も事務連絡みたいなものばかりになって……面目ない話です。四十すぎて役職を得てからは多少の余裕もできましたけど、だからって、ずっと放っぽらかしてきた家族の心は戻ってきませんでした。都内で暮らしていた娘は知らないうちに結婚してました。私、結婚式場で義理の息子と初対面の挨拶をしたんです」

我ながら情けなくなるほどに、私の凡庸な人生にさしてドラマティックな不幸はない。人の涙を誘ったり、義憤を掻きたてるような悲劇もない。それでもじっと耳を傾けてくれる赤の他人がそばにいるというのは、たしかに面はゆくも心地好いものであり、語るほどに私の舌はなめらかになっていく。

「べつに自分を憐れんでるわけじゃありません。結局のところ、自分で選んだ人生です。

自分で会社を選び、妻を選び、家を選んだ。選んだ家から毎日会社に通った。二十五年間、ニセの山影をながめながら通い続けた。それだけのことです」

「ニセの山影？」

首をかしげるヨースケに、私は低く笑って告げた。

「その名も、プロメテウス火山」

「プロメテウス……火山？」

「浦安にあるディズニーシーの山です。アトラクションの一つですよ」

「あー」

「見えるんですよね、あの山が、私の通勤路にある歩道橋から。新浦安へ越してきてから二十年以上、毎日、その人工の山影をながめながら会社に通いました。で、ある日、面白いことを知ったんです。プロメテウス火山にはモデルの山が実在していると」

「モデル？」

今度はトシヤが首を傾けた。

「南イタリアにあるヴェスヴィオ山です。今は活動期にないけど、正真正銘の火山です。ディズニーシーのプロメテウス火山はその本物を模して造られたそうなんです。それを知ってからというもの、私、その山を一度見てみたいと思うようになりまして。いつか本物を仰いでやるっていうのが、なんていうか、心の張りになってたんですよね。もちろん、うちの営業部は休みなんて長くても三連休がせいぜいですから、南イタリアなんて在職中は夢のまた夢だったんですけど」

ところが、と私が言う前に、ヨースケが「あ」と目を広げた。

「リフレッシュ休暇？」

ご名答。私は力なくうなずいた。

「そうです。二年くらい前かな、倹約家の妻がめずらしいことを言いだしたんです。リフレッシュ休暇はあなたへの褒美なんだから、自由に一人旅でも行ってくればいいって。まさか妻がそんな物わかりのいいことを言うとは思わなかったんで驚きましたけど、そうか、その手があったのかって、俄然リフレッシュ休暇が楽しみになりましてね。イタリアの地図をトイレに貼って、ガイドブックもどっさり買って、ほんと、指折り数えてその日を待ってたんです。パンデミックが起こるまでは」

私が口を閉ざすと、ヨースケがこくっと息を呑む気配を最後に、気まずい沈黙が立ちこめた。パンデミック発生から今日に至る世界規模の騒乱は言わずもがなである。

ツイてない。言ってしまえばそれだけのことだ。言葉をなくした二人も内心そう思っているにちがいない。ツイてない人だ、と。

が、しかし、この話はそれで終わらなかった。

逡巡を振りきり、私は続けた。

「不思議だったのは、私が一人旅を断念せざるを得なくなったとき、私以上に妻がひどく気落ちしていたことです。妻もテレワーク中だったし、十日も家にいられたら邪魔なんだろうと思ってましたけど、それだけじゃないってこの前、知りました。つい七日前のことです。日中、私が家にいることに慣れてなかった妻が、うっかりスケジュール帳を出しっぱなしにしてたんですよね。魔が差してふと開いたら、日付の横にやたらとKって文字がある。Kと渋谷。Kと新宿。Kと横浜。週に一度の出社日は、どうやらKと過ごしていたようです。極めつきは『Kと沖縄』でした。私が当初予定していたリフレッシュ期間中にありました」

薄く垂れこめはじめた闇に私の掠れ声が溶け入るように消えた。揃って表情を固くした二人に、こんな凡庸の極みというべき恥をさらして申し訳ないと思いながらも、一方で、私の心は不思議と凪いでいた。七日間、自分の深みに封じこめたまま放置してきた混乱を、ようやく掬いあげて外へ出し、身軽になった思いさえした。

「以上です。ご静聴ありがとうございました」

ぺこりと頭を下げると、「ええっ」とヨースケが目をむいた。

「そこで終わりっすか」

「続きはないんです。スケジュール帳を閉じて、もとへ戻して、そのままです」

「奥さんにはそのことを……？」

「言ってません」

絶句するヨースケの横から、その時、トシヤがおもむろに口を開いた。

「いろんな夫婦があります。あっていいと思います。しかし、タク、君はそれでいいんですか」

わかりません、と私はうつろな声を返した。

「もちろん驚いたし、こっぴどく裏切られたって感じてますけど、どっか心の奥の方には落ちついてる自分もいるんです。妻にもそんな娯楽があったんだなって静かに感心してる自分も。むしろそんな自分にあきれてるっていうか……、なんで私には怒り狂って妻を責め立てるだけの熱量がないんでしょうね」

自分不信。この七日間、腑抜けた顔で毎日をやりすごしてきた私の核にあったのは、意外とそれだったのかもしれない。妻のことがわからない以上に、自分自身がわからない。

「ああ、そうか」

と、私はふっと視線を上向けて言った。

「幻の火山が噴火したみたいな感じなんです。噴火して、初めて偽物だってわかったみたいな」

宙を舞うまやかしの灰を追うように、夕日に染まりはじめた空を仰ぐ。炎のような、マグマのような紅。その純然たる美に目を射られながら、今、自分が口走った言葉の意味するところを嚙みしめる。

「やっぱり、今日はアパホテルに泊まって、一人で頭を冷やします」

先行きの暗雲は否めないながらも、とりあえず目先の問題には答えが出た。今はそれでよしとしよう。そう心でつぶやいた私に、ヨースケが「賛成」と苦しい笑顔を向けた。

「それがいいよ。そうしなよ。けど、頭を冷やすのは、温泉に浸かってあったまってからにしなね」

いつしかタメ語になっているヨースケの横で、トシヤもこっくりうなずいた。

「答えはおのずと訪れます。今日のところは美味しいものでも食べて、ゆっくり休んでください」

でもその前に、と彼は言った。

「踊りませんか」

「はい？」

「踊りましょう」

言いながらすっくと立ちあがったトシヤは、長身をかがめて流木の陰から何かをつかみあげ、私たち三人の足のあいだに下ろした。昔ながらの黒いカセットデッキだった。

何が始まるのか。ぼうっとデッキを見下ろす私の耳に、トシヤの美しい声がした。

「Life isn't about waiting for the storm to pass, it's about learning how to dance in the rain.」

ネイティブ並みに見事な発音だった。それ故に何も聞き取れなかった。

「なんと……？」

「『人生とは、嵐が通りすぎるのを待つことじゃない。雨の中で踊る。それが人生だ』。

ヴィヴィアン・グリーンという人の言葉です」

雨の中で踊る――。

その言葉の余韻が耳から去らないうちに、トシヤの指がカセットデッキの再生ボタンを押した。

鳴り渡ったのは激しいロックンロールだ。絶叫に近いボーカルのがなり声は、おそらくトシヤのものだろう。ギターやドラムのノイズに阻まれて文意はつかめないものの、「愛」「夢」「星」「翼」「涙」「紙飛行機」などの単語が切れぎれに耳をかすめる。詩的な歌詞のようだ。が、曲調とのアンバランスが不穏な何かを感じさせる。

ハイスピードな曲に乗った叫声に圧倒される私の目の先で、やがて、トシヤが踊りはじめた。ふんふんと鼻でリズムを取りながらステップを踏み、優雅に腰をくねらせ、ときおり腕を振りあげる。長い手足の効果的な見せ方を知っている人間の動きだ。ステージ上でその肢体はさぞ映えたことだろう。首の筋が目立つ今でさえ、周りの人間をのぼせた気分にさせる力が彼にはある。その証拠に、彼の横ではヨースケまでが一緒に踊りはじめている。

トシヤのそれとは正反対に、ヨースケの踊りは自由奔放だった。むやみやたらに跳びはね、拳を突きあげ、頭をぶるぶる振りまわす。所作の一つ一つがまったく連動していないし、曲とも合っていない。が、本人は至極楽しそうだ。なにより五体からほとばしるような愛嬌が彼にはある。この男はきっとこの愛嬌だけで今後の人生を生きていけるだろう。

目の前の乱舞から視線を外すと、いつのまにやら波打ち際の影は消え、見渡すかぎり無人の浜が開けていた。まさに我々三人だけの宇宙だ。その三人のうちの二人がカセットデッキから流れるロックンロールに高揚し、熱に浮かされたように踊っている。

私は観念して流木を離れ、見よう見真似でステップを踏んでみた。ここで踊らないのは不自然というものだし、意固地というものだ。これでも若いころは好きなバンドのライブにだって通った。皆が立ちあがれば一緒に立ちあがり、皆が踊れば一緒に踊った。その感覚を呼びさましながら体を揺らしているうちに、徐々に動きが大胆になってきた。どうせトシヤもヨースケも自分の踊りに夢中で人のことなど見ていない。恥ずかしがるほうが恥ずかしい。

私は踊った。無心に踊った。幾度となく砂に足を取られて体勢を崩しながらも、また立て直しては一心不乱に踊り続けた。

トシヤの言葉が頭によみがえってきたのは、海風で冷えていた体がじんわり汗ばんできたころだ。

人生とは、嵐が通りすぎるのを待つことじゃない。雨の中で踊る。それが人生だ――。

たしかにそうかもしれない。荒い息を吐きながら思う。嵐がやむのを待っていたら、何もしないまま人生は終わってしまう。私はこれまで耐えていたようで、ただ待っていただけなのではないのか。上辺だけ繕い合うような妻との関係が改善される日を。あるいは、妻の方からこの関係に見切りをつけてくれる日を。会社人間の父親を拒絶している娘がふたたび自分から心を開いてくれる日を。社員も家電の部品の一つくらいにしか思っていない会社を晴れて引退する日を。ニセの火山を見納める日を。待って、待って、待って、尚も治まることを知らない嵐の中でずぶぬれの背中を丸めている。私はいつから私の人生の傍観者になったのか——。

ダンスタイムは唐突に終わった。はたと我に返ったようにトシヤが動きを止め、音楽を消してつぶやいたのだ。

「ひらめきました」

いったい何をひらめいたのか、トシヤはすぐさまその場で背広の胸ポケットからスマホを取りだし、電話をかけはじめた。どこの誰とも知れない相手に向かってしゃべりだしたのは、日本語でも英語でもない外国の言葉だった。そして、三分ほどの短い会話ののちに「ダンネバード」と笑顔で通話を終え、まだ踊りの余熱を体に残していた私を振りむいた。

「じつは私、以前、ネパールで暮らしていたことがありまして。現地に知り合いが多いんですけど、その一人……ヒマラヤの山麓でホテルをやっている男が、日本人スタッフを探していたのを思い出したんです」

「はあ」

「今、電話して確認したら、まだ募集中とのことでした。コロナが明けたら日本人登山客も戻ってくるから、すぐにでも来てほしいと」

「はあ」

ぽかんと「はあ」をくりかえす私に、トシヤは「踊りませんか」と同じ唐突さで言った。

「タク、そこで働いてみませんか」

「へ」

「南イタリアのなんとかって山へ行きたかったんでしょう。ヒマラヤは、もっと高いですよ」

「私が……ヒマラヤへ？」

「それぞ真なるリフレッシュです。人生に行きづまったら環境を変える、これが生き方の基本ですよ」

「ちょっと待ってください」

私のうわずり声に頭の中でもう一つの声が重なる。待っているうちに人生は終わってしまう。

「いや、しかし、いくらなんでも……。ヒマラヤのホテルで働くなんて、私、今の今まで一度も、夢にも思ったことが……」

「大丈夫」

半ばパニック状態の私に、その時、顔全体に希望を輝かせたヨースケが言った。

「海パンがタクをここまで運んでくれたんでしょ。きっと、今度は登山服がタクをヒマラヤまで連れてってくれるよ」

「登山服?」

「登山服を着ればいいよ」

私はとっさに下半身へ目を落とした。今ではすっかり足に馴染んでいる海パン。それを脳内でごわっとした登山用ズボンと置き換えてみる。ついでにそろいのジャケットも羽織り、大きめのリュックを背に乗せる。調子に乗って耳当て付きの登山帽もかぶった。手にはストック。準備万端。どくんと胸が鳴った。

広い世界へ羽ばたきたかったんじゃないの?

かつてここにいた誰かの声が頭を去来し、私は軽いめまいを覚えながら、未知なる景色と出会いなおすように、赤々と燃えた砂浜を見渡した。

ロマンス☆

一穂ミチ

目の前の曲がり角からちいさな人影がぴゅっと飛び出してきて、百合は反射的にさゆみの手をぎゅっと握る。男の子だった。おそらく走ることを覚えたばかりで、身体のサイズに釣り合わないエネルギーを持て余している。頼りない足取りで疾走したかったに違いないが、背中のリュックから伸びた紐にあえなく阻止された。

「こら」

母親らしき女が紐を握ってたしなめるが、引っ張られてつんのめる動きさえ面白いのか、子どもはきゃっきゃとはしゃいでいる。びっくりした。車通りの多い道路だから、無防備な幼児を見るとどきっとしてしまう。ハーネスしてたんだ、よかった。

「ママ、痛いよ」

さゆみに抗議され「ごめんごめん」と手を緩めるが放しはしない。まだまだ油断できるような年じゃない。

「さゆみ、道を歩く時は左右確認だよ。急に飛び出したり、横断歩道のないところを渡ったりしないでね」

「わかってるってば」

大人ぶってため息をついてみせる四歳の娘は小憎らしくもいとおしい。しっかり手をつなぎ、公園での遊び道具や魔法瓶が入った重たいマザーズバッグを肩にかけ直した。さっきの子のリュック、かわいかったな。ご近所用のリュック欲しいな、両手空いてるほうが絶対便利だし……でも雄大くんに言っても「いらないだろ」で終了だろうな。ただでさえ最近ずっと機嫌悪いもん。

「ママ、自転車くる」

ついついうつむいて歩いていると、さゆみの声で現実に引き戻される。「どこ?」と慌てて顔を上げると、一台の自転車がこちらに近づいてくるところだった。前かごがない、スポーツタイプの細い車体だ。颯爽(さっそう)、という言葉がふさわしいスピードであっという間にすれ違い、百合の髪に風を吹かせた。

ものの数秒の出来事だったのに、百合には漕(こ)いでいる人間の顔がはっきりわかった。黒の短髪、筆でさっと刷(は)いたようにしなやかな眉のライン、大きな瞳と濃いまつげ、細く尖(とが)った鼻、走行を楽しんでいるようにうっすら開かれた唇。美しい造作だった。今までリアルで、テレビで、ネットで見たどんな男より整った顔をしていた。一瞬、夢を見ているのかと思うほど、現実離れした容貌だった。

百合はすぐに振り返ったが、男の後ろ姿はぐんぐん遠ざかり、小さくなる。その背中にしょった四角形のバックパックと、「Meets Deli」の赤いロゴがかろうじて見て取れた。

「きょうさ、久しぶりに見たよ、子どものハーネス」

「何それ」

雄大はスマホから顔も上げずに反応した。食卓ではスマホを弄らない、という家庭内ルールは、ここ一年くらい無効になっている。一度、百合が注意したら「疲れてるんだから家の中でくらい好きにさせてくれよ！」とキレられた。寝ていたさゆみが驚いて起き出すほどの音量で、「パパ怖い」と泣く娘を宥めるのに苦労した。世界が落ち着けば状況は好転し、夫も心の余裕を取り戻すだろう、と静観するうちに時間はどんどん流れ、ルールを復活させる兆しは見えない。「トンネルの先の光」などという政治家のおためごかしに腹を立てる気力も萎えた。

「ほら、ちっちゃい子の紐。いっとき、テレビでも賛成派と反対派に分かれて言い争ってたじゃん。あれってパンデミックの前だよね、平和だったよねえ」

「ああ、あの犬のリードみたいなやつな」

グラスに注いだ発泡酒を飲んで雄大が「ないわ」と顔をしかめる。そうそう、その時も同じような反応で、百合は欲しいと言い出せなかった。

「でもわかるよ、子どもって歩き出したらほんと危なっかしいしさ」

「親がしっかり手つないでりゃいい話だろ」

「一瞬の隙をついて振りほどいたりするんだってば。それに、身長差があるから体勢的にも疲れるのね、腰にくる。そういえば、うちの親戚のおばさんが、息子さんがちょっと片足が不自由なの。それで、何十年もずっと支えて歩いてたから、身体の右半分だけ体重がかかり続けて骨が圧迫されて、左右の足の長さ違ってるんだって。やばくない？」

「子どもは大きくなるだろ」

鼻で笑われ、百合はむっとした。人間の身体ってすげえな、とか、そういう感想が欲しかったのであって、子どもと手をつなぐことで骨格に異常をきたすと言いたかったわけじゃない。他愛(たわい)ない世間話さえ、最近の雄大とは困難だった。家庭で角突き合っても消耗するだけ、と和やかな会話を心がけるほどに、妻だけが能天気に日常を送っていると勘違いするようだった。百合は反論を諦め、食器を洗い始めた。つけっぱなしのテレビから（食事中はテレビ禁止、というルールも破られた）軽やかな歌が流れてくる。

――ユートゥー、ミートゥー、ミーツデリ……。

me too と meets をかけた安直なフレーズと、「届けるのは、食事ではなく、幸福な出会いです」のキャッチコピー。ステイホーム下で急激に普及したフードデリバリーサービスのＣＭを聞きながら、昼間見かけた男を思い出した。今考えても、一般人ではありえないほどに美しい。眉目秀麗(びもくしゅうれい)、という仰々しい四字熟語を冠しても全然オーバーじゃない。ＣＭの撮影中だったとか？　でもカメラらしきものを見た覚えはないし、大企業が公道を使うのならあらかじめ何らかの規制を敷くだろう。それともゲリラ的な？　そういうことってあるのかな？

「てかさー」

夫のひくい声に、スポンジを持つ手が止まる。

「見つかった？　仕事」

またその話。百合は「ないよ」と短く答える。

「そもそも幼稚園が休みなんだから、ずっとさゆみを見てなきゃいけないし」

「あさってから始まるんだろ。求人情報なんかスマホでさっと見られるんだからさ。まじめに探してる？　せっかく英語できんだから、いろいろあんじゃないの」

確かに百合は出産前まで英文事務の仕事をしていたが、英語の読み書きが「普通にできる」人間など掃いて捨てるほどいる。これも雄大に言うと、「マウント取ってくんなよ」といやな顔をされるのだが。

「再開したって、またいつ休園になるかわかんないじゃん。先生が感染した、園の子が感染したってきりないし、預かり保育の状況だって読めないよ。第一――」

百合の言い分は、ビールグラスを乱暴に置く音で遮られた。

「できない理由だけ並べ立てりゃいいから楽だよな、家って」

雄大は「風呂入るわ」と立ち上がる。

「出るまで洗い物中断な、シャワーの水流弱くなるとイラつくから」

皿を叩き割りたくなるほど腹が立った。衝動をこらえてシンクの上で拳を握る。雄大くんは疲れてるから、大変だから、接客業だから……言い聞かせてもなかなか怒りは引いてくれない。出産を機に退職し、さゆみが小学校に上がったら近所でパートを始めるというライフプランは先行き不透明になっていた。雄大が働く美容院では長い休業が明けても客足が戻りきらず、経営状態はかなり厳しい。――もっと安い店に流れたんだと思う。髪染めるのなんか、クオリティにこだわらなきゃ家でもできるしさ。

常連客にLINEをブロックされたと、雄大が寂しそうに話していた。

スタッフを減らし、席を減らし、そのぶん営業時間を長くした。消毒の手間とストレスは馬鹿にならず、増えた勤務時間は給料に反映されず、初回クーポンでやってくる一見の客はリピーターになってくれない。それでも、人員整理の対象にならなかっただけ、店がつぶれないだけましだと耐えて踏ん張ってくれている、それはわかる。でも「働いてくれ、少しでも金を稼いでくれ」とせっつかれるのは納得がいかなかった。さゆみが幼稚園に通う短時間で、土日祝は必ず休めて、突然の休園にも理解があり、スーパーやコンビニのように不特定多数と接触しない仕事――そんな都合のいい求人があるはずないし、万一あったとしても、百合よりずっと優秀な人材が殺到するだろう。何度もそう説明しているのに、雄大にはなぜか「屁理屈」「言い訳」と変換されてしまうらしかった。

まだ洗っていない皿の油汚れが生き物のようにゆっくりと表面を滑っていくさまを見つめていると、さゆみの声がした。

「ママ」

「さゆちゃんどうしたの？　おしっこ？」

「うん……」

急いで用を足させて洗面所に連れて行くと、風呂場からは夫の鼻歌が聞こえてきた。

――ユートゥー、ミートゥー、ミーツデリ……。

「ミーデリの歌だ！」

さゆみが即座に反応する。覚えやすく口ずさみやすいメロディは幼い世代にも浸透しているようで、幼稚園でも歌っている子をよく見かけた。

「パパ、楽しそう。よかったね」

「そうだね、ほら、ベッドに戻ろ」

さゆみに添い寝し、ぽんぽんと布団を叩いて寝かしつける。娘も父親のピリついた空気を察している。申し訳ない気持ちとともに、夫への怒りがまた込み上げた。人をないがしろにしておいて、自分は湯船に浸かったくらいでテンション上げて鼻歌？　なら最初から当たってこないでよ。そうやってかりかりしてるから、美容師のくせに額が後退してきてんじゃないの。まだ三十二でやばくない？　内心で悪態をつき、またあのミーデリの配達員を思い浮かべた。髪、ふさふさだったな。つやつやだったし。冬なのにウインドブレーカーとハーフ丈のサイクルパンツという軽装だった。足元は、ソールがぶ厚いスニーカー。短い邂逅を繰り返しリプレイするごとに、男の細部までくっきりと立ち上がってくる。そういえばごつめのグローブしてたな、左耳にだけシンプルなピアスがついてた、前傾姿勢がさまになってた、背はたぶん百八十センチ以上あった。届けに行く途中だったのか、届けものを取りに行く途中だったのか、背負ったものの重さも嵩（かさ）も感じさせない軽やかな走りだった。走るために走っている、そんな感じがして、百合がミーデリに抱いていた「非正規の小遣い稼ぎ」という侘（わび）しい印象は引っくり返った。それに、何よりあの端整な顔。思い出すだけで胸の内側に爽やかな風が吹き抜けていく。淀んだ気持ちがほんのすこし楽になり、百合は寝息を立て始めたさゆみの頭を穏やかに撫（な）でることができた。

翌日は昼前から雨が降り出してきた。スーパーへの買い出しは諦めて冷蔵庫のストックでしのぐことに決め、さゆみにも「きょうはお外行けないよ」と言い聞かせたのに、こんな日に限って「やだ、どっか行く」と駄々をこねて収まらない。仕方なく、塗り絵セットを持ってマンション一階のロビーに向かった。来客用に応接スペースがあり、もちろん子どもの遊び場ではないが、大幅に羽目を外さない限りは管理人も黙認してくれている。厳密には「外出」じゃなくとも、環境が変わっただけで満足したのかさゆみはソファで黙々と塗り絵に没頭し始める。ああよかった、とスマホの求人情報をおざなりにチェックしていると、エントランスの自動ドアが開いて隣人母子が入ってきた。

「あ、さゆみちゃんママだ、こんにちは」

「耕平（こうへい）くんママ、今帰り？」

「そー。この子が傘忘れてってたから、迎えに行ってきて。あれだけ朝からやいやい言ってたのに！」

「あはは、そういう時もあるよね」

「たまにならいいけど、頻度高すぎ」

頭をぐりぐりかき回され、耕平がうっとうしそうに距離を取るのを、百合はほほ笑んで眺める。小学四年、そろそろママべったりじゃないよねえ。耕平くんママの名字は大石、下の名前は知らない。向こうもそうだろう。子どもは異性で年も離れているし、ママ友というほどの間柄ではなかった。いつもならこの会話で「じゃあ」と別れておしまい。でもその日の百合は「ミーデリ使ったことある？」という質問でつい耕平くんママを引き留めた。きのうの男について、誰かと情報共有したかった。あれほどの美形ならこのあたりで噂になっている可能性もあり、百合よりずっと社交的な耕平くんママなら何か知っているかもしれない。

「あ、うん、月に一回か二回は。週末とか、旦那がだらだらしてんのに何でこっちだけいつもどおり家事しなきゃいけないのって腹立つし」

どこの夫も大差ないな、と妙にほっとしながら「すごいイケメンの配達員がいて」と言うと、耕平くんママは「まじ？」と目を輝かせた。

「きのう、初めて見かけたの。一丁目の通りで、あっという間に自転車漕いでいなくなっちゃったけど」

「えー、うちに来んの、小汚い若造ばっかだよ。それで？　それで？」

予想以上の食いつきにやや気圧されて「ごめん、それだけ」となぜか謝ってしまう。

「ぎょっとするレベルのハンサムだったから、知ってる人がいればあの衝撃を分かち合えるかなって」

「えーめっちゃハードル上げるじゃん。ひょっとして惚れた？」

子どもの前で何てことを言うのか。さゆみを窺うと幸い塗り絵に夢中で、会話は耳に入ってもいないようだった。意味が理解できなくても、大人の言葉をそのまま覚えて口に出したりするから、雄大の前で不用意に漏らさないとも限らない。

「そんなわけないよ」

焦って否定しても、「いいじゃんいいじゃん」と笑い飛ばされた。

「アイドル見て癒やされるのと一緒でしょ。さゆみちゃんママはミーデリしてないの？」

「うちは、夫があんまりいい顔しなくて……」

「あ、さゆみちゃんママ、料理上手そうだもんね、きっと舌が肥えてるんだ」

上手そうって、何を根拠に？　この手の空虚なおべっかにどう切り返せばいいのかわからないから、自分にはママ友ができないのかもしれない。

「ううん、手数料とか馬鹿にならないんでしょう？　家計的にちょっと」

「えー、そんなの賢く使えばいいんだよ。ちょっと待ってね」

早く帰りたそうに足踏みしている息子をよそに耕平くんママはスマホを取り出し、「ほら」とアプリの画面を見せてきた。「大感謝祭」という文字がちいさな液晶いっぱいに表示されている。

「今なら初回千五百円オフクーポンがあるよ、おまけに配達料無料キャンペーンも併用可！　お店ごとの割引クーポンも毎日何かしらあるし、駆使すればむしろお得……ってわたし、回し者みたいだね」

耕平くんママはひとりで照れてみせる。耕平くんはとうとう焦れて「まだー？」と急かし始めた。

「はいはい。ま、そういう感じだから、さゆみちゃんママもたまには楽しなよ。もし使ってみて、例のイケメンが現れたらすぐ教えてね！」

耕平くん母子がエレベーターに乗って行ってしまうと、また静かになったロビーにさあさあとつめたい冬の雨音が響く。百合はアプリストアを開き、検索バーに「ミーデリ」と入力した。

「え、何これ」

皿に盛りつけたケンタッキーフライドチキンを前に、雄大は眉をひそめた。百合は努めて明るく、何度もリハーサルした台詞を口にする。

「ケンタ最近食ってないなーって前言ってたでしょ？　ミーデリで頼んだの」

「ええ？」

途端に尖(とが)る夫の声に「安かったよ」とかぶせ、その後の文句を封じる。

「お隣の大石さんが教えてくれて、割引クーポンと配達料無料で、８ピースパックが八百九十円。たまにはよくない？　ほら、さゆみもおいしいおいしいって喜んで、パパに手紙書いたんだから」

抽象画さながらの似顔絵と「パパ　いつもおしごとありがとう　だいすき」というメッセージは、実際には百合が書かせた。ベタなやり方だが効果は抜群で、雄大は文句を引っ込めてチキンにかじりつき「うま」と言った。

「時々無性に食べたくなるよね」

「だからって手抜きが癖になったら困るからな」

「わかってる。きょうは雨で買いものに行けなかったし、生理前でだるかったから」

何でだろう、と百合にはふしぎでならない。この人は、わたしが楽をしたら自分が損をするとでも思ってるんだろうか。支え合うのが家族だと思ってたけど、夫にとってわたしはもうお荷物なのかもしれない。

深夜、キングサイズのベッドで娘の寝息と夫のいびきに挟まれ、百合はミーデリのアプリを開いた。きょうやってきたのは、あの男じゃなかった。注文が確定して十分ほど経(た)つと「注文を受け取りに向かっています」の表示とともに写真入りアイコンが現れ、

「Ｔａｋｕｙａ」という名前の配達員はあの男とは似ても似つかず、落胆した。でもそれより、アイコンが出るまでの期待と高揚の余韻が強い。アイドルなんかじゃない、と胸のうちでつぶやいた。この、出るかな出ないかなってわくわくする感じ、ガチャだ。
大学生の頃、ソシャゲのアプリにハマり込んで親のクレジットカードから五万円ばかり課金してしまったことがある。キャラクターを集めてバトルさせるありふれたゲームの、ありふれたガチャにまんまと理性を奪われた。星５のレアキャラを手っ取り早くゲットするには有償のガチャを回すのがいちばんで、レインボーの星を五つ冠したキャラが特別な効果音とともに出現すると、大学の構内であろうが電車の中であろうが「やった」と声に出してしまうほど嬉（うれ）しかった。いいキャラを引けばこのツキが続くだろうと思ったし、星１のゴミみたいなキャラを立て続けに引いても今度こそはと思った。完全に中毒だった。もちろんすぐにばれてこっぴどく叱られ、その場でアプリを削除する羽目になった。使い込んだ金はバイト代で返済した。最初こそ喪失感と虚無感に駆られたが、すぐに「何であんなものに熱中してたんだろ？」と思うようになった。目が覚めた。手元に何も残らない、運営の設定次第の架空世界で一喜一憂し、ログインボーナスや次から次に投入される期間限定イベント、あるいはコラボに血道を上げていた自分の愚かさを痛感し、以来、ゲームと名のつくものにはいっさい手を出していない。

　そうだ、ずっと忘れてた。こんな気持ちだった。でもわたしはあの頃とは違う。彼はＣＧじゃないし、かたちある食べものを買って家族が喜んだんだから、何も悪いことはしていない。液晶のブルーライトを浴びながら、百合の指はひとりでにクーポンの一覧をスワイプしている。

さゆみが幼稚園に行っている間に、ミーデリを頼むのが百合の日課になった。極力安く、ごみが少ないものを基準に、各種の割引を活用する。時にはアイスコーヒー一杯のために人を使っている、という罪悪感はすぐに薄れた。それで成り立っているビジネスなのだし、運ぶほうだって軽いに越したことはないだろう。配達圏内のいろいろなエリアで、日に二度三度と注文する時もあったが、依然あの男には再会できていない。アイコンが表示されるまでの「結果待ち」の間には胸が躍り、全身の細胞が活性化するように感じられた。大げさでなく、「生きている」という痺れにも似た実感があった。そして外れても、未来への希望につながる。次の注文では、あしたの注文では、会えるかもしれない。今こうしている間にも町内を駆け巡っていて、わたしの注文が彼のスマホに通知されるかもしれない。希望は百合に心の余裕を与え、雄大のいやみもさゆみのわがままも大らかに流せるようになった。

本当にあの男が配達に来たらどうする、という具体的なプランはなかった。ただ会いたい。近くで顔を見たい。前にもお見かけしました、とか軽い世間話くらいはするかもしれないが、不倫願望などなかったし、あんな見目のいい男にあわよくばを期待するなんて恐れ多い。

望みはシンプルで、ガチャに勝利したい。星5を引いて満足して終わりたいのだ。もう一度会えさえすれば、ミーデリのアプリを削除してすっきりできる。逆に言えば、あの男を引き当てるまで、百合のガチャは終われない。

だから、「臨時休園のお知らせ」という幼稚園からのLINEを見た瞬間、血の気が引いた。同じタイミングで複数の職員が濃厚接触者になってしまったため運営できない、という内容が回りくどい丁寧さで綴られていた。期間はあすから二週間。そんなに長い間ミーデリができないの？　百合の頭に真っ先に浮かんだのはそのことだった。お昼寝の間にこっそり呼べる？　マンションの前で受け取る設定にすればインターホンは鳴らされないし……駄目だ、さゆみはちょっとした物音や気配でも目を覚ます時がある。特に「母親がどこかへ行こうとしている」空気に驚くほど鋭敏だった。さゆみに気づかれれば、夫の前で「きょうミーデリ来てたよ」と口を滑らせる可能性は高い。

リスクを最小限に抑えてミーデリを続ける方法を思案した結果、小児用の睡眠導入剤を購入することにした。日本では処方薬だが海外では普通にドラッグストアで売られている薬を、個人輸入で扱うサイトから取り寄せた。あっちで大量に買い込んだ医薬品やサプリを国内で高く転売しているところで、百合は独身時代、アメリカ製のダイエットサプリを買ったことがある（特に効果はなかった）。日本に住む外国人相手に商売しているのだろう、サイトの表記は全て英語で、ささやかなスキルを久しぶりに活かせた。

翌々日の午前中には速達で薬が届き、さっそく試すことにした。説明書には一錠とあったが、念のため半分に砕いてオレンジジュースに溶かす。ぐるぐるとマドラーでかき混ぜながら、ふと、わたしは何をやってるんだろうと思った。どうでもいいドリンクや軽食を配達してもらうため、いや、一瞬すれ違った男と再会するため、我が子に一服盛るなんてどうかしてる。橙色(だいだい)の渦を見下ろしながら恐ろしくなった。けれどその恐怖は、テレビから流れるメロディにかき消される。

――ユートゥー、ミートゥー、ミーツデリ……。

百合はマドラーを口に含み「おいしい」とつぶやいた。ジュース、長いこと飲んでないな。きょうは前にチェックしてたフレッシュフルーツのお店で注文しよう。さゆみは赤ん坊の頃から眠りが浅くて心配してたんだから、薬で助けてもらうのは悪いことじゃない。幼稚園のお友達より小柄なのだって、ぐっすり眠れてないせいかもしれないし。

「さゆちゃん、オレンジジュース飲む？」

「飲む！」

駆け寄ってくる娘を、百合はやさしく抱きしめた。

薬の効果はてきめんだった。玄関先で靴を履く動作にすら反応する娘がみじろぎもしない。ミーデリで頼んだミックスジュースを堪能し、二時間ほどして揺り起こすと、ぱちっと目を開けてぐずることもなかった。これなら大丈夫、と安堵する。きょうもハズレだったけど、あした、またチャレンジすればいい。

　さゆみの昼食に薬を混ぜ、眠っている間にミーデリを利用するという新たなルーティンに入った。一週間経ち、幼稚園ではまた別の職員が待機になったとかで休園が延びたが、先生も大変、と心から同情できた。

　おやつにプリンをひとつ注文した日のことだった。配達員が玄関先に紙袋を置いて立ち去るのをドアスコープから見届け、さっと扉を開けて素早く回収する。キッチンでプリンを取り出すと、袋の底に紙片がへばりついていた。

『よかったら連絡ください　Ｔａｋｕｙａ』

　走り書きのメモにＬＩＮＥのＩＤも添えられていて、思わず「何こいつ」と顔をしかめた。気持ち悪い。何度か来た配達員だ。アイコンと名前はうっすら覚えているが、インターホン越しに応答するだけで一度も対面していない。どういうつもりだろう。女がいる家とわかれば片っ端からＬＩＮＥのＩＤをばら撒いているのだろうか。数撃ちゃ当たる、の絨毯爆撃。成功体験でもあるのかもしれない。何にせよ不愉快だった。純粋な気持ちでガチャを楽しんでいるのに、不具合で水を差された気分だ。こういうのって、レビューに書いたほうがいいんだっけ？　でもあくまで個人契約だから、運営会社はあまり熱心に対応してくれないって聞いたことがある。逆恨みされるのも怖い。迷った挙句、百合は評価に星1をつけ「配達員の態度が悪かった」という項目にチェックを入れて送信した。注文頻度が高いし、時間帯もある程度固定されてしまうのでＴａｋｕｙａはそれ以降もやって来たが、追撃のアプローチはなく、百合も今までどおりの対応を続けた。

そうして長い休園が終わる前夜、夫が険しい顔で帰ってきた。店で何かあったのだろうか。あしたからまた気兼ねなくミーデリに励めるとわくわくしていた百合にはうざったかったが、「おかえりなさい」と適度に明るく適度に穏やかな声で迎え入れる。

「シチューあっためるね」

「百合」

「ん？」

雄大は仕事用のショルダーバッグからふたつ折りにした紙を掴み出し、テーブルに叩きつけた。

「何だよこれは」

何かがびっしりと印字されている。手に取ってそれがクレジットカードの利用明細だとわかると、百合の指先は小刻みにふるえ出した。「ミーツデリ」の文字がほとんどを占めている。

「何で？」

声が上ずる。雄大はせこい反面家計に無頓着で、カード会社からの封筒に見向きもしなかった。だから心置きなく課金できたのに。

大石さんが教えてくれたんだよ、と吐き捨てられた。

「今朝、エレベーターの前で一緒になった時、お前がミーデリにハマってしょっちゅう使ってるって。信じられなかったけど、WEB明細チェックしたら……ありえないだろ。しかも理由がイケメンの配達員に会いたい？　恥ずかしくないのかよ」

信じられないのはこっちだ、と思う。親密度に関係なく、女同士の話を互いの夫に漏らさないのは最低限の仁義だと思っていたのに、裏切られた。

「耕平くんママ、そんな告げ口する人だったんだ」

「は？　何人責めてんの？　大石さんは心配してくれてんだろ」

「だったらわたしに直接言えばいいでしょ。そもそも、うちにミーデリが来てるかなんて、聞き耳立ててないとわかんないじゃん。気持ち悪い」

「外廊下に面した部屋で仕事するから出入りはどうしてもわかるって言ってたよ」

「は？　そんな言い訳真に受けてんの？」

耕平くんママだって彼が来るのを待ち構えてたに決まってる。うちのようすを窺って、わたしが引いたガチャのおこぼれに与ろうとして。何て下品な女だろう。

「いや何で逆ギレしてんだよ、おかしいだろうが」

ショルダーバッグをいまいましげに放り投げ、雄大が声を荒らげる。

「大石さんは家にいてもちゃんと働いてんのに、お前はこんな出前なんかに無駄遣いしやがって」

「わたしだって働きたかったよ!!」

百合も叫んだ。

「さゆみを保育園に預けて仕事は続けたいって何度も言ったよね？　それを『子どもがちいさいうちは家にいてほしい』って聞いてくれなかったのは雄大くんじゃん！　お義父(とう)さんもお義母(かあ)さんも忙しくて寂しかったからって！　なのにいざ生まれたら子育てはわたしに丸投げで、ただ『手をつないで安全に道を歩く』のがどんなに難しくて神経をすり減らすことかもわかってないくせに。無駄遣い？　雄大くんこそ結婚前、ほとんど貯金なかったくせに。マンションの頭金の七百万、全部わたしの婚前貯金だよ。個人資産だよ。ミーデリに遣ったお金なんかトータルで二、三万ですけど？　それくらいでガタガタ言うんなら、七百万の半額でも返して」

「それとこれとは関係ねーだろ！」

「あるよ、お金の話でしょ、関係ないんだったらわたしを納得させてよ」

「いい加減にしろ!!」

がん、とテーブルを殴りつける音が響くのと同時に、さゆみがリビングに飛び込んできた。

「やだ、けんかしないで」

瞳より大粒に見える涙をぼろぼろこぼしながら訴え、雄大の脚にしがみつく。

「さゆちゃん、ごめんね、大丈夫だからこっちおいで」

百合はさゆみを抱き上げ、背中をさすりながら寝室に連れて行った。しゃくり上げる温かな身体を抱きしめているうち睡魔に襲われ、目を閉じてしまう。どのくらい時間が経ったのか、雄大が「何でこの状況で寝れんだよ」とひとりごちるのが耳に引っかかりはしたものの、すぐにこぼれ落ちて百合には何も聞こえなくなった。

翌朝、雄大はわざとらしい猫撫で声で「ばーばのとこへ行こうか」とさゆみを誘った。車で一時間ほどの義実家には長いこと帰省していなかったので、さゆみは「ほんと？やったあ」と無邪気に喜ぶ。

「ママは？」

「ママは後からくるよ」

そうそっけなく答え、「マクドナルドのドライブスルーで朝ごはん食べよう」と食べものでごまかして出て行った。百合とはひと言も口をきかず、目すら合わせなかった。何の感情も湧かなかった。車中でさゆみがぐずったらどうするつもりなのかな、と高みの見物めいた意地悪い気持ちは芽生え、もう駄目なのかもしれないと思う。金の不公平までぶちまけてしまって、修復できる余地は見当たらない。後悔はなく、むしろ何で今まで言わなかったんだろ、とすっきりしていた。仕事のことも、頭金のことも、夫婦の間に決定的な亀裂を入れてしまうから自制してきた。どうしてわたしばっかり我慢しなくちゃいけないの。

　空っぽの家でミーデリのアプリを開き、朝食にサンドイッチを頼んだ。ハズレだった。普段どおりの家事をこなし、昼食にオムライスを頼んだ。ハズレだった。夫がいなくても、娘がいなくても、配達員が判明するまでの興奮は変わらなかったので嬉しかった。洗わなきゃ、と思いつつ先延ばしにしていたシーツを洗濯機に入れ、新しいシーツをセットすると清々しい達成感を覚え、本日三度目のミーデリを起ち上げる。有名パティスリーの、いちごのタルトにしよう。注文確定をタップすると程なくして配達者のアイコンに切り替わったが、またしてもハズレ。でもきょうはＴａｋｕｙａが出ていないだけまし。夕方になってもさゆみが帰って来なかったら、晩ごはんも注文しよう。いつもと違う時間帯だから期待できるかも。百合はひとり「ユートゥー、ミートゥー……」と繰り返し高らかに歌い上げる。隣に聞こえたって構わない。好きに言いふらせばいいじゃない。あんたも、外廊下をローラーシューズで走り回るあんたのガキも大嫌い。

　やがてインターホンが鳴ると、「玄関先にお願いします」と答えてオートロックを解錠する。配達員が立ち去るのを丸い覗き穴から見届け、心の中で一分数えて手早く回収する。いつもの、慣れた工程のはずだった。慎重に開けたドアに四本の太い指がぬっとへばりつくのを目撃するまでは。

　それはまるで、突然現れたバグだった。

　抵抗する間もなく隙間を広げられたかと思うと、そこからずいっと男が押し入ってくる。悲鳴も出せず、後ろ手に鍵とロックをかけられるのを呆然と見ていた。玄関先でへたり込む百合を見下ろし、男は言う。

「ねえ、何でＬＩＮＥくんないの」

その時初めて「あっ」とか細い声が漏れた。この顔を知っている。Ｔａｋｕｙａだ。アイコンのわざとらしい笑顔とは違い、キャップの下の顔は石のような無表情だったが。

「俺好きなんだよ、ひと目見た時から好きだったんだ。隣のババアに持ってった時、エレベーターであんたと一緒になって。何階ですかってわざわざ訊いてくれたよね」

そんなの覚えていないし、だったらどうなの？　それだけで好意を持たれるなんてありえない。百合の口からは、かたかたと歯が鳴る音しか出てこない。おそらく、さっきの配達員についてオートロックを抜け、スコープの死角にひそんでいたのだろう――百合に会うために。会うためだけに。

「あんたもしょっちゅう頼んでくれるようになったじゃん。それって俺に会いたかったからだよね？　なのに顔も見せてくれないでさあ、照れてんのかなとかすっぴんなのかなとか俺もいろいろ汲んであげてたけど限界きて、わざわざメモ入れたのに完無視とかなくない？　ないよねえ？　ねえ、どういうつもり？　焦らしすぎだよ」

違う。あんたなんか知らない。わたしが会いたかったのはあんたじゃない。わたしは幸せなガチャをしていただけなのに、こんなグロテスクな不具合は受け入れられない。

百合は力なくかぶりを振る。Ｔａｋｕｙａはなぜか「やれやれ」と言いたげなため息とともに、百合に覆いかぶさった。

――はい、それで、無我夢中で床を探ったらスリッパに触れたので、まずそれで殴りました。殴ったっていうか、はたいたって感じですね。すぱぁん、ってコントみたいにいい音がしました。それで、向こうが怯(ひる)んだ隙に立ち上がって、シューズボックスの上にあったガラスの花瓶で何度も頭を殴って……義母が、引っ越し祝いにくれたんです。ごつくて重くてださくて、こんなものよこすくらいなら一万円でも援助してよって思ってましたけど、役に立つんですね。

――正当防衛……なんでしょうか。消えて、とは思いました。不具合はアプデで修正しなきゃ。あと、あの人から見たわたしも、こんなふうにキモいのかもって想像すると、何かもうめちゃくちゃイラついて。お前のせいで余計なこと考えちゃったじゃんみたいな。それを殺意だって言われたら、まあ、そうですかって感じです。

――いえ、特に混乱はしませんでした。頭から血を流して動かないＴａｋｕｙａさんを見て、気づいたんです。ゲームと違って、星５の出現確率を自分で上げることができるんだって。配達員が多すぎてあの人に会えないんなら、ハズレを排除していけばいいだけでしょう？　心配した夫が早く帰ってきた時、わたしが死体の側でスマホを弄ってたのはそういう理由です。一一〇番のやり方がわからなくなってたわけじゃありません。

――これって、精神鑑定ってやつですよね？　わたし、病んでるって思われてるんですか？　自分ではぴんとこないんですけど……うーん、ひょっとしてずっと前からどうかしてたのかな？　あの人はびっくりするようなイケメンじゃなかったかもしれないし、そもそも存在しないのかもしれない。娘が「ママ、自転車くる」って言ったのも含めて、全部私の妄想だったのかもしれません。分かりませんけど。

――先生、ここでは何でも言っていいんですよね。じゃあひとつお願いします。デリバリー頼んでもらえませんか？　拘置所の食事がどうしても口に合わなくて。スマホは没収されちゃったし……え、駄目なんですか？　どうして？

――……ユートゥー、ミートゥー、ミーツデリ……。

おかえり福猫

まさきとしか

孤独死を想像する四十四歳の女ってどのくらいいるんだろう。ねえねえ、孤独死するところ想像したりする？　って聞いてまわったりSNSでアンケートを取ったりすればいいんだろうけど、そこまでして知りたいわけじゃないし、なにこの人、思わせぶりなこと言っちゃって心配してほしいだけじゃないの？　なんて思われそうだし。そもそも私にはそんなことを聞ける四十四歳の知り合いはいない。SNSはアカウントはあるけど投稿はしてなくて、ツイッターのフォロワーはご丁寧にフォロー返ししてくれたふたりだけ、インスタはゼロ。だから、どのくらいいるのかなあ、と答えの出ないことをひとりでつらつら考えるだけ。答えが出たからって何がどうなるわけでもないけど、多ければ多いほど私だけじゃないんだってほっとできるのかもしれない。たしかに私だけじゃないと思う。四十四歳にもなれば一度や二度くらい孤独死するかもという考えがよぎることもあるだろう。でも、それには「いつか」がつく。今日でも明日でもないし、一週間後でも一ヵ月後でもない。日常の時間軸とは別の次元に存在する「いつか」。そして、すぐに忘れちゃって、ふとしたきっかけでまた不安に襲われて、また忘れる。その繰り返し。私みたいに毎日孤独死のことを考えてる人はそんなにいないんじゃないかなあ。どうかなあ。どうなんだろう。

なんてことをとりとめもなく考えながら、両手に五リットルの猫砂をひとつずつぶらさげてアパートに帰った。

ぼんやりしてたからドアを開けた途端、アンモニア臭に嗅覚をガツンとやられた。

ミヤァァミヤァァァ、ナーアナーア、ミーミー、アー。猫たちのお出迎え。肩に飛び乗ってくる子、足に体をこすりつけてくる子、ひたすら鳴き続ける子、遠くからじっと見ている子、出てこない子。

「あー、はいはい。ただいま」

我ながら感じの悪い声だ。あーもーうるさいな、と言ってるのと同じ。きっと顔もそうなんだろう。

ミヤァァ、ナーア、ミー、ミャーウ。重なった鳴き声が耳孔に吹き込まれて、耳奥で膨らんでいく。頭皮がきゅっと縮み、頭が締めつけられる。ほんものの猫好きなら、よちよーち、こんなに甘えちゃってかわいいねー、いい子ちゃんでしゅねーってなるんだろう。

肩に乗ってるのが茶トラのタンポポ。ミーミー鳴きながら私の足に体をこすりつけてるのが黒猫のマリモ。食卓にはキジ猫のリュウとテツとアヤメの三きょうだいがいて、ハチワレ猫の文太とキジ猫のあんずがうろうろして、サビ猫のルルが寝室の押し入れからこっちをうかがっている。これで八匹。あとの三匹、空と青とクロ子は猫ハウスか押し入れのなかにでもいるんだろう。

蛍光灯のあかりが空中に舞う猫の毛をきらめかせている。薄茶色のビニル床には猫砂と爪とぎのカスが散らばって、毛だらけのボールとかけりぐるみとか猫じゃらしとか、食卓にあったボールペンとかダイレクトメールの束とかが落ちている。

「あー、疲れた。疲れる」

ため息と一緒に声が漏れた。

台所に立つと猫たちのごはんの催促（さいそく）が激しくなる。ミヤァァァ、ギャァァァァ、ナーンナーン。あああ、ほんとにうるさい。

リュウとテツとアヤメの三きょうだいは食いしん坊の早食いだから、ほかの子の分まで食べないようにごはんのときはケージに入れて、あとの八匹には四つのお皿を共有させている。

猫がごはんを食べてるあいだに猫のトイレを掃除する。五つあるトイレはどれも底が見えるほど猫砂が減っていてホームセンターで買ってきた猫砂を足した。

はいはい、わかってますよ、だめな飼い主ですみませんね、と架空の意識が高い猫好きに向かって憎まれ口をたたく。

ほんとうは一匹ずつ分けてフードを与えたほうがいいことも、年齢や体重やアレルギーを考慮してフードを変えたほうがいいことも、トイレは猫の頭数プラス一個用意するのが理想なこともわかってる。でも、十畳の居間と六畳の和室の１ＤＫに、十一個のケージと十二個のトイレを置けるわけないじゃないですかー。

心のなかのつぶやきがぷすぷすとあぶくが弾（はじ）ける音になって漏（も）れた。

つい息を止めずにゴミ箱の蓋（ふた）を開けてしまった。

「くさっ」

眉間と鼻にしわが寄る。顔をそむけて、ポリ袋に入れたおしっこを急いで捨てて蓋をした。

　ほんものの猫好きならこのにおいも愛おしいと感じるのかな。自分が死ぬときや、猫が死んだとき、あーもう一度おしっこのにおい嗅ぎたい、とか思ったりして。

　ふと、ワキガだった高校の同級生を思い出した。それまで私はワキガというものを知らなくて、その子のそばに行くとツンとした刺激臭がすることを不思議に思っていた。特に夏場や更衣室では息を止めなければならないほどで、くさったコロンか生理のにおいか体臭なのかとひとりであれこれ考えた。それがワキガというものだと教えてくれたのはクラスの女子の悪口だった。表立ったいじめはなかったけど、ワキガ強烈だよね、においうつりそう、という意地悪な声を聞いて、私はワキガの彼女じゃなくてほんとによかった、と心から思った。そんなことを思ったのは人生のなかであれが最初で最後だろう。顔も名前も忘れてしまったあの子にあやまりたい。たかがワキガで、私なんかがそんなふうに思ってごめんなさい。あの子はいまどうしてるんだろう。ワキガの治療はしたのかな。なぜかわからないけど、嘲笑していた女子たちよりも、もちろん私なんかよりも、彼女のほうがずっと幸せになってる気がした。

　あ、また昔のことを思い出してる。

　最近、昔のことばかり頭に浮かぶ。私、死ぬのかな。これって走馬灯の一種なのかな。だから、孤独死のことが頭から離れないのかな。

そういえば、思い出って夢と一緒でモノクロなんだとずっと思ってた。実際は色つきの夢を見る人も多いみたいだけど、私の夢に色はない気がする。だから、夢と同じく思い出もモノクロなんだと思ってた。私が昔を思い出すとき、そこには色がないから。モノクロの映像に、頭で覚えてる色を塗ってく感じ。制服のブレザーとスカートは紺色で、リボンはえんじ色で、ジャージは水色だった、みたいに。ほとんどの人はちゃんと色つきで思い出してるって知ったときはびっくりした。私みたいな人はいるのかな。それも、人に聞いてまわったりSNSでアンケートを取ったりすればいいんだろうけど。そういうことができる人間だったらよかったんだけど。

なんだっけ。ワキガじゃなくて、おしっこのにおいじゃなくて、えーと……。

めったに鳴らないスマートフォンの着信音が響いてぎょっとした。ディスプレイを見て一気に血の気が引いた。電気を消そうと足を踏み出して、寸前で思いとどまる。外から見張られてるかもしれない。電気を消したら逆に在宅してると教えるようなものだ。台所にしゃがみ込んで息を殺した。飼い主が必死で気配を消してるのに、排泄（はいせつ）をしたマリモがトイレハイになってアーウアーウと叫びながら部屋中を猛ダッシュするし、リユウとテツがプロレスをはじめるし、寝室では壁で爪とぎしてるやつがいる。いまにもドアフォンが鳴って町村（まちむら）さーんとノックされそうで、心臓がドキドキして苦しくなっていく。やばい、またパニック発作が起きそうだ。

どのくらいの時間がたっただろう。トイレハイもプロレスも爪とぎも終わったらしく、猫たちは寝たり寄り添ったりグルーミングしたりし合ったりして、私以外はまったりと過ごしている。

ゆっくり立ち上がったら、動悸が激しくなった。胸が詰まる感じがして、うまく呼吸ができない。すーふー、すーふー、と深呼吸を繰り返しながら部屋を見まわした。

築二十五年家賃三万五千円のこのアパートに人を入れたのは一度だけ。四年前に母が来たときだ。

そのときは、居間の葉柄のカーテンも和室のストライプのカーテンも破れてなかったし、二人掛けの食卓は傷だらけじゃなかったし、クッションから綿は出てなかった。壁もビニル床も畳も、古いアパートだからそれなりに使用感はあったけど、ボロボロじゃなかった。まだ猫用トイレも爪とぎもなくて、もちろんケージが三つ並んでもいなかった。

母は友達の息子の結婚披露宴に出るために電車で三時間半かけてこのまちに来た。うちには一時間もいなかった。私は五年勤めた保険代理店をリストラされたばかりだったけど、働いてるふりをした。食卓で向かい合って母が買ってきたケーキを食べた。いつものように母が一方的にしゃべった。披露宴の感想とか友達のこととか近くに住んでる孫のこととかだったと思う。そのときの記憶はやっぱりモノクロで、ぼんやりとしか覚えていない。ただ、ひとつ鮮明に覚えてるのは、

世界最高齢の猫って三十八歳まで生きたんだって。信じられる？　もはや化け猫だよ

ね。

という母の言葉だ。

その数日後、私は最初の保護猫タンポポに出会った。

ハローワークの帰り、〈本日サービスデー！　レディースカット1500円〉という看板につられて美容室に入ると、里親募集中の猫のポスターが貼ってあった。茶トラのオス猫で、口のまわりが白くて、額の模様は王冠みたいだった。印刷された猫と視線が合った気がした。どこかきょとんとした黄色い目を見つめてると、温かな水滴が胸にぽつりと落ちた。

「そ、その猫、か、飼い主を探してるんですか？」

気がつくと美容師に聞いていた。

そこからはとんとん拍子に話が進んだ。あまりのスムーズさにこの出会いは運命だと思った。里親を探してたのは五十歳くらいの男で、亡くなった母親が飼っていたのだと言った。私は名前と電話番号を教えただけで、四十歳のひとり暮らしであることも、無職であることも、ペット不可のアパートに住んでることも、後見人になってくれる人がいないことも告げずに済んだ。

引き取り手が見つからなかったら外に放すしかないと思ってたんですよ。だってほら、保健所に持ってってたら殺されるんでしょ？　それはさすがにかわいそうだから。男はそう言って、ほんとうによかった、助かりました、ありがとうございました、と繰り返して、命を救ってもらってよかったなあ、タンポポ、と猫に話しかけた。

そのとき、私の輪郭がくっきりと描かれるのを感じた。世の中から必要とされて、世の中の役に立てる人間だと認められた気がした。頬が緩んで、ぎこちなくだけどほほえむことができた。

あれから四年。私は四十四歳になって、一匹だった猫は十一匹になった。どの猫も避妊と去勢を済ませてるから繁殖したわけじゃなく、保健所から引き出すか、里親募集のSNSやポスターを見て引き取った。最後は半年前、リュウとテツとアヤメの三きょうだいをまとめて引き取ったとき一線を越えたのを感じた。

カーテンのすきまから外の様子をうかがった。ゆるやかな坂道を照らす街路灯の暗いオレンジ色。向かいの七階建てのマンションが視界を塞いでいる。一階のデイサービスセンターのあかりは消えて、駐車場にはセンター名が書かれた白い車が三台。それっぽい人も車も見当たらないけど、油断はできない。

スマートフォンには二件の留守番メッセージが吹き込まれている。どちらもアパートの管理会社だ。

一件目は一昨日。

「北興ハウジングです。町村さんとずっとご連絡がつかないままなので、五月二十九日、午後三時に立ち入らせていただきます。ご都合が悪ければご連絡ください。ご連絡がない場合は了承されたと判断させていただきます」

二件目はさっき。

「北興ハウジングです。ご連絡をいただけないようなので、五月二十九日、午後三時からの立ち入りに同意されたということでいいですよね。町村さんが不在の場合でも、合鍵で立ち入らせていただきますので」

管理会社から最初に連絡があったのは一ヵ月ほど前のことだ。ペットを飼っていないかという確認の電話だった。私は飼ってないと答えたけど——正確にはパニックで頭が真っ白になって、ややややや、と否定の音を連ねただけだけど、猫の鳴き声で苦情が出てると言われた。

たぶん隣の部屋に引っ越してきた初老の女の仕業（しわざ）だ。それまで隣は一年以上空き部屋で、その前は一日中テレビを大音量でつけてる耳の遠いおばあさんがひとりで住んでいた。

管理会社からは何度も連絡が来たけど、どうすればいいのかわからなくて対応できずにいたら無視してる体（てい）になってしまった。

こういうのを詰んだって言うんだろうか。

立ち入りは明後日（あさって）だ。

翌日は仕事が休みだった。

私はホームセンターの帰り、キャットフードの入ったエコバッグを肩にかけて近所の緑地公園に行った。

毎月一万円のリボ払いがあとどのくらい続くのか把握してないけど、限度額に達してクレジットカードが使えなくなったのが三ヵ月前。それ以来、二、三日に一度はホームセンターに行っている。パート代は月に十二万円ほどで月末払いだから、いまの全財産は三千円を切っている。

ベンチにエコバッグを置くとき「よいしょ」と声が出て、座るときには「よっこいしょ」と言っていた。マスクの下で、ふう、と息を吐いた。

住宅地を縫うように延びる緑地公園には人工の小川が流れていて、川べりはベンチや東屋、花壇が点在する遊歩道になっている。

私はよくここで、私がなれなかった人たちを眺めて過ごした。

小さな子を遊ばせてる母親。歓声をあげながら川遊びをする子供たち。並んでウォーキングをする中年の夫婦。膝丈ほどの川にも魚がいるらしく釣り糸を垂らす老人。ポニーテールを揺らしながらジョギングする若い女。ゴールデンレトリバーのリードを持った中年の男。それぞれに日々の営みがあって、きっと誰かとつながっていて、いまみたいになにげない時間を積み重ねた人生を生きている。ほんとうのところはわからない。でも、そんなふうに見えた。

どうして私はこの人たちのようになれなかったのかな。

孤独死が頭に居座るようになったのは猫を引き取るようになってからだ。

もし私が死んだらいつ気づいてもらえるんだろう。そんなことを考えた。連絡を取り合う友達はいないし、母からは二、三ヵ月に一度電話が来るくらいだ。勤務先の人は厄介払いができたとばかりに放っておくに決まってる。飢えた猫たちは死んだ私を食べるかもしれない。食べたっていい。でも、人を食べた猫なんて気味悪がって誰も引き取ってくれないんじゃないかな。それは不憫だなあ。猫は悪くないのに。ぜんぶ私のせいなのに。

立ち入りは明日だ。

私はどうするんだろう。どうするつもりなんだろう。

猫を置いて逃げるのかな。それとも外に放すのかな。猫をどうにかしても、あの部屋に住み続けることは許されないだろう。ボロボロになった壁や床の修繕費はどうやって払えばいいんだろう。じゃあ、やっぱり逃げるしかないのかな。でも、どこに？　先のことがなにも見えない。考えられない。

あーあ。胸いっぱいにため息が広がる。

なんだか疲れたなあ。がんばってもいないのになんでこんなに疲れるんだろう。猫のことじゃなくて、立ち入りのことでもなくて、自分に疲れ果てちゃった。

「あんた、猫飼ってるの？」

至近距離からの声に顔を上げると、七十代に見える女が立っていた。ベージュの帽子と花柄のマスク。ウォーキングの途中なのかピンク色のウエストポーチをつけている。

かったんだろう。

「え、い、いえ」と条件反射で否定してから、「あ、はい」と答え直した。どうしてわかったんだろう。

「やっぱりね。だってほら、服にいっぱい毛ついてるもの。それ、猫の毛でしょ」

愉快げに種明かしした彼女の視線につられて目を落としたら、出かけるときにコロコロし忘れたみたいで紺色のパーカとジーパンに猫の毛がたくさんついていた。

「あたしも飼ってたんだよ、トラミっていう猫。ドラミじゃないよ、トラミ。ガオーガオーのトラミね。その前がシロスケで、その前がミータン」

女は私の横に、よっこらしょ、と座った。

「でも、死んじゃったんだよね。さすがにこの歳だもん、もう飼えないよね。あたし、ひとり暮らしだからさ」

さばさばと言う。

孤独死を想像しますか？　とっさに頭に浮かんだけど、さすがにリアルすぎて冗談でも聞けない。

「猫はいいよね。猫はかわいいもんね」

返事がないのを警戒の意味に受け取ったのか、女は「あたし、モリヤよ、モリヤ」と、まるで私が彼女の名前を度忘れしたとでもいうように自己紹介した。「ま、町村です」と、私もマスクの下でもそもそ口を動かした。

「あんた、独身だよね」

語尾の上がらない断定する言い方だった。私の返事を待たずに、よくさ、と彼女は続ける。

「女は猫とマンションをかったらおしまいだ、結婚できない、って言うでしょ。でもさ、あたしに言わせれば、結婚するより猫とマンションかったほうがずっと幸せだったりするからね。人の人生あれこれ言ってほんと余計なお世話だよね」

私は初対面のおばあさんに慰められてるんだろうか。そんなに惨めでさびしそうに見えるんだろうか。それとも言葉とは裏腹に、結婚できなくてかわいそう、でも結婚できそうもないもんね、とバカにされてるんだろうか。

私には人の気持ちがわからない。どのくらいわかれば、わかったことになるのかもわからない。人には私がどんなふうに見えていて、なにを求められているのかを汲み取れない。だから、人といるといつも焦ってうろたえてしまう。

私にも結婚を意識した人がひとりだけいた。四年つきあった人だった。彼からなにを考えているのかわからないという理由で別れを切り出されたとき、もちろんショックだったけど、それ以上にほっとした。いつか爆発するかもしれない重たい荷物をやっと下ろせた心地がした。その七、八年後、駅で見かけた彼は、妻とふたりの子供と一緒だった。幸せそうな家族の姿に、ちがう世界をのぞき見てる感覚になって、やっぱり結婚しなくてよかったと静かに思ったことをモノクロの光景で覚えている。

「あれ。もしかして独身じゃなかった？　あれってセールストークってやつ？」

モリヤさんは気まずそうな顔をしたけど、なんのことかわからなかった。

「ほら、お店で言ってたでしょ。ここにいるスタッフは全員独身でーす、って。あんたじゃなくて男の人がさ」

だから自分の体を自分で守るために、スタッフはみんな免疫アップのサプリメントをのんでるんですよー。ご家族がいる方なら、ご家族のためにも健康でいなきゃ、ですよねー。そのためには、免疫！　免疫！　とにかく免疫アップ！　免疫上げときゃ死にませんから！（ここで笑いが起きる）

いつのまにか社員の営業トークを暗記してたことに嫌気がさした。

そうか、モリヤさんはお客さんか。私はモリヤさんを覚えてなかったけど、モリヤさんは私のことを知っててくれたのか。

四年前、私が保険代理店をリストラされたのはパニック発作を起こして頻繁に休むようになったからだった。それからは、運送会社、弁当工場、スーパーマーケットなどのパートを転々とした。症状が落ち着いても、長く働けるところはなかった。いまの健康食品会社で働きはじめたのは半年ほど前だ。サプリメントを中心に通信販売してる会社で、週に一、二回、健康教室というイベントを開催して積極的に対面販売をしている。イベントは漫談みたいな健康トークではじまって、そのあと販売会へと移る。社員は元気と笑顔がいっぱいのトークのうまい若い男ばかりで、客は年輩の女性ばかりだ。やけにスキンシップが多くて、第一波のときにクラスターが発生したらしい。私は事務職だけど、イベントのときは「中年の無害そうな女がいると年寄りが安心する」という理由で駆り出される。会場の掃除をしたり、パイプ椅子を並べたり片づけたり、拍手したりうなずいたり、しゃべらなくてもいい係だった。

「あれ嘘なの？　独身じゃないの？」

「ど、独身です」

頭がかっと熱くなって耳まで赤くなって舌のつけ根で声がもつれたけど、モリヤさんは気にするふうもなく、「じゃあ、猫でもマンションでもどんどんかえばいいんだよ」と笑った。でもさあ、と急にしんみりした声になる。

「やっぱり死なれるのがつらいよね。自分が若いときならまだいいけど、この歳になるとかわいい子が自分より先に死ぬのがもう耐えられないんだよね」

遠い目をしてると思ったら、モリヤさんは外灯の柱に貼ってある〈犬、捜してます〉というポスターを見ていた。

「じゃあ、あたしそろそろ行くわ。またニンニクのサプリ買いに行くからね。免疫上げなきゃやなんないもんね」

「あ、あの」

ん？　とモリヤさんが顔を向けた。

「ニ、ニンニクのサプリメント、ドラッグストアで、お、同じようなのが五分の一の値段で買えます」

モリヤさんは少しびっくりした顔をしてから、「そんなこったろうと思ったよ」と笑った。

翌日の朝、私は同じベンチに座っていた。

立ち入りの日を迎えたのにどうすればいいのか決められないまま、会社を無断欠勤してここに来た。

いつものように私がなれなかった人たちをぼうっと眺めて過ごしたいのに、こんなときに限って誰もいない。柴犬のリキはもう死んでるように思えて、そう思ってしまう自分が嫌いだった。〈犬、捜してます〉のポスターを見た。

外灯の下の繁みがかさかさっと揺れて、なにか毛の生えた白っぽいものが現れた。柴犬のリキかと思ったら猫だった。

ぽってりとした体軀と、タンポポの綿帽子を集めたようなふんわりした白い毛、首の後ろには天使の羽みたいに薄茶と灰色の模様があって、背中には薄茶と灰色の大きな丸が寄り添って水玉みたいになっている。淡い色合いのパステルミケ。

「えっ、ふくちゃん？」

思わず立ち上がった。あまりの驚きに目玉が飛び出してる感覚があった。

猫はするすると寄ってきて私をじっと見上げた。

薄緑色の透きとおったまんまるな目、逆三角形の桃色の小さな鼻、にんまり笑っていいるような口。たぬきみたいにふっくらとした縞々(しましま)のしっぽの先がゆらゆら揺れている。

福を招く、福猫のふくちゃん。

ア、アアァァァー。

私を見上げたまま猫が鳴いた。猫というよりカラスの赤ちゃんみたいな鳴き声。

絶対にふくちゃんだ！

夢みてるのかなあ。それとも無意識のうちに昔を思い出してるのかなあ。でも、ちゃんと色がついてる。だからこれはいま私が見てるほんとのことだ。

「ふくちゃん？」

アッ。

「ふくちゃん」

アアッ。

ふくちゃんはほほえんでいる。陽光に照らされて瞳孔が細長くなってるから悪巧みしてるような顔に見える。おぬしも悪よのうと言われたときの越後屋(えちごや)みたいに。

ふくちゃんが歩きだした。シッポをピンと立てて、垂れ下がった腹をたっぷたっぷと揺らしながら、ついておいでと言うように。

ふくちゃんふくちゃん。でもまさか、またおんなじ姿で現れるとは思ってなかったよ。

ふくちゃんに会ったのは六歳のときだった。小学校から帰ると家の前に、まるで私の帰りを待ってたように淡い色模様の三毛猫がおすわりしていた。父は嫌がったけど、母が三毛猫は福を招くと言ってくれて、成績優秀で優等生の兄もきっと福猫だよと加勢してくれて、その日からふくちゃんはうちの猫になった。のちに動物病院でふくちゃんが推定六歳で私と同い年だとわかったとき、あんたたち生き別れの双子だったりしてね、と母がふざけた。

当時、多くの猫がそうだったようにふくちゃんは家の内と外を行き来していた。といっても放し飼いじゃなくて、外に出たくなるとふくちゃんは居間の掃きだし窓のそばでゥアーゥアーと低く鳴いて、窓を開けてやるとそそくさと庭に出ていった。生け垣の向こうに姿を消すこともあったけど、排泄を済ませていつも十分たらずで戻ってきた。

ふくちゃんと私は同い年で女の子同士だったけど、ベタベタした関係じゃなかった。私はいつもくっついていたかったけど、ふくちゃんが嫌がった。ふくちゃんは自立した猫だった。ふくちゃん、と呼ぶと、気が向いたときだけ、ア、と返事をしてくれたけど、シッポを動かしてくれればいいほうで、たいていは聞こえないふりをした。それでいて、アーアー、アアァァアー、アアアー、アアッ、とカラスの赤ちゃんみたいな鳴き声で、窓を開けて、お腹すいた、腰を撫でて、もっと強く、などとえらそうに指図した。

中学三年生の秋だった。ふくちゃんはいつものように外に出たがった。その夜、家には私しかいなかった。両親は一年前に離婚して父がどこにいるのか知らなかったし、母は仕事に出かけてたし、兄は大学から帰ってなかった。

その頃にはふくちゃんを外に出さないように母から言われていた。十五歳になったふくちゃんはよろけたりふらついたりするようになって、もうシンクにもタンスにも上れなかった。それに、近所では毒入り餌(えさ)を食べた犬と猫の死骸が続けざまに見つかっていた。

いつもなら放っておけばあきらめて猫用トイレで排泄するのに、その夜のふくちゃんはしつこかった。食卓で受験勉強をしてる私の足もとと掃きだし窓を行ったり来たりしながら、アー、アァァァー、アァァァァー、と鳴き続けて、しまいには鼻にしわを寄せてギャ——ギャ——ギャギャー——と悲鳴めいた声をあげた。

あの頃の私は苛立(いらだ)っていた。焦りともどかしさが自分のなかで怪物みたいに膨らんで、いまにも食い破って出てきそうだった。

緊張するとどもるようになったこと。学校ではいつも緊張するからいつもどもってしまうこと。陰で物まねされてること。なにをやっても人並にできないこと。テストの問題文を一度読んだだけでは理解できないこと。ほかの人が感じることが感じられなくて、ほかの人が気にしないことをお腹が痛くなるほど気にしてしまうこと。友達のつくり方がわからないこと。人の視線が怖いこと。母に心配をかけてること。父が出ていったのは私のせいかもしれないこと。

どうして私はこんな私なんだろう。巨人になって自分をびりびりに破りたかった。でも、高校に行けば世界も私も一変するかもしれない。そんなひと筋の希望にすがるしかなかった。

それなのにふくちゃんはギャーギャー鳴いて受験勉強を邪魔しようとする。頭の中が煮え立って、なにかが爆発しそうだった。私の声はどこにも届かないのに、アァァァーと鳴くだけで人を好きに動かせるふくちゃんにこのとき激しく嫉妬した。野良猫だったくせに。拾って助けてやったのに。

私は居間の掃きだし窓を勢いよく開けた。

「ううううるさい！　もももももう帰ってくるな！」

ふくちゃんと話すときはどもらなかったのに、そのときだけはひどくどもった。

ふくちゃんはぽてりと庭に下りると、生け垣をくぐって姿を消した。それきり帰ってこなかった。

家族三人で捜した。警察と保健所にも届けたし、動物病院にも連絡を入れた。チラシを配って電柱にポスターも貼った。それでもふくちゃんの目撃情報はなかった。やがて、ふくちゃんは死期を悟って姿を消したのだと母と兄は結論づけた。ふたりとも私を責めなかった。ふくちゃんがいなくなってから思い出したことがいっぱいあった。ふくちゃんは人にかまわれるのを好まなかったけど、私が泣いたり苦しんでたりすると、そばに来てお腹を見せてくれたり膝に乗ってくれたり頰を舐めてくれたり寄り添って寝てくれたりした。

それなのに私はふくちゃんが邪魔だと、いなくなればいいと、一瞬だけどきっと本気で思ってしまった。賢いふくちゃんのことだから私の心を見透かしたんだろう。私は九年もそばにいてくれたふくちゃんを、双子みたいと言われたふくちゃんを、どもらずに話せたふくちゃんを、愚痴を聞いてくれたふくちゃんを、ゴミを捨てるみたいに放り出してしまった。

ふくちゃんのことを思い出すと、後悔と罪悪感と自己嫌悪がきつい三つ編みみたいにねじれ合って心をぐるぐると縛りあげた。だから、ふくちゃんのことは思い出さないようにした。記憶のなかのモノクロになってしまったふくちゃんを見たくなかった。

その反面、ふくちゃんは帰ってくると信じてもいた。

あんなにあっけないさよならは受け入れられなかった。もしあれがほんとうのお別れだったとしたら、なにかメッセージを残してくれたはずだ。

その気持ちは実家を離れてひとり暮らしをしてからも変わらなかった。朝起きると今日こそふくちゃんが帰ってくるんじゃないかと思ったし、夜寝るときには明日こそ帰ってくるんじゃないかと思った。ひとり暮らしをはじめたまちは実家から電車でも車でも三時間半かかる。だから、実家で姿を消したふくちゃんがこのまちに現れるわけがない。頭ではわかっていても、ふくちゃんの帰還を待ちわびた。

世界最高齢の猫って三十八歳まで生きたんだって。信じられる？　もはや化け猫だよね。

四年前、母がそう言ったとき、私ははじめてふくちゃんの死を受け入れた。ふくちゃんは私と同じ四十歳になっていた。

じゃあ、生まれ変わってくるかもしれない。自然とそんなふうに思った気がするけど、そう思おうとしたのかもしれない。そうじゃないと、朝起きる理由とか明日を迎える意味とか生きる目的とかがまるごとなくなってしまう気がした。生きるのに意味も目的もないと言う人もいるけど、なにかを待ってないと——漠然としたなにかを、きっと現れないなにかを待ち続けることで日々をやり過ごさないと、生きるのが苦しすぎた。

母と会った数日後、美容室で里親募集中の猫のポスターを見たとき、この子がふくちゃんの生まれ変わりかもしれないとはっきり思ったわけじゃないし、生まれ変わりを心から信じてたわけでもなかった。ただ、タイミングのよさに運命めいたものを感じて、生きる意味や存在する価値が与えられた気がした。

ほんとうによかった、助かりました、ありがとうございました。

感謝の言葉に飢えてただけなのかもしれない。いままで誰からもそんなふうに言ってもらえたことはなかったから。自分のなかのからっぽの器を、ほんのいっときの歓(よろこ)びと自己満足で満たすために猫を引き取ってるのは自覚していた。まるで飢えた子が甘さを求めて飴玉(あめだま)を次々と舐めるようなものだった。飴玉はすぐに溶けてなくなって、甘さの余韻も消えてしまう。そんなとき、なぜか次の里親募集中の猫が見つかった。里親募集中の猫を見るたび、それでもやっぱり心のどこかで、ふくちゃんの生まれ変わりかもしれない、そうだったらいい、と思ってしまうのだった。

シッポをピンと立てたままスピードを上げるふくちゃんを私は速足で追いかけた。迷いなく私のアパートへと向かうふくちゃんは勇ましくて頼もしい先導者みたいだ。道をまちがえるな、迷うな、逃げるな。小さな体がそう言っていた。私がついてくることを信じて一度も振り返らなかった。

道をまちがえるな、迷うな、逃げるな。私は決めた。ふくちゃんと十一匹の猫と一緒に暮らす。もし十一匹の猫を手放してしまったら、また後悔と罪悪感と自己嫌悪に締めつけられて息ができなくなってしまう。やっと会えたふくちゃんはがっかりして私から去っていくかもしれない。

母にお金を借りてペット可の物件に引っ越そう。でも、十二匹も猫を飼っていいところなんてあるかな。もしなかったら頭を下げて実家に帰らせてもらおう。母は許してくれるだろうか。子供の頃から母には心配されどおしだった。母が心配すればするほどおまえはだめな人間だと言われてる気がして、胸に大きなバッテンが刻まれていった。だから、母から見えないところにいたかった。でも、事情を説明してあやまろう。パニック発作を起こしたこと、パートを転々としてること、クレジットカードが使えなくなったこと、なによりふくちゃんを入れて十二匹の猫がいること。

四十四歳でも一からやり直すことなんてできるだろうか。でも、やるしかない。きっとこれが最後のチャンスだ。

「ふくちゃん、実はいまうちに十一匹も猫がいるんだよね」

そう言いながら部屋に入ると人がいた。

スーツの男がひとりとパーカやトレーナーを着た女が三人。みんな奥の寝室にいて私に背中を向けている。床にはいくつものクレートが置いてある。

立ち入りまでまだ時間があると思い込んでたけど、思いがけず長いあいだ公園のベンチに座ってたのかもしれない。

「どうですか？　捕まりそうですか？　何匹いるかわかんないんですよね。ここペット不可なのに」

男は管理会社の人だろう。留守番メッセージと同じ声だ。

「押し入れにけっこう隠れてるっぽいなあ」

トレーナーの女が答えた。

待って。猫を連れて行かないで。

叫ぼうとしても気道が塞がって声が出ない。焦れば焦るほど閉じ込められた声が胸で暴れるだけだ。私は急いで寝室に行った。

四人とも押し入れに首を突っ込んで、「あ、奥に二匹いる」「しっ。怖がるから静かに」などと言い合って、背後で震えてる私に気がつかない。

ベッドにはタンポポとマリモがいる。タンポポは枕もとに、マリモは真ん中あたりに。寝るときの二匹の定位置だ。タンポポは私の顔の横に、マリモは私の股のあいだで寝るから。タンポポとマリモは訪問者に怯(おび)えながらも、まるでそこに私が寝てるようにシーツにしがみついている。

ほんとに私が寝てるみたいだ。そう思ったとき、頭上からなにかがぽつっと落ちてきて、私のなかを通りすぎていった。その途端、体がぐるっと裏返って世界が暗転する感覚に襲われた。

あ、そうか。私、死んだのか。

あのとき。胸が苦しくなって目が覚めたとき。パニック発作かなと思ったら心臓が刺されたみたいに痛くなった。痛いのは一瞬だけだった。その一瞬のうちに、ふくちゃん、と呼んだんだった。思い出した。立ち入りの日の明け方。ベッドに入っても眠れなくて、やっとうとうとしたとき。私、あのとき死んだんだ。

ふくちゃん。迎えに来てくれたの？

足もとに座ってるふくちゃんはにんまりとした笑みで私を見上げている。やっと気づいたの？　あいかわらずぼんやりさんね、とからかうみたいに。

「何匹いるんだろう。クレート足りるかな」

押し入れから顔を出した女は五十歳くらいで、首に白いタオルを巻いて肝っ玉母さんふうだ。

十一匹です！　猫をどうするんですか？　どこに連れてくんですか？

やっと出た私の声はどこにも届かなくて、タンポポとマリモも気づいてくれない。

「猫どうなるんすか？」

空気中に溶けた私の声を拾ってくれたように管理会社の男が言った。

「メディカルチェックしてから里親を募集することになります」

肝っ玉母さんの返事に、この人たちは動物保護ボランティアなんだとわかってほっとした。

「見つかりますかね」

「正直、大変なんですよね。多頭飼育崩壊が続いてて、うちらもそうだけど、どの保護団体も猫であふれてるんですよ」

ぜんぶ私のせいだ。無責任に引き取ったから。先に死んじゃったから。

「あ、十一匹かもしれない。ほら、一匹ずつにノートがある」

猫柄のマスクをした女が言った。彼女が持ってるのは、私が猫ちゃんノートと呼んでるものだ。表紙には猫の名前、表紙を開いたところには写真、年齢やうちに来た経緯、好きなことや苦手なこと、既往歴や治療歴なんかを書き留めてある。孤独死したときのことを考えてつくったノートだった。

「意外とかわいがってたのかも」ページをめくりながら猫柄のマスクが言う。「ここに開腹手術に三十万円って書いてありますよ」

彼女が見てるのはあんずのノートだとわかった。おもちゃを誤飲したときのことだ。手術が終わって麻酔から覚めてごはんをもりもり食べたときはほんとに嬉しかった。

「この子は胃腸炎で病院通いしてた時期があるみたいだね」

肝っ玉母さんが見てるのは文太のノートだろう。

「ひとり暮らしだから、万が一のことを考えてたのかもしれないですねえ。部屋はあれだし、飼い方もあれだけど、それなりに大事にはしてたんじゃないかな」

誰かを愛することも、大事な存在を持つことも、ずっとずっと怖かった。いつか簡単に捨ててしまう気がして自分を信用できなかった。

もっと大事にすればよかった。かわいがればよかった。うるさいなんて思わなければよかった。里親さん、見つかるかな。見つからなかったらどうしよう。どうしようって思っても、もう私にはどうすることもできないんだ。

たくさん幸せにしてもらったのに、私は幸せにしてあげられなかった。

水が流れるようにそう思って、あれ、と思考を巻き戻しする。

たくさん幸せにしてもらった?

そうか、私、幸せだったのか。目が覚めたように思った。

その途端、まるでトランプの束を空に放り投げたようにたくさんの光景がきらきらと輝きながら頭上で舞った。

ふくちゃんがいる。タンポポがいる。マリモがいる。ルルがいる。文太がいる。あんずがいる。クロ子がいる。空と青のきょうだいがいて、リュウ、テツ、アヤメの三きょうだいがいる。私を見上げる透きとおった目。呼吸に合わせてグルグル鳴る喉。しっとりと濡（ぬ）れた小さな鼻。クリームパンみたいな足。無防備な寝姿。ゆっくりと上下するやわらかなお腹。私を呼ぶ甘えた声。

猫だけじゃない。

母がいる。兄がいる。父がいる。おばあちゃんがいる。私もいる。家族で見上げた花火。サンタさんの靴下。バースデーケーキのキャンドル。プレゼントの赤いリボン。運動会のお弁当。お年玉のポチ袋。ファミレスのイチゴパフェ。空に飛んでく虹色のシャボン玉。

なにもかもにあざやかな色がついていた。

これが噂（うわさ）の走馬灯か。光の祝福を浴びてるみたいにまぶしくて、ひとつひとつをじっと見ていられない。

いつのまにか私とふくちゃんは木洩（も）れ日が揺らめく道を歩いている。いつもの緑地公園の遊歩道に似てるけどちがう。

右側には薄ピンクの雲みたいに桜が咲き誇り、ハートの形をした花びらがひらひら舞っている。左側にはあざやかな黄色の銀杏（いちょう）と燃えたつような赤い紅葉の連なり。遠くに見える山は真っ白な雪を冠みたいにのせている。

誰もいない道を、私とふくちゃんは並んで歩いている。道の先は乳白色に霞（かす）んでよく見えない。

幸せなこともいっぱいあったんだなあ。ゆっくりと味わうようにそう思ったら、心が思いきり伸びをしたように軽やかになった。こんなふうに顔を上げてまわりを見まわせば明るい光が満ちてたのに、私はずっと目をつぶってたんだね。

足もとを見ると木洩れ日が輝いて、ふくちゃんのふくぶくしい体は魔法の粉をふりまいてるみたいに発光していた。

ふくちゃん、ごめんね。百万回言っても足りない言葉。言ってしまったらふくちゃんが消えてしまう気がしてのみ込んだ。

「ふくちゃん、ありがとう」

ふくちゃんはにんまり笑って、アッ、と鳴いた。

笑える。猫のおしっこのにおい、最後にもう一度嗅ぎたいといま私思ってる。

楽園の泉の上で

高野史緒

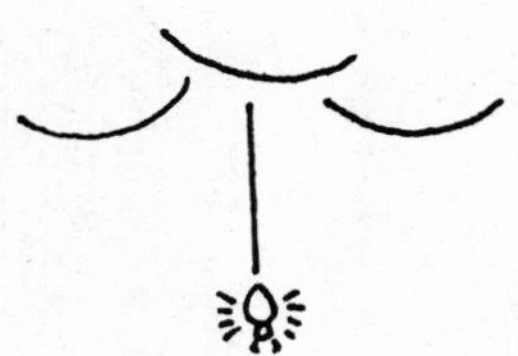

工学者ヴァーニヴァー・モーガン博士は、蜘蛛（スパイダー）と呼ばれる気密カプセルに乗り、建設中の宇宙エレベータ塔に向かって上っていった。いつ心臓モニタが警告を発するか分からない年寄りのやることではないが、人命がかかっている。蜘蛛（スパイダー）の悲しいほど少ない積載量を考えると、小男の自分が行くのが一番だ。その分、酸素ボンベをたくさん積みこめる。

宇宙エレベータ塔は、地上から三万五千七百八十六キロメートル上空の静止衛星軌道上にある宇宙ステーションで施工され、地球に向かって建造されている。つまり地球から見れば、空から塔が少しずつ降りてくる格好になる。今、塔の底部と地上の間には、ただ暗灰色の炭素結晶繊維――俗な言い方をすれば一種のダイヤモンド――でできた帯が四本ぶら下がっているだけだ。

一日数キロの速度で建設されるその塔は、現在限りなく完成に近づいていた。底部は地上からわずか六百キロのところまで来ている。その中途半端な高度の場所で、今まさに、七人の遭難者が酸素ボンベを待っているのだ。本格的な救助はステーションから来るが、それを待つ間、どうしても酸素が必要なのである。前述の数値を見ればすぐ分かる通り、現場はステーションより地上からのほうがはるかに近い。

蜘蛛（スパイダー）は一人乗りの小さな乗り物で、炭素結晶繊維帯の一本を食（は）んだ摩擦駆動装置で上へ昇ってゆくことができるものだった。かつてカーリダーサ王が支配した楽園の泉から上空数キロ、数十キロ、数百キロと上昇するにつれ、景色は展望台の眺めから飛行機のそれとなり、やがて宇宙の大パノラマになる。電離層のノイズを聞き、オーロラを通り抜け、博士はこれまで感じたことのない多幸感を味わった。彼自身は気づいていなかったが、重力が弱くなったことで、病んだ心臓への負担が減ったのだった。高度が四百五キロを超えたところで予備電池が尽きた。これを地上に落とす操作をしなければならない。

博士は蜘蛛（スパイダー）を止めると、予備電池の固定用のボルトを破壊する爆薬に点火した。小さな爆発は予定通りに行われ、蜘蛛（スパイダー）は少しばかり振動した。電源を切り替えて上昇を再開しようとした時、彼は異変に気づき、窓から恐る恐る蜘蛛（スパイダー）の下を覗きこむ。

蜘蛛の糸の下の方には、数限（かずかぎ）りもない罪人たちが、自分ののぼった後をつけて、まるで蟻（あり）の行列のように、やはり上へ上へ一心によじのぼって来るではございませんか。

参考文献
アーサー・C・クラーク『楽園の泉』ハヤカワ文庫SF
芥川竜之介『蜘蛛の糸・杜子春・トロッコ』岩波文庫

走れ茜色

君嶋彼方

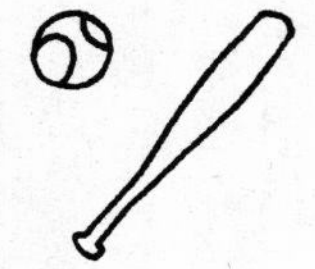

秋津が走っている。

十二月も半ばともなると陽が落ちるのがだいぶ早くなって、授業が終わる頃には空は赤くなり始めている。グラウンドを転がる野球部の白いユニフォームが夕暮れの光を吸って、茜色に染まる。窓際の席からその姿を見下ろす。秋津の姿は二階の教室からでも分かりやすい。坊主や五分刈りの部員の中で、一人だけ黒髪を振り乱しているからだ。校庭の砂を踏み潰す長い影が秋津の真似をしている。

その姿を目で追う。二塁から三塁のベースへと走っている。この角度からは彼の後頭部しか見えず、どんな表情をしているんだろうと想像を巡らせる。

教室には俺以外誰もいない。廊下からは時折騒がしい声が聞こえてくるが、この空間はまるでそこだけ断絶しているかのように静かだ。日中の喧騒が嘘のような静寂に、居残るようになり始めた頃は何となく落ち着かなかったけれど、今ではもう慣れてしまった。

がらっと音がして、教室のドアが開いた。俺は慌てて窓から顔を逸らし、開いていた小説に視線を落とす。大きく開いたカーテンは西日を遮る役目を全くせず、橙の光が本を照らしていた。一体どの辺りまで読み進めていたっけ。ページをめくって物語を遡る。

「あ、佐倉くんがいる」

入ってきたその誰かが呟く。俺はちらりとその声の主を見遣る。同じクラスの新藤梓だ。彼女はもう俺への関心はなくしたようで、自分の机の中を何やら漁っている。俺はまた小説を読み始める。

しばらくして、またがらりとドアが開く音がする。新藤が教室を出て行ったようだ。ドアは開け放たれたままで、俺は本を開いたままの状態で伏せると、立ち上がってドアを閉めに行く。廊下の窓は東側を向いているせいか、なんとなく薄暗い。

ドアを閉めると、自分の席に戻る。首をこきりと回しながら、黒板の上の時計を見上げた。まだ部活が終わるには早い時間だ。窓の外を見下ろすと、秋津の姿は見えなかった。俺は伏せていた小説を手に取り、また読み始める。

橙色だった空が、薄紫色に変化し始めた頃だった。ズボンのポケットに入れていたスマホが振動した。引っ張り出して画面を確認する。

『終わった』

秋津悠馬（ゆうま）とフルネームが書かれた名前の横に、そのメッセージが躍る。俺は本を鞄（かばん）に入れると、肩にかけ立ち上がった。窓の外は薄暗く、ガラスに自分の顔が反射している。あまり好きではない自分の顔だ。指で前髪を整えると、カーテンを寄せて窓を隠す。

下駄箱のところで、だるそうに壁に背を預けながら、スマホをいじっている秋津の姿を想像する。そして俺が声をかけると、画面から目を逸らさず「おう」と答えて、そのまま俺の顔を見ることなく歩き出す。いつものことだ。

俺は、教室のドアを開ける。

「きりーつ、礼」

日直が合図をする。担任が教壇から降りると、教室はわっと騒がしくなる。あー、今日部活まじだりー。ねえねえ、カラオケ行こうよ。図書室で一緒に宿題してかない？ ざわざわと会話を繰り広げながら、一人、また一人と教室からクラスメイトたちは消えていく。窓際の席でじっと座ったまま本を読む俺を、気にかける人は誰もいない。やがて俺しかいなくなると、教室は急に静けさに包まれる。

今日はグラウンドに秋津の姿はあまり見えない。本のページをめくる。物語に没頭するふりをしてみても、頭のどこかで時間を意識している。気付くと黒板の上の時計に何度も目をやってしまっている。そして、窓の外。秋津はいない。もう一度本に視線を落とす。

がらっと音がした。誰かが教室に入ってくる気配がする。思わず体が強張るが、本から顔は上げない。放課後の遅い時間でも、たまにこうやって教室に戻ってくるやつがいる。大抵はちらりと俺を一瞥すると自分の用事を済ませて帰っていく。

けれどそいつは俺の方へずかずかと歩いてくる。本越しに紺色のスカートが視界に入ってくる。俺はつい、顔を上げてしまう。新藤梓がそこに立っていた。

「佐倉くん、まだ帰ってなかったんだ」

「まあね」

短く返事をし、すぐにまた本に目を向ける。けれど新藤がそこを離れる気配はない。

「なんかこの前も一人で本読んでなかった？　誰か待ってるの？」

精一杯拒絶を示したつもりだったのに、気付いているのかいないのか、さらに話しかけてくる。返事をしないでいると、俺と向かい合う形で前の椅子に座ってきた。本越しに新藤の姿が見える。背もたれを両足で挟み、その頭の部分で腕を組み頬杖(ほおづえ)をついてい る。新藤とは同じクラスというだけで、話した記憶すらない。けれど彼女は気安げに言葉を重ねてくる。

「佐倉くんて帰宅部だったっけ？　なんも部活してないの？」

「今はね」

結局根負けするような形で質問に答えてしまう。無視して本に集中できるほどの思いきりは俺にはなかった。

「今はってことは、前はなんかやってたの？」

「野球部」

「えーかっこいいじゃん。なんでやめちゃったの？」

「まあいろいろあって」

ふーん、と質問しておきながら無関心な吐息が返ってくる。目に入れないようにしても、視界の端にちらちらと鎖骨辺りまで伸びた髪が映って鬱陶(うっとう)しい。

「私も一緒にここで待ってよっかな」

「えっ」

思わず顔を見る。窓の外をじっと見つめている。白い鼻梁が夕陽に染まっていた。新藤はうちのクラスの中でも、所謂上位のグループにいる一人だ。髪を派手な色に染めたりスカートをやたらと短くするような集団ではなく、それなりに顔面レベルが高く、比較的温和で、男女分け隔てなく接し、誰からも好かれるようなタイプが多い。新藤梓もその例に漏れず、確かに可愛い顔をしているなとは思う。さらさらの髪も白い肌もきっと毎日積み重ねた努力で手に入れているのだろう。

それでもその美しさは俺には一切関係がない。放課後にわいわいと連れ立ってファミレスやゲーセンに向かう集団に入りたいと思ったことは一度もなかった。決して人気者ではなく、疎まれているわけでもなく、ただ目立たぬよう、けれど円滑に学校生活が送れるよう、それなりの位置でそれなりに過ごしてきた。

「なんで」

新藤の唐突な言葉に思わず問いかける。しかし彼女は何も答えず、校庭を見下ろしている。

「おーみんな部活頑張ってるねー。お、野球部もいるじゃん。走ってる走ってる」

わざとらしく大きく溜息をついて、視線を本に戻す。それに臆する様子もなく、彼女は俺の目の前から消えようとしない。特等席を奪われた気分だ。窓の外に目を向けられない。その意味を気付かれてしまいそうだった。

「佐倉くんさあ、野球ってイメージじゃないよね。なんていうか、卓球っぽい感じ？」

絶対褒めてないだろ、それ。

「私もさー、初めは演劇部入ってたんだけど。なんかやっぱお芝居とかってかっこいいじゃん？　だけどさぁ、いつまで経っても演技できないの。ずーっと発声練習ばっかり。喉は嗄れるし先輩は厳しいし、全然行かなくなっちゃった」

勝手に仲間意識抱くな。同じだねみたいな感じで言うな。

「でも実際さ、家帰ってもやることなくない？　仲良い子みんな部活してるからさ、そうなると寄り道もできないで家直行なわけ。そしたらもう暇だよねー。スマホいじるくらいしかやることないもん」

「あのさ」

一人で喋り続けている新藤を制する。ゆっくりとこちらを向く。真ん中で分けた長い髪が数本頬に貼り付いていて、それを小指で絡めて戻している。

「新藤さん帰んないの？」

にこっと笑う。カメラを向けられたときに作るような人工的な笑みで、自分の武器を理解している人の笑い方だ、と思った。

「うんー、まだ帰らない」

「誰か待ってんの？」

「いや、そういうわけじゃないんだけどさ」

「じゃあ早く帰ればいいのに」

「色々あるんですよ、私にもさ」

なんちゃって、とおどけてみせる。馬鹿馬鹿しくなってまた溜息をついてみせて、本のページをめくる。

「何読んでんの？」

覗きこもうとしてくるのを体をよじって阻止しようとするが、それよりも強引に身を乗り出してくる。ふわりと甘い香りがして、女の子って本当にいい匂いがするんだな、と思う。根負けしてタイトルと作者を言うと、知らないそれーとなぜか不満げな声を出す。なら訊くなよ、と吐き捨てるように返す。

「佐倉くん、小説好きなんだね。私、読むの漫画とかばっかりだから尊敬する」

別に、元々好きというわけではなかった。時間を潰す手段として、小説を読むことを選ぶようになっただけだ。

「で、佐倉くんは誰待ってるの？」

本にはすでに興味をなくした様子で、俺の机に空いた穴をいじりながら訊いてくる。俺が答えないでいると、読んでいる本を掴んで揺さぶってくる。

「うるさいなあ、なんだよ」

「あ、今日いち大きい声。さっきからぼそぼそしゃべるんだもん佐倉くん」

「べつに、ここで時間潰す必要ないだろ。図書室にでも行けよ」

「それ、ブーメランですけどー？　佐倉くんだってここで待つ必要ないじゃーん」

にやにやと笑いながら指を差してくる。今日何度目か分からない溜息が出る。この女に振り回されるのは癪だが、仕方ない。読んでいた本にしおりを挟み鞄にしまう。

「あれ、帰るの」

無視して、鞄を掴み立ち上がろうとすると、新藤に鞄の紐を強く引っ張られた。思いっきり引っ張り返してやろうかと思うが、やはり躊躇があって手に力が入らない。できるだけ不機嫌に聞こえるよう、離してよ、と目を見ず言う。

「佐倉くんが待ってるの、好きな人なんでしょ」

思わず顔を見る。やはり作られたような綺麗な顔で、新藤は笑った。

「秋津悠馬、でしょ。待ってるの」

新藤が鞄を離す。俺の手からはすっかり力が抜けていて、存外大きな音を立てて鞄が床に落ちた。否定しなければ。一瞬で冷え切った体の中で脳だけが鈍く回転する。口の中はじっとりと粘ついて、うまく言葉が出てこない。

「何言ってんの、お前」

掠れた声は自分でも肯定にしか聞こえなかった。耳の後ろから冷たい汗が垂れて、首筋に流れる。新藤は何も言わず、じっと俺を見つめていた。彼女の大きな瞳に、俺の姿が映る。

ポケットの中でスマホが振動した。感覚の鈍い手で取り出す。

『終わった』

ロック画面にラインの通知が浮かぶ。窓の外を見た。夕方から夜になりかけた空の下で、秋津が歩いているのが見える。新藤もそれに倣うように、窓の外を見下ろす。

俺は床に転がっていた鞄を掴むと、逃げるように教室を飛び出した。出るときちらりと新藤の姿を見る。変わらず、頬杖をついて窓の外をじっと眺めていた。


翌日。俺は暗澹たる気持ちで学校へ向かった。

最悪の想定が頭の中で渦巻く。教室のドアを開けた途端、浴びせかけられる視線。部屋の隅で起こる嘲笑と陰口。そして、侮蔑の眼差しを寄越してくる秋津。そして吐き捨てる。ありえねえ、きもちわりいんだけど。

そんな悪い想像が心を蝕んでくる。いっそのこと休んでしまおうかとも思った。けれど自分の知らないところで、どんどん噂が大きくなっていくことは耐えがたかった。こみ上げてくる吐き気をこらえ、俺は教室のドアを開けた。

教室はざわめきで溢れている。ドアの傍に立っていた女子が、ちらりと俺の方を見て、そしてすぐにまた話に興じ始めた。おそるおそる、クラスメイトたちの塊を縫って窓際の席へ向かう。誰も俺に、奇異や好奇の視線を向ける者はいなかった。まだ緊張の残る体で椅子に座る。

隣の席の女子が、おはよーと声をかけてくる。おはよう、と俺も返す。後ろの席の男子がシャーペンで俺の背をつつく。なあ佐倉、今日の数学の宿題ってやった？　よかったら写させてくんねえ？

いつもと変わらない朝だ。後ろの席にノートを渡しながら、隅の方で話す秋津の姿をちらりと見る。同じ野球部の男子と談笑をしていたが、俺の視線に気付くと、にこりともせず右手を上げた。俺はどきりとして、同じように右手を上げる。そのときにはもう俺への関心を失(な)くし、誰かの冗談で笑い声を上げていた。

おはよー梓！　誰かの声がする。思わずドアの方を振り向く。そこには新藤梓が、巻いたマフラーをほどきながら笑っていた。俺の方には一瞥すらくれようとしない。釈然(しゃくぜん)としない気持ちのまま、俺は息を吐くと背もたれに体を預けた。

そして、放課後になる。いつものように本を読んでいると、またがらりとドアが開く音がした。新藤だった。視線がかちりと合う。「よっ」と小さく右手を上げて、俺の方へと向かってきた。

「おっ、今日も本読んでる。昨日の続き？」

それには答えずに、「誰にも言わなかったんだ」と呟くように言ってみる。

「何を？」

白々しく訊き返してくる。俺のことだよ、と言葉を濁(にご)すと、あーあれね、とわざとらしく頷(うなず)いている。

「言うわけないじゃん。だって、別に言いふらしても楽しくないし」

あっけらかんと返される。今時珍しくもなんともないしね、と付け加えられた言葉に、喜んでいいのかどうか自分でも分からない。体を窓側に向けて前の席に座り、上半身だけこちらに傾ける。俺は本を伏せた。

「いつから気付いてた？　俺のこと」

「えー、いつだろ」

うーん、と唸りながら、芝居がかった動きで腕を組む。

「まあでも、すぐに分かったよ。佐倉くん、あきゅーのことが好きなんだなって」

あきゅー。秋津のあだ名だ。秋津悠馬であきゅー。誰が言い出したかは知らないが、安直なそのあだ名はいつの間にかクラスで広まって、特に親しくない人からも秋津はその呼び方で呼ばれている。このクラスで彼を苗字で呼んでいるのは、きっと俺だけだ。そんなくだらないことで特別感を得た気でいる。

それでもそういった気持ちがもしかしたら滲み出てしまっていたのかもしれない。頬をさする。手のひらが少しざらついた。そろそろ髭を剃らなければ。それを見て、新藤が俺の目の前でひらひらと手を振る。

「あのね、多分私以外は気付いてないから、大丈夫だよ」

え、そうなの、とかさついた声が出た。

「うん。私も、あきゅーのこと好きだから」

その突然の告白に、俺は言葉を詰まらせる。新藤が視線を逸らして、窓の外へ向けた。つられて校庭を見下ろす。橙が強くなってきた太陽の下で、秋津が走っている。

「同じだから、なんとなく気付いちゃった。あ、たぶん佐倉くんも、私と同じ人が好きなんだろうなって。きっとここで待ってるのは、あきゅーのことなんだろうなぁって」

何と返していいか分からなかった。黙っていると、更に新藤は続ける。

「だから、他の人は多分気付いてないから大丈夫だよ。もちろん、言いふらすつもりもないし」

そっか、と気の抜けた返事をする。できれば、誰にも知られずに生きていきたかった。一生誰かと繋がることがなくても平気だ。ただ静かに遠くから眺めて、一緒に歩けるだけで、それでいい。この欲望をひっそりと抱えたまま死んでいきたい。親にも友人にも知られてはならない。特に、秋津には。

けれど、よりにもよってこの女に知られてしまうとは。もう一度頰をさする。

「ねえねえ、いつから男の人のこと好きなの？」

好奇心が隠しきれない様子で身を乗り出してくる。うんざりする。こういうのがあるから嫌だったんだ。まるで物珍しいおもちゃのように面白がられる。

「知らないよ、いつの間にかだよ」

「あきゅーに出会って本当の自分を知った、みたいな感じじゃないんだ？」

「違う。中学の頃にはもう自分がそうだって気付いてた」

体育の授業の着替えのとき、同級生の裸にドキドキしていた。股間を揉み合うじゃれ合いにも、どうにも意識してしまって参加することができなかった。初めて好きになったのは中学校の若い教師だった。もちろん思いを告げることなんてできず、気持ちを閉じ込めたまま卒業した。

「でもさあ、最近普通のドラマとか映画でも結構そういう人たちテーマになったりするじゃん？　だからそんな躍起になって隠さなくてもーって私は思っちゃうんだけど」

「ドラマとかでやってるほど男同士って綺麗なもんじゃないよ。誰にも言えないような恋愛だからって純粋だなんてありえないから」

　ゆっくりと口にしながら、まるで懺悔のようだと思った。一体何度頭の中で、秋津にひどいことをしてきただろうか。いつも欲望を吐き出す先は自責に直結していた。好きだと思っている相手を妄想で汚す罪悪感。

「まあでも、それは男と女だっておんなじじゃない？　もうね、友達の話とか聞くとね、びっくりするくらいどろっどろなんだから」

　どろっどろ、と言いながら空中で両手をこねくり回すような動きをする。その仕草と険しい表情がなんだかおかしくて、つい「ふっ」と噴き出してしまう。

「あっ、なに笑ってんの」

「いや、べつに」

「そんな悠長に構えてるけどねー、私と佐倉くんはライバルなんだからね？」

　ライバル、とその言葉をぼんやりと復唱する。新藤はにやりと笑うと、スカートのポケットからスマホを取り出した。

「私なんてねー、あきゆーとライン交換しちゃってるんだから。もうね、しつこいくらい何度も交換お願いしたんだから」

ほらほら、とラインの画面を見せながら、アキという名前を指差す。結構まめに返事くれるんだからー、とはしゃいだ様子でスマホを揺らす。やたらと大きい新藤の吹き出しに対して、相手のそれは簡素だった。にこにこと嬉しそうに笑うその顔が滑稽で、鼻で笑ってやりたくなる。

「俺だってラインくらい交換してるよ」

「馬鹿だなー、あきゆーが女子とライン全然交換しないの知らないのー？」

そんなこと、当然知っている。雑な口調と粗野な態度で隠されているが、秋津は本当は整った顔をしている。それでも彼は自分に向けられた女子からの声や視線をすべてはねのける。俺のように異性に興味がないというわけではなく、もっと単純にそういったことを忌避しているように見えた。

「意外とさぁ、あきゆーって頭いいんだよねぇ。なんか全然知らないような四字熟語とか急に言ってきたりしてさ。勉強になるっていうか。そういうギャップってさー、なんかぐっとくるよねー。野球一筋っぽいのに実は！　みたいなさー」

嬉しそうに語る新藤に、俺は思わず返す。

「帰って秋津とラインしてりゃいいじゃん。俺と話なんてしてないで」

「えー。私と話すのいや？」

率直に尋ねられて、べつにいやではないけど、と口ごもる。異性と二人で並んで話すことにどうにも慣れない。小学生の頃はむしろ女の子とばかり仲良くしていたが、中学に上がると遊ぶことがなくなり、やがて話すこともなくなった。

「私、恋バナしたかったんだよねー」

「恋バナ？」

「ほら、あきゅー人気ないからさ。私があきゅー好きって言ったら、みんなあんな男やめときなよーとか言い出すからさ。鬱陶しいわけ。私としては、あきゅーがどれだけ好きかを語りたいだけなのにさ。アドバイスなんて求めてないのに、まったく」

だからね、と続ける。

「私、めっちゃ嬉しかったわけ。佐倉くんがもしかしたらあきゅーのこと、好きなのかもしれないって知ったとき。恋バナできるじゃんって。初めて、好きな人を好きだって思いっきり言えるじゃーん、って思って」

何言ってんだよ、と口を開きかけて閉じる。どんなに言葉を尽くしたところで分かってはもらえないだろう。俺が隠していかなければいけない思いと、君のそれはのしかかるものが全く違うということを。

ズボンの中でスマホが震えて、取り出して確認する。新藤が「王子様？」とにやにやと揶揄してくる。

「うん。帰るわ」

いいなあ、じゃあねー、と新藤が手を振る。鞄に本をしまいながら、「新藤さんはまだ帰んないの」と訊いてみる。

「んー、私はもうちょっといるー」

「一応女子なんだから、あんまり暗くならないうちに帰れよ」

「えー、なに優しいー。どきっとしちゃう」

はいはい、とあしらって手を振る。新藤も手を振り返してくる。ドアを開けると、廊下はいつものように暗く陰り始めていた。そういえば今日は、あんまり窓の外を見なかったな、とそのとき初めて気付いた。


秋津は一年の頃、女子にもてていた。まだ幼さの残る同級生たちの中で、秋津は背も高く大人びていて、異性の目を惹(ひ)くには充分だった。

告白された、と聞くたび、内臓が重くなるような感覚に襲(おそ)われた。でも断った、と聞くたび、胸のすくような思いがした。常に不安に苛(さいな)まれていた。いつか秋津が誰かを選んで、そしてその誰かが秋津の隣を歩く姿を想像すると、気が狂いそうだった。

ある日、決定的なことが起きた。バレンタインデーだった。

その頃既に秋津の評判はあまり良くなかった。最初は丁重だった断り文句は、告白されるたびどんどんと口汚くなっていった。悪いけど俺あんたのこと何とも思ってないし、なんなら今この瞬間嫌いになったから。あんたさ、知らない女に好きだって言われて、喜ぶ奴がいると思う？　そのことが広まり、だんだんと女子は秋津を避けるようになっていった。

けれど二月十四日。色めき立つ女子たちの中で、一人の女子生徒が秋津にチョコを渡した。義理だから、と言いつつ顔のいい男子にしか渡していなかったそのチョコを、秋津は受け取るやいなや、教室の隅のゴミ箱に投げ入れた。渡した本人は、わっと大声を上げて泣き出した。周りの女子たちはその子の背をさすり、そして秋津を罵った。それでも秋津は平然としていた。そのことがあって、秋津の評判は地に落ちる結果となった。

新藤は一年のときは別のクラスだったが、そのことを知らないわけではないだろう。あんな男やめとけと言う友人の中には、おそらくその話を知っている者もいるはずだ。それでもなお、新藤は秋津のことが好きだという。ただラインを交換したというだけで、あんなにもはしゃぎ喜んでいる。

あの日の帰り道、俺は秋津に言った。

「今日のは、さすがにやりすぎなんじゃない」

秋津が唇を尖らせて、不貞腐れたような表情になる。

「だって、きもちわりいんだもん」

「でも、手作りとかじゃなかったじゃん」

「あー、いや。そういう気持ち悪いじゃなくて」

ポケットに手を突っ込みながら、はあ、と息を吐く。濁った白い空気が秋津の顔の前に浮かんで、すぐ消える。

「なんでみんなさあ、好きですとかあんな簡単に言えるわけ？　だって俺のことなんも知んねえじゃん。何を見て好きだとか言ってんのか、まじで分かんない。分かんなすぎてきもちわりいし、めっちゃ怖い。それなのに告白とかしてきてさ、断ったらさ、さも俺が悪者みたいに泣いたり喚いたりするわけじゃん。もうそんなら俺、悪者でいいやってなっちゃうじゃん？」

その言葉は本心のように思えた。俺は心の中で呟く。

じゃあ、秋津のこと知ってる人ならいいの？　俺、秋津のことよく知ってるよ。野球は得意だけどその他の球技は全然ダメなのも知ってるし、餃子が好きでブロッコリーが嫌いなのも知ってる。ペン回しが苦手なことも知ってる。耳たぶを掻くのが癖なのも知ってる。だったら、俺でいいじゃん。

もちろん、言えるわけなんてない。言葉を飲み込んで笑う。

「モテんのも大変なわけね」

そういうわけじゃないけどさー、と秋津が耳たぶを掻く。

「あ」と秋津が急に声を上げた。「ファミマ寄りたい」

いいよ、と返して、俺たちはコンビニへ入る。秋津が何やら買う中、俺は本のコーナーで雑誌をぱらぱらと立ち読みしていた。するとレジの方から、「あー、晃人ぉ」と呼ぶ声がする。雑誌を戻し、秋津のところへ向かう。

「晃人さあ、十円持ってない？　ちょうど足んなくて」

「あ、あるよ、たぶん」

鞄から財布を取り出し、十円を置く。さんきゅ、と秋津が礼を言う。店員が会計を済ませ、肉まんを袋に入れて渡してきた。ありがとうございましたーという店員の言葉を背に、店の外へ出る。

秋津が袋から肉まんを取り出す。つんとした冷たい空気の中に、柔らかく湯気が漂う。それを半分に割ると、片方を俺の方に差し出してきた。

「ん。十円分」

えっ、と俺は思わず声を上げる。

「いや、多すぎでしょ」

「いやいいよ。あんま食い過ぎると夕飯食べらんなくて、母ちゃんに怒られるんだもん」

少し子供っぽいその発言に口元が緩(ゆる)みそうになるのを堪(こら)えながら、じゃあもらう、と肉まんを受け取って、頬張る。

「冬の肉まんってさー、なんでこんなに美味(うま)く感じるんだろうなー」

口いっぱいに詰め込んだまま、もごもごと秋津が喋る。

「分かる。夏とかよりも二割増しで美味いよな」

「いや。三割増しだな」

そう言って笑い合う。

もしも俺が思いを告げることによって、この瞬間が失われてしまうのなら。ならば俺は自分の気持ちに蓋をしたまま、秋津と一緒に帰ろうとこのとき決めたのだ。

けれど最近はこんなやり取りをすることもほとんどなくなった。俺が話を振っても秋津は生返事で、俺ではない誰かと四角い機械の中で会話をしていることが多くなった。夕闇の中のぼんやりとした街灯の下で、俺は秋津の横顔をそっと盗み見ることしかできなくなっていった。

翌日、新藤は来なかった。少し安堵する。一方的に思いを寄せる相手をただじっと待っている姿は、きっと惨めに違いない。それを間近で眺められるのはやはりいい気分はしない。

けれど数日後、また新藤は放課後、教室へやってきた。スマホをいじる俺の前の席に陣取って、「あれえ、今日は本読んでないんだ」と話しかけてくる。

「さっき読み終わっちゃったんだよ」

そうなんだ、と言いながら机の上に置かれていた小説を開き、ぱらぱらとめくる。黒い髪が夕陽に照らされてつややかに光っている。

「面白かった？　これ」

「ん、結構面白かったよ」

「へー。貸してよ」

「別に、いいけど」

一度本を閉じ、一ページからゆっくりと順に読んでいく。うわぁ、字いっぱい、とどこかはしゃいだような声を出して笑っている。

「新藤さんさ、なんで帰んないの？」

先日した問いを、もう一度する。新藤は本の上に視線を滑らせながらぶつぶつと何やら呟くだけで、何も答えない。

「家の人とかから何も言われないわけ？　そんな遅く帰ったりして」

「だからぁ、私にだって色々あるんですー」

本を閉じると、今度はスマホを取り出しいじり始めた。人のことはあれこれ詮索してくるくせに、自分のことを話すつもりはないようだ。そして、今日もここで時間を潰すつもりらしい。諦めて深く息を吐く。スマホでSNSを見て回っていると、「ねえねえ」と新藤に声をかけられる。

「最近あきゆーからのラインの返事がめっちゃ遅いんだけど。佐倉くんもそう？」

ぽりぽりと首筋をかいて、画面から目を離さずに答える。いやべつに、そんなことないけど。どこか切実な響きのあるその問いに、胸がちくりと痛む。罪悪感。痛みに名前をつけてしまうと、途端に自分の中で膨れ上がる。

「えーまじかあ。地味に結構気になっちゃうんだよなあ」

「ラインしなきゃいいじゃん」

「えーやだ、だって私これしかあきゅーと繋がる手段ないんだもん。教室で話しかけるのはさすがに勇気いるし。佐倉くんはいいよ、普通にお話してるんだから。私はどんなちっちゃなことでもいいから交流を増やしたいんだよ。あー何度も既読になってるかどうかチェックするの無駄に神経すり減らすからやめたい、でもやめられない」

スマホをいじりながら新藤がわざとらしく溜息をつく。確かに、俺と比べれば秋津と新藤の繋がりは薄い。そもそも話している姿を見た記憶がない。それでも俺はまだ足りないと思っている。もっと二人だけの特別な思い出を増やして、どうにか秋津の心に棲みつけないかとずっと考えている。

「でも新藤さんにはチャンスがあるからいいじゃん」

どういうこと？　と指を止め俺を見る。

「今はどんなに繋がりなくても、女の子ってだけで、秋津とのチャンスがあるわけじゃん。俺なんてどんなに親しくしたって、そこの位置には絶対に入り込めないんだよ」

「いいや、それは違うね佐倉くん」

肩をすくめ、やれやれといった動作で両手を上げ首を振る。

「入り込めるチャンスがあるから、逆につらいんだって。選択肢のひとつにあるはずなのに、選ばれないって結構しんどいよ」

おどけたように吐き出したその言葉には、切実な響きがあった。女であるだけでは駄目なのか。だとすれば俺のこの妬ましさは、一体どこへぶつければいいのだろう。

「それなら、選択肢の外にいた方がまだましってこと？」

「それなら、友達として隣にいられる方が私はいいってこと」

ただのないものねだりってやつですかね、と新藤が付け加えて、そうだね、と俺も小さく頷く。

自分でも、秋津の友達でいられる今が幸せなのかどうかが分からない。静かに生きたいと願うくせに、このままじゃ嫌だと叫びたくなる自分もいる。矛盾した感情がもう長いことどろどろと体の中で渦を巻いている。

あれ、と新藤が急に声を上げた。グラウンドを見下ろしている。俺も窓の外を覗き込んだ。いつの間にか校庭からは野球部の姿が消えていた。

「今日終わるの早いね。連絡来てた？」

スマホを取り出し、通知を確認する。秋津悠馬の名前の欄に、新しい文字はない。

「先帰ったんだと思う、多分」

「え、うそ、そうなの。佐倉くんが待ってるのに？」

「よくあるよ。野球部の連中とどっか行っちゃうんだ」

「連絡もなしで？」

「うん」

新藤が眉をひそめ、ぽかんと口を開けて俺の顔をまじまじと見てくる。馬鹿な奴だなと思われているんだろう、きっと。

「馬鹿だなこいつ、って思ってるんだろ」

「うん、まあ、正直。連絡くらいよこせって言えばいいのにとは思う」

「まあ、そもそも毎日部活終わるの待つなんて、気持ち悪いよな」

いや、そんなことはないけど、ともごもごと言い淀んだ返事。

「いいよ、自分でも分かってるから。みっともないんだよ、俺。連絡しろって、そんなこと言うだけで怖くて、そんで帰れなくて。ほんとすげえ、みっともない」

まるで何かの言い訳のように言葉が口をついて出る。新藤がじっと見つめてくる。その眼差しは憐憫（れんびん）を帯びているように見えて、急に居（い）た堪（たま）れなくなる。やはり、自分の惨めな姿を晒（さら）すのは、いい気分ではない。

「帰るわ」

鞄を手に取り、立ち上がった。新藤が見上げてくる。思わず視線を逸らす。帰ろうとしたとき、「私も同じ」と新藤が口を開いた。

「同じだよ、私も。みっともないのも、帰れないのも、同じ。私ね、家に帰りたくないの」

その言葉に新藤を見下ろす。彼女は既に俺から視線を外していて、顔はこちらに向けたまま窓の外を眺めていた。夕暮れはゆっくりと闇に近付く色をしている。窓際に座る新藤の顔の右半分が夜に、左半分が蛍光灯に染まっていて、二つに分かれているみたいだと思った。

「なんつーかさー、もう家にいづらくて。友達が部活ないときとかは一緒に帰って寄り道してーってできるけど、毎日毎日そうもいかないじゃん？　だから普段は図書室で、スマホいじったり居眠りしたりして時間潰してたの」

新藤が椅子に座ったままのけぞる。ぎしり、と木が軋（きし）む音がする。その先を促す言葉をどうしてか言えなくて、ただじっと待つ。

「うちね、病気のお姉ちゃんがいるの。生まれたときからずーっと病気。でね、今年に入ってから一気にそれが悪くなって。今自宅で療養してるの」

新藤がまた俺を見上げてくる。その表情はいつもと何ら変わりがない。

「最初はさぁ、私もお姉ちゃんのお世話する！　とかって思ってたわけよ。仲はすごく良かったし、やっぱりお姉ちゃんのこと好きだから。だから部活も辞めて、毎日まっすぐ家に帰るようにしてたの。でもねえ、やっぱだめだね。やつれてくお姉ちゃん見てると、もう、だめ。なんやかんや家に帰らない理由つけてくうちに、どんどん帰りづらくなっちゃって。いつの間にか、毎日どこかしらでぎりぎりまで外にいるようになってた。お父さんもお母さんも、たぶん分かってるんだろうね、何も言ってこないの。だから別に、誰かに帰るなって言われてるわけじゃない。帰れって言われてるわけでもない。自分の意志で、帰らないようにしてるのに。でも毎日後悔してるの。今日くらいは早く帰ればよかった。お姉ちゃんと話をすればよかった。でも次の日になると、やっぱり帰れなくなるの」

ふと想像してしまう。誰とも帰れない放課後、どんな気持ちで新藤は学校にいたのか。早く時間が過ぎればいいのに、と思っていたのか。それとも、まだ陽が沈まないでくれ、と願っていたのか。

新藤の突然の告白に、俺は何も言葉を返せなかった。かろうじて、「どうして」と呟く。

「どうして、急にそんなこと、話してくれたの」

新藤がじっと俺の目を見つめてくる。視線を逸らしたくなるのを堪える。

「佐倉くんも、秘密教えてくれたから。だからお返しかな」

そして、またにっこりと笑う。秘密。その言葉を俺は頭の中で反芻(はんすう)する。

「一緒に帰る？」

思わず、口にしていた。新藤が驚いたように少し目を見開いて、そして小さく笑って首を横に振った。

「ううん。私は、もうちょっと残ってる」

じゃあね、と胸の前で手を振る。俺はそれに手を振り返せなくて、うん、とだけ言って新藤に背を向けた。

ねえ、よかったら一緒に帰ろうよ。先にそう声をかけてきたのは秋津の方だったのだ。

高校に入学したばかりの頃だ。まだみんな探り探りの状態で、とりあえず誰か友達を作らなければと、なんとなく躍起になっているような時期だった。俺もその例に漏れず、席の近い男子と休み時間ぽつぽつと喋るようにはなっていた。

けれど彼らとは帰り道が別々で、俺は一人で帰っていた。そのとき、急に肩を叩かれた。それが秋津だった。

「あっ、急にごめん。佐倉くん、だよね。俺、一緒のクラスの、秋津なんだけど」

「ああうん、分かるよ」

秋津はその頃から目立っていた。俺自身も、やたらかっこいい奴がいるな、と気になってはいたのだ。まさかその相手に声をかけられるとは思わず、少し驚いていた。

「帰りの電車でよく見かけるからさ。家、一緒の方向なんだなぁって」

「そうなんだ。ごめん、気付かなかった」

「いや、俺こそなんか急にごめん。ねえ、よかったら一緒に帰ろうよ」

「うん。もちろんいいよ」

俺がそう答えたときの、ほっとした秋津の表情が今でも忘れられない。それから俺たちは毎日並んで帰るようになった。

「ねえ、いつまで秋津くんなの」

一緒に帰るようになって何日か経った頃、秋津がぽつりと言った。どういう意味か分からず、俺は首を傾げる。

「だからさぁ、佐倉はいつまで俺のこと、秋津くんって呼ぶんだよって言ってんの」

その不貞腐れた口調に、俺はようやく秋津の言っていることを理解する。この頃俺は、彼を「秋津くん」と呼んでいた。

「あ、ごめん。嫌だった？」

「べつに、嫌とかじゃないけどさぁ」

秋津が唇を尖らせる。

「俺、結構勇気出して佐倉のこと呼び捨てにしたのに、佐倉はいつになったら呼び捨てにしてくれんのかなぁと思ってー」

照れ臭さを隠すように俯(うつむ)いたその横顔に、俺は思わずどきりとする。慌てて秋津の肩を叩く。

「あーごめん、気付かなかった。今日から呼び捨てにする」

「いいよべつに、無理しなくてー」

「無理してない、ごめんごめん」

秋津にはきっと分からないのだ。それが俺にとっては大きな出来事なのだということを。それでもそんなことで拗(す)ねる秋津を見て、俺はとても嬉しかった。どきどきしていた。自分の中に芽生えた感情に、必死で気付かないふりをしていた。

そうやって俺は、だんだんと秋津に惹かれていくようになった。秋津が別のクラスメイトと話しているのを見るだけで嫉妬に駆られる。嫌われるようなことを言わなかっただろうかと夜布団の中で考え続けてしまう。それがどんな感情なのか、俺は自覚せざるを得なくなってしまっていた。

だから、秋津に言われたとき、俺は断ることができなかったのだ。

「俺さ、入りたい部活あるんだけど、良かったら佐倉も一緒に入らない？」

学校生活にもどうにか馴染んできた頃だった。俺はまだどこの部に入るか決めあぐねていた。そして秋津が入りたいと言ってきた部活が、野球部だったのだ。

野球なんて、やったこともなかった。興味もないし、テレビで試合を見たこともない。そもそも運動が苦手だった。入るなら文化部だな、と思っていたところだった。

けれど、断れなかった。断れるはずがなかった。秋津と同じ部活に入ることができる。そうでなければ、俺の知らない秋津の部分が増えてしまう。こうやって並んで帰れなくなってしまう。色々と理由はあったが、結局のところ、俺は秋津ともっと一緒にいたかったのだ。

頑張った。俺は頑張ったと思う。でも無理だった。毎日の素振りも筋トレも朝練も苦痛でしかなかった。好きでもないものを好きなふりをして過ごす日々に限界が来ないはずがなかった。その間に秋津は部に馴染み、俺以外の誰かと笑うことが多くなった。

「部活、辞めようと思う」

秋津にそう伝えたのは今年の六月のことだった。ひたすら筋力と体力作りの一年間を終え、二年になり本格的に試合に参加することが増えた。野球部は初心者大歓迎なんて謳（うた）ってはいたけれど俺以外はみんな経験者ばかりで、足を引っ張ることが多くなり、俺は日々居た堪れなさを感じていた。

「あっそ、分かった」

返ってきたのは、たったそれだけだった。俺は唇を噛み俯く。別に惜（お）しんで引き留めてもらいたかったわけじゃない。俺だって気付いていた。秋津が、ボールもまともに打てないような奴と友人であることを恥じていることくらい。それでも俺の前でだけは、俺の味方のふりをしてもらいたかった。

「あー、でも」秋津が思い出したかのように声を上げる。「一緒に帰る奴、いなくなっちゃうな。部内で同じ方向で仲良い奴いないからさー」

「あ、じゃあ、俺待ってるよ」

反射的に出た言葉だった。秋津がこちらを向く気配がする。どんな表情を浮かべているのか見るのが怖くて、顔を動かせなかった。

「どうせ俺、家帰っても暇だしさ。やることないから、秋津が部活終わるまで全然待つよ。適当に教室とかで時間潰してるし。まあ、秋津が嫌じゃなければ、だけど」

言い訳めいた文句で舌がべらべらと回る。本当の理由は言えないくせに。

「あー、そう？　じゃ、待っててよ」

事も無げに秋津は言う。妙に思われなかったことにほっと胸を撫で下ろす。そして俺は翌日から部活に行かなくなり、教室で秋津を待ち続ける日々が始まった。

連絡が来なくても、どれだけ部活が長引いても、俺は帰らなかった。俺待ってるよ。そう自分で口にした約束に、自分で縛られていた。

新藤はあの日以降も時々教室にやってきた。日中は言葉を交わすことはなく、放課後だけ俺たちは話すようになっていた。新藤は本を読む俺の目の前で、スマホをいじったり、俺が貸した本を読んだりしていた。

新藤は本を読む間もずっとやかましかった。

「えっ、うそうそ、まじで？」

「えーなんでー、なんでそういうこと言っちゃうかなー」

ページをめくるたび、そう言って騒ぐ。伏線が張り巡らされたミステリーなんて渡そうもんなら、それはもう大変だった。「ええっ！」と叫んだかと思うと、「ちょっと待ってちょっと待って」と言いながらページを遡り、「うわ！　書いてるじゃん！　ここで書いてるじゃん！」と頭を抱えていた。その様子がおかしくて、俺は新藤に本を貸し続けた。

新藤は読書に飽きると、丁寧にしおりを挟み本を置き、ネイルを塗っていた。といってもうちの学校はマニキュアは禁止されているので、バレないよう足の爪に塗っていた。ソックスを脱ぎ、真剣な眼差しで色を施している新藤をそっと盗み見る。短いスカートから覗く白い腿とふくらはぎを惜しげもなく晒す姿は、他の男子が見たらきっとたまらないのだろう。

「佐倉くんにも塗ってあげるー」

いきなりそう言って俺の手を引っ張ってきたこともあった。「いいよ、なんでだよ」と断ったが、「小指だけだから！」と半ば強引に右手の小指の爪に塗られてしまった。

「いいじゃん、可愛いー」

「えぇ、そうかあ？」

右手を大きく開いて目の前に掲げる。無骨な手の甲の端に彩られた濃いピンク色は、あまりに不似合いで不自然だった。まあ、これくらいならバレないか、と思っていたが意外と目立つようで、親には何それと顔をしかめられ、クラスメイトにはからかわれた。

そしてそんなやり取りの隙間に、俺たちは時折窓から校庭を見下ろした。ユニフォームを茜色に染めながら走る秋津を眺め、たまに秋津の話をした。

「今日あきゆー、寝癖ついてなかった？」

「ついてた。どう頑張っても直んなかったってぼやいてた」

「えーなにそれやば、可愛すぎるんですけど！」

「周りにもからかわれて、すげー不機嫌になってたから、本人には言わない方がいいよ」

「言わない言わない、言えないし。でも隠し撮りしとけばよかったかなって後悔してる」

「それはね、しなくて正解だから後悔する必要ないよ」

「えー、なんでよー。あっそうだ、じゃあ佐倉くんさ、帰るときもしまだ寝癖ついてたら写真撮ってきてよー！」

「いやいやいや。無茶言うなよ。俺が殺されるわ」

「佐倉くんが命懸けで撮った写真、私がきちんと守り通すから！」

「寝癖で命懸けたくないよ……」

そんなことを言い合いながら、俺たちは時間を潰していた。

教室を先に出るのはいつも俺の方だった。結局新藤が何時に教室を出ているかは知らない。一緒に帰ろうとは、もう言ってはいけない気がしていた。

その日も俺たちは向かい合って、俺は本を読み、新藤はスマホをいじっていた。今日はやけに静かだな、と思い顔を上げると、新藤は窓の外を見ていた。本を開いたまま俺もそれに倣う。校庭には秋津の姿はなかった。

「佐倉くんはさあ、あきゆーのどこが好き？」

唐突に、新藤が訊いてくる。

「何、急に」

「いや、どこが好きになったのかなあって」

「顔」

素直に答えると、安直すぎ、と笑われる。

「まあでも、確かにイケメンだもんね」

「っていうか俺、一目惚れだったから」

「おっ、まじか。なんかいいね、そういうの」

すごい綺麗な顔をした人だなと思ったのだ。目は大きく二重で、でもどことなくいつも眠たげで、鼻筋はすっと通っていて、色も白くて。眉毛を隠す少し長めのさらさらした前髪は、野球部の顧問に丸坊主にしろと怒られてものらりくらりと維持し続けている。飲み物を飲む仕草とか、脚の組み替え方とか、そういった些細な動作に目が奪われるようになった。初めて一緒に帰った日、先に電車を下りた秋津は、俺が見えなくなるまでずっとホームで手を振ってくれた。

もちろん今はそんなことはないけれど、たぶんそのとき、俺の中で秋津という存在に対しての意識が変化した。かっこいいだとか顔が好みだとか、そういった類のものではない、特別な感情を秋津に抱くようになっていった。

「新藤さんはどうなんだよ。どこが好きなの」

「私？　私はねー、どこなんだろ。その質問困っちゃうね」

「なら訊くなよ」

「いや、ちゃんと好きなんだよ？　好きだし、いいところもいっぱい知ってるんだけどさ。言葉にするのがちょっと難しいっていうか。あ、でもきっかけはあった。聞きたい？」

「うるせえなあ、いいから話せよ」

ひどーい、と言いながらも新藤はどこか嬉しそうだ。恋バナがしたかった、と言っていた彼女の言葉を思い出す。困ったことに、俺の方も最近はこんなことを言い合うのが楽しい。堂々と好きだと言えることが、そしてそれを認めてもらえることが、こんなにも嬉しいことだなんて知らなかった。

「二年になってちょっとしたぐらいのときかな。体育の時間で、男子はサッカーの授業してて。で、長見(おさみ)くんがさ、試合のときになんかやらかしちゃったらしくて。結構周りから責められてたの」

俺自身にその出来事の記憶はないが、光景はありありと想像できた。こいつにならなにをしても言ってもいい。そう思われてしまう人物は存在していて、そして同じクラスの長見はその一人だった。長見は運動神経も良くない。そのせいで周りから色々と言われることも多々あった。

「でさ、それが結構な責められ方で。長見くんどうにか笑ってはいたんだけど、すっごい落ち込んでてさ。でも私もなんて声をかけたらいいか分かんなくて。そしたら、あきゆーがね」

一拍置いて、新藤が身を乗り出す。ここからがいいところだ、と言わんばかりに。

「あきゆーが、長見くんの横に立って、ぽんぽんって肩叩いたの。それで、何か長見くんに耳打ちして。そしたら長見くんが泣きそうな顔であきゆーを見上げてね。それ見てあきゆーが、長見くんを励ますみたいに、にこって笑ったの」

新藤が頰に両手を当て、はぁ、と感嘆の息を漏らした。

「もうさぁ、それまで仏頂面しか見たことなかったからさぁ。その行動も相まって、その笑顔に私はやられちゃったわけよ。やばい、あきゆーってかっこいい！　って」

その姿を頭に思い浮かべてみる。近頃自分には向けられることが少なくなった秋津の笑顔を。思わず「分かる」と口に出していた。

「分かる⁉　やっぱ分かるよね⁉　もうそっから私、顔見るたびドキドキでさぁ」

「あんまり笑顔を見せないところもいいんだよな」

「そう、そうなんです！　さっすが佐倉くん、分かってるぅ」

嬉しそうに俺の肩をばんばんと叩いてくる。痛いよ、とその手を振り払う。

「女子はさぁ、あきゆーのこと色々言うけど、いいとこ結構あるよね。でもまぁ、むかつくところの方がもっといっぱいあるけど。私、二十個は言える」

「俺、三十は言えるな」

「まじか。さすがっすね」

「不機嫌そうに、あー、って言いながら話し始めるのがむかつく」

俺が言うと、分かるー、と新藤が笑う。

「授業で当てられたときもさ、めっちゃだるそうに言うよね、あー、って」

「あれ、先生も絶対イラッときてるよな」

「うん、きてるきてる。私はね、私よりも顔がちっちゃいところがむかつく」

「なんだそれ。あとはなんだろ、飲み物を絶対ちょこっとだけ残すのが腹立つ」

「えー、そうなんだ。なんでだろね。うーん、私よりも睫毛（まつげ）が長いのがむかつく」

「だからなんなんだよそれ」

「だってむかつくんだもん。あの長さ男子にいらないでしょー」

　あとはなんだろう、と呟いて、俺は自分の手に視線を落とす。右手を本から離して、パーの形に広げた。

「これに気付かないところがむかつく」

　小指のマニキュアはところどころ剝げていた。指と指の隙間から、こちらを見つめる新藤の顔が見える。

「やっぱ、全部の指塗っとく？」

「なんでそうなるんだよ」思わず笑ってしまう。「さすがに全部はきついわ」

　絶対かわいいのにー、とわざと不貞腐れてみせている。

「あーあと私は、あれだ。ラインの返事が全然来ないのがむかつく」

　言いながら手の中のスマホをころころと転がす。本を持つ指先が少し強くなったのが自分でも分かった。

「もうずっと返事来てなくてさ。既読にはなるんだけどさあ」

はーあ、とおどけた様子で溜息をつくふりをする。けれどふざけた感じでごまかしても、その待つことしかできないということがどんなにつらいか、俺にはよく分かる。

「もうラインしなきゃいいじゃん」

「だからさあー、私にはこれしかないんだって。このほそーい電子の糸でしか繋がってないわけよ、愛しの人と」

「意味ないよ。もう返事なんて来ないよ、きっと」

不意に口をついて出た。ぴた、と新藤のスマホをいじる手が止まる。俯く俺のつむじ辺りにひりひりとした視線を感じる。顔を上げられない。視界に入っているだけの文字の羅列が滲んで見える。ああ、言わなければよかった。既に激しい後悔に襲われていた。でも俺はもう、何も知らない新藤の笑顔を見るのが、これ以上耐えられなかったのだ。

「なんで？　あきゆー何か言ってた？」

「いや、そういうんじゃなくて。違くて」

「ねえ、もしそうなら教えて。隠さないで、私大丈夫だから」

「ごめん、違くて。違くて」

新藤が俺の手首を摑む。本が手から離れてばさりと音を立て机に落ちた。血が通ってないのかと思うくらい冷たい手のひらだった。一体新藤はどんな顔をしているのか、見るのが怖くて、本の表紙をひたすら見つめていた。

「それ、俺なんだよ」

声がうわずった。たった一言で、一瞬で空気が張り詰めたのが分かった。

「新藤さんがずっとラインしてた相手、秋津じゃなくて、俺なんだ」

新藤の俺の手首を摑む力が強くなる。俺は恐る恐る顔を上げる。焦点の合わない瞳で、笑っていいのかどうか分からない歪んだ笑みで、俺を見つめていた。

「そういうのさあ、いいって」今初めて気付いたかのように手首をぱっと離すと、手を机の下に隠す。「笑えないからやめよ？　ね」

俺はポケットからスマホを取り出す。ラインを開く。新藤の猫のアイコンをタップして、通話ボタンを押す。ががががが、と歪な音が教室内に響き渡った。新藤のスマホが机の上で振動していた。画面には着信元が表示されている。アキ。新藤がそれを慌ただしく取り上げる。俺が終話のボタンを押すと、振動はやんだ。

「なんで？」

吐息に混じって消えてしまうような微かな声。歪んだ笑みのまま顔は強張っている。謝らなきゃ、と俺は声を出そうとする。だけど何か硬い固形物が、そこで出口を塞いでいるかのように詰まって出てこない。やっとの思いで出した「ごめん」が、きちんと新藤に聞こえたかどうか分からなかった。

俺は知っている。ラインの中では、あきゅーなんて呼んでいないことを。秋津くんと呼んでいることを。返事がなくても、おはようおやすみと挨拶を送っていることを。ラインの中の新藤は、卑屈で面倒臭く、そして誰も知らない新藤がそこにはいるということを。

「あいつに。秋津に、頼まれたんだ」

声が震える。新藤が小さく、え、と言うのが聞こえた。

俺が部活を辞めて少しした頃だった。一緒に帰りながら、秋津が言った。

同じクラスのさ、新藤っているじゃん。あいつがさ、前からライン交換しろしろうるさくてさ。んで今日、IDよこしてきたんだよね。

ポケットから畳(たた)まれた紙を取り出して、俺に渡してくる。開くとそれはクマやウサギのキャラクターが描かれた可愛らしい便箋(びんせん)で、丁寧に書かれた文字が真ん中に並んでいる。よかったら、連絡ください。新藤梓。そして、ラインのID。

晃人さ、俺のふりしてラインしてくんない？　もう断るのもだるくてさ。ほら、お前の登録名アキでしょ。ごまかせんじゃん。

俺はそれを了承した。こんな人の気持ちを弄(もてあそ)ぶようなことでも、秋津の役に立っているという事実が嬉しかった。そして同時に、ざまあみろとも思った。ラインの相手は文字の中でふんだんに女を振りまき、その女を嫌いになるにつれ最初はあった罪悪感もやがて消えていった。消えていったはずだった。

「俺、新藤さんを騙(だま)すことに、躊躇もしなかった。女だからってだけで秋津の傍にいようとする奴が、ほんとに嫌いで。嫌いで、嫌いだったんだ」

声がうわずる。視界が濡れる。最低だ。泣きたいのは新藤のほうなのに。すべてを放り出したような表情で、色のない目で俺をただじっと見つめている。目をつむる。熱を帯びた水分が目頭に溜まる。

「嫌いだったのに。嫌いじゃなくなっちゃったんだ。嫌いなままでよかったのに」

俺のもう一度絞り出した「ごめん」が、夕暮れに染まっている教室に浮かんで消えた。しんと痛々しく沈黙が積もる。

新藤が、がたんと大きな音を立てて突然立ち上がった。その音に驚いて俺は新藤を思わず見上げる。机の上の俺の本を手に取ると、俺の眉間に振り下ろした。

「いって！　えっなに、どういうこと」

「もう帰ろう、佐倉くん」

俺を殴ったその手で、本を渡してくる。俺は反射的にそれを受け取る。

「一緒に帰ろう」

新藤が鞄を肩にかける。手首を摑まれ、俺は椅子から立ち上がらされる。さっきとは違って手のひらが熱い。ちょっと待って、という俺の言葉がすぐさまなかったことにされる。右手に本を持ったまま、慌てて鞄を摑む。引っ張られるままに廊下に出る。いつものように黒々とした空ではなく、十分に明るかった。まだ闇が迫ってくるような時間じゃない。黒い影が二つ、小さく床に落ちている。俺は新藤の手を振りほどく。

「ちょっと待ってって。無理だよ。俺、秋津待たなきゃ」

振りほどいたはずの手が今度は俺の腕を摑む。新藤は泣きそうな顔で、唇を強く嚙んでいた。

「待たなくていい。いいよ」

腕を摑んだまま、新藤がゆっくりと歩く。どうしてかそれを振りほどけなかった。歩くたびに黒い影が揺れる。運動部のものであろう怒声や歓声が、遠くから渦を巻くようにして聞こえてくる。校舎の中で、女子生徒が二人ばたばたと俺たちの横を走って通り過ぎていった。階段では、男子生徒が隅で固まるようにして話している。俺がひとりであの教室にいる間、当たり前だが世界は息づいていて、そして俺はそれにまったく気付いていなかった。

校舎の出入り口に着く。新藤が下駄箱から俺の靴を持ってきて差し出す。手を出せないままでいると、さらにそれを近付けてくる。俺は本を鞄にしまうと、ゆっくりとそれを受け取る。

「新藤さん」

俺の言葉を無視して、また下駄箱へ向かい、靴を履き替える。俺はその後について、新藤の横で同じように靴を履き替える。開け放たれたドアからは、夕陽に赤々と照らされた校庭が見える。俺が毎日見下ろしていた校庭が。そして少し離れたところで、野球部が練習をしている姿が目に入った。髪の毛を短く切り揃えた部員の中で、一人耳にかかるくらいまで髪を伸ばした男の姿もある。茜色に染まったユニフォームで、腕組みをしながら試合を眺めている。

「新藤さん、俺」

掠れた声が出る。両足がずしりと重く、動かなかった。ここから出てしまえば、もう二度と秋津の隣に並べない気がして、怖かった。

急に、新藤が俺の背中を叩いた。いって、と呻(うめ)いて思わずよろめく。

「よし、競走だ佐倉」

競走？　俺は思わず訊き返す。

「そう、校門まで競走。そんで、秋津の野郎に見せつけてやろう。私たちが走るところを」

新藤がまっすぐ腕を伸ばして、秋津を指差した。隣の部員と何やら喋っていて、俺たちに気付く様子はない。

「大丈夫だよ。もう帰っていいんだよ、私たち」

まるで自分に言い聞かせているみたいだった。帰っていいよ。俺はずっと、その言葉を待っていたような気がする。

「分かった」大きく息を吸い込み、そして吐き出す。「競走だ、新藤」

新藤が、よし、と呟いて走る構えを取る。俺もそれに倣う。たったこれだけのことで、心臓がばくばくしていた。耳の奥で鼓動が鳴る。それじゃあ、いくよ。新藤が声をかける。うん、いいよ。俺は、拳を強く握る。

よーい、どん。

どん、を言い終わらないうちに新藤が駆けていく。不意打ちを食らった俺は一瞬呆気に取られた後、慌ててそれを追いかける。

「フライングだぞおい！」

「ハンデだよ、ハンデ！」

新藤が笑う。俺もつられて笑った。そしてそのまま走る。

やばい。苦しい。息を吸うと、冷えた空気が肺に落ちていく感覚がする。肩にかけた鞄が落ちそうになって、摑みながら走る。口の中がからからに渇いていく。整えた髪がぐちゃぐちゃに乱れていく。

それでも、俺と新藤は笑った。何がおかしいのか自分でも分からなかったけれど、笑いながら走り続けた。目の端にちらりと映った秋津が、怪訝そうな顔で俺たちを見ているのが見えた気がした。

なあ、秋津。今の俺たちはお前にはどう見えているかな。一瞬でいい。ほんの一瞬でいいから、お前の目にも俺たちが、茜色に光って見えてくれていたらいいな。

新藤が、ゴール、とはしゃいだ声を出して、俺たちは並んで校門を飛び出した。

一角獣の背に乗って

佐原ひかり

叔母が死んだ。一角獣に蹴り殺されたそうだ。

葬儀が執り行われたのは半夏生の頃合いで、朝から夜まで雨が降りしきる蒸し暑い日だった。

できれば夏服、あるいは市販の喪服で参列したかったが、母が難色を示した。私が通うセント・マリア女学園の制服は、ブレザージャケットの胸元に校章が入っている。それを羽織らなければ、親戚一同に見せびらかすことができないというわけだ。

母はたいそうな見栄坊で、なにをするにもどこへいくにも、自分がどれほどうやまわれ丁重に扱われるべき立場の者なのかを服装や持ち物、言動でみなさまに教えてさしあげることに余念のない人間であったし、父は父で、そういった母に対し鷹揚に振る舞うことで度量の広さを示そうとしていた。父にとっての母は、己が権力と財力を誇示するためのささやかな小道具だった。同時に、セント・マリアの制服を着て、髪を胸元まで伸ばし、楚々と笑む私もまた、母の小道具というわけだ。つくづく胸クソ悪い金持ち一家である。

叔母は長年、一角獣の世話女をしていた。

高校を出てすぐということだから、もう二十年以上もあの山奥の〈園〉で働いていたことになる。森と呼んで差し支えない、広大な〈園〉で、叔母は日夜、一角獣の毛並みを整え、角を磨き、走らせ、彼らのために朝露を集めては飲ませていた。

一角獣の存在を知るのは、国内外の顧客と、事業に携わる一部の人間だけで、彼らがこちらの世界に現れるようになってから今日に至るまでの五十年間、その存在は徹底して秘匿され続けている（伯父が手を出しているから、うちでは公然の秘密だが）。〈園〉の顧客は、決してご立派とはいえない稼業の連中や、生き物をステイタス的に所有したがる、ろくでもない金持ちばかりだ。法も条約も騒ぐ愛護団体も、ないに越したことはない、ということだろう。

発情期か、はたまたバカンスか。なぜそのシーズン、その場所に現れるかは不明だが、夏の二ヶ月、一角獣はどこからともなく、群れでやってくる。彼らの多くは森を好み、出現する場所は毎年決まっていた。運の悪い個体はそこで業者に捕らえられ、買い取り手が現れるまで専用の〈園〉で飼育される。その世話をするのが、世話女と呼ばれる女たちだった。昔は、私も叔母について〈園〉に遊びに行き、見よう見まねで世話女の仕事を手伝ったりもしていた。

漆黒の棺の中、百合に身をうずめている叔母は、記憶よりも若く見えた。

ひっつめていた黒髪はつややかに波打ち、肌は百合に負けないほど白く光っている。生前は薄幸な印象を与えた薄い唇にも紅が足され、硬直のせいか、両の口角は上がったままだ。変な話、生きていたときよりも活き活きとした表情に見える。稀に見る極上の死に顔だが、親族たちはその遺体がどういった状態で発見されたかを知っていたため、みな、叔母を見てはばつの悪そうな表情を浮かべていた。

淀んだ空気が流れる斎場を抜け出て、人のいない裏口の軒下でひと息入れる。建ち並ぶ家屋の向こうに、建設中のビルとクレーン車が見えた。方角から言って、うちの人間が携わっている再開発地区だろう。シケた絵面だ。雨空を見上げるうちに口さみしさを覚え、反射的にスカートのポケットに手を入れたが、目当てのものはなく空を摑む。今日は抜いてきたんだったか。まあ、入れていたとしても、さすがに親族どもがうようよいる中では吸えないが。

腕を組み、しばらく雨音に耳をすませていたが、一人の男がこちらを見ていることに気づき、居住まいを正した。

三十半ばといったところか。寄り気味の、大きな目を泣き腫らしている。太い眉と張り出た頰骨が特徴的だが、見覚えがない。叔母の友人だろうか。軽く会釈すると、男はこちらに近寄ってきた。

「あんた、セント・マリアに通ってるのか」

私の全身を舐め回すように見ながら言った。よくある、不躾な品定めの目つきで。困惑をたっぷりと込めた声で、はい、と答える。男は、少し身を引いて、咳払いをした。

「失礼。俺はハラダだ。突然だけど、あんた、あすの夜、空いてないか」

「あす、ですか」

口にこぶしを当て、瞳を揺らし、戸惑うふりをしながら視線で続きを促す。

しかし、ハラダという男はいささか鈍いようで、私が置いた沈黙を、予定確認の時間ととらえているようだ。一向に口火を切ろうとしない。

先に用件を言え、用件を。

相手を何かに誘うとき、なぜ多くの人間は先に用件を言わないのか。空いているかどうか、そんなもの用件次第だ。くだらない誘いであれば二十四時間三百六十五日私は忙しいし、おもしろいものであれば何を差し置いてでもいく。

「あの、どういった……」

それとなく水を向けると、ハラダはきょろきょろと周囲を確認して、他言無用で、と前置きした。

「一角獣を逃がす手伝いをしてもらいたいんだ。エッコ先輩を殺したっていう、一角獣をね。どうかな」

「空いてます」

セント・マリアの生徒にふさわしき、花のような笑みを浮かべて頷いた。

ハラダの計画は、拍子抜けするほどシンプルで、実行に難くないものだった。

まず、協力をとりつけた知り合いの世話女が定刻に警報システムを切ってくれるそうだ。くだんの一角獣は、その世話女によって〈園〉の外に連れ出される。外で待機している人間は、ただその一角獣を連れて逃げ去ればいい。それだけだ。

「俺も、エッコ先輩を殺した一角獣は憎いよ。でも、エッコ先輩は毎日その一角獣を大切に世話していたそうなんだ。俺も大人だからな、大事な先輩が大事にしていた生き物は大事にしてやりたいと思って」

斎場の侘しい裏口で雨に濡れながら、ハラダが眉のあたりに哀愁を漂わせ語った。

叔母を殺した一角獣は、本来であれば殺処分のところを、〝人殺しの一角獣〟として、格安の値で好事家に引き渡されることになったらしい。そういった輩が一角獣を丁寧に育ててくれるはずもない。なんとか逃がしてやれないか、という世話女の同情心から今回の計画が持ち上がり、ハラダも叔母のために協力を願い出たそうだ。

なるほど、と私も調子を合わせながら神妙に頷いた。

「おやさしいんですね、ハラダさん。私でよければ、お手伝いさせてください」

そう答えると、ハラダは顔を輝かせ、たすかるよ、と胸を撫で下ろした。

そう、この容易な計画の最も難しい点は、外で待機しておく人間の確保だ。この役目は、ハラダでは絶対に務まらない。

監視カメラの死角から家を抜け出し、待ち合わせ場所に向かう。外灯の下、ハラダは車にもたれて立っていた。

ハラダさん、と声をかける。ああ、と顔を上げたハラダが、ぎょっと肩を跳ねさせた。

「待て待て待て。その子は誰だ」

ハラダが私の後ろを指さす。そこにいるのは、なんの変哲もないナカジマである。

「俺は友達を連れてこいなんて言ってない」

「友達ではありません。ボラ部のナカジマです」

「ボ、なんて？　え？　ナカジマ？」

「はい！　本日お手伝いをさせていただく、ボラ部のナカジマです！　ミサキから依頼を受けました！　どうぞよろしくお願いします！」

ナカジマがキャップを取り、勢いよく頭を下げ挨拶した。帽子を取る仕草が板についている。短く刈り上げた髪や、そばかすの散った頬はすでに汗で濡れていた。

中学までソフトボールをやっていたというナカジマは、腕も腰も足も太く強く、ハラダより背が高い。この計画に必須の人材だ。

ちょっと、とハラダが手招きを繰り返したが、「ん？」という顔で立ち続けてみる。用があるならそちらが来い。

根負けしたハラダがこちらに近寄り、耳打ちしてきた。

「色々突っ込みどころが多いけど……まずさ、ボラ部ってなんなの」

「ボランティア部です」

彼女らは、見合った金銭さえ払えば大抵のことは引き受けてくれる。セント・マリアに通う生徒たちの麗しい学園生活になくてはならない、すばらしき裏の部活だ。奨学生のナカジマは、その恵まれた体格と頭脳を活かし、学費や生活費を荒稼ぎしている。

「それってボランティアじゃないだろ」とハラダは呆れ顔で言った。もちろん、通称、である。何をやるにも、肩書きは糖衣となりうる。

「あのさ、一人で不安なのはわかるけど、ナカジマさんには帰ってもらえないかな。部外者が多いのはよくないんだ。引き渡しならミサキちゃんだけで充分だし」

「いいんですか？」

「なにが」

「だってハラダさん、私ではお役に立てないですよ」

「……ちょっと待て。ミサキちゃん、まさか」

無言でほほ笑むと、ハラダは「うそだろ」と驚愕の表情を浮かべた。

「信じられない。その年で？　セント・マリアの生徒のくせに？」

「ええ。だからナカジマを連れてきたんです。ね、ナカジマ」

「っス！　自分現役バリバリの処女なんで！　任せてください」

「さあ、もう時間ですよ。行きましょう」

「さ」

「さ」

ナカジマと一緒にハラダの背に手を当てて、車へと押し進める。

一角獣を労せず扱えるのは、処女だけなのだ。

叔母について〈園〉に遊びに行くとき、父と母はいつも複雑な表情で私を送り出した。純潔の象徴である一角獣とふれあわせ聖性を持たせたい一方、叔母をはじめとした、いつまでも処女でいる世話女たちのことを、どこか気味悪がっているようにも見えた。

父と叔母は兄妹であったが、二人の会話はとことん嚙み合わず、父はしばしば叔母のことを理解不能だと評した。それは父にかぎったことではなかった。叔母は、親族の中で浮いていた。彼らは、一角獣にまつわる〝ビジネス〟は肯定できたが、そこに一族の者が雇われて働くことについては、不可解かつ不快なものとして捉えていた。

集まりの際、「いい年をしていつまでも」という類いの嫌味がしばしば叔母めがけて放たれたが、どの矢も叔母に突き刺さることはなかった。叔母はそよ風に吹かれているかのように、静かに笑むだけだった。私は、親戚の親父どもの話に笑顔で頷きながら、その様をチラチラと観察するのが好きだった。

叔母は、わけへだてなく人につめたかった。どちらかと言えば柔和な笑みを常に湛えた、人当たりのいいタイプだったが、私は叔母と言葉を交わすとき、自分がただの喋る葦にでもなったような錯覚にしばしば陥った。叔母が私に寄越す言葉は、その場におけるただの「最適解」であり、それには私と叔母との関係性や、私の個としての人間性、属性が一切加味されていなかった。親族の中で唯一、彼女の前でなら、私は何者にもならずに済んだ。

到着、と言って、ハラダは生い茂る木々の中に車を停めた。道の突き当たりに立てられたフェンスを乗り越え、懐中電灯を手に山道を分け入る。辺りは真っ暗で足元がよく見えないが、ほとんど獣道に近い悪路だ。ナカジマが「つゆはらいを」などと言って先頭に立ち、草木を踏みしだき道を開き始めた。

ハラダは気をよくしたようで、「なかなか気がきくな、彼女。さすがボランティア部だ」などと言っている。先程の会話を忘れてしまったのだろうか。ボラ部がタダで働くこと以上におそろしいものはないのだが。

二十分ほど木々の間を縫い歩いたところで、重く大きな十字架を引きずり歩いた跡のような、砂地が白く削り取られた道が出てきた。木立と木立を分断する道は、森の遥か奥までずっと続いている。

ハラダが「ストップ!」と声を上げた。振り向いたナカジマに、「いいか?」と横柄に命じた。

「ここから道なりに進めば十分ほどで〈園〉に着く。そこで少し待て。二十三時からきっかり五分だけ警報が切れる。通用口から世話女が一角獣を引いて出てくるはずだ。あとは、その手綱を握って、ここに戻ってくるだけ。やつらは処女には絶対に従う。簡単な仕事だ。できるな?」

「了解ッス!」

ナカジマがハラダの肩をバンバン叩き、飛び出していった。ハラダはうめき声を上げながら、私には身を隠すよう指示を出した。

「非処女に出会った一角獣がどういう反応を見せるかわからないからな。俺も、〈園〉の近くまでは何度も行ったことがあるが、実際に中に入ったことはないんだ」

わかりました、と頷く。ハラダは道の手前の茂みまで後退し、肩にかけていたスポーツバッグを地面に置いた。その場に腰を下ろしたので、それに続く。

とりたてて話すこともなく沈黙が流れる。話しかけろという空気を出されたが、無視していると、ハラダは、「エッコ先輩は、やさしい人だった」と語り始めた。

「エッコ先輩は、高校時代、生徒会の先輩だったんだ。誰にでもやさしくて、学校に居場所がなかった俺にも、すごくよくしてくれた。卒業後、全然連絡がとれなくて、どうしてるのかずっと心配してたんだ。それが、久しぶりに会えて話してみたらさ、こんな非人間的な職に就いてるって言うじゃないか。俺はもうショックでショックで」

「非人間的？　世話女がですか」

「そうだろ？　エッコ先輩はいい人だから、あんまり愚痴は言ってくれなかったけど……要するに、雇用と引き換えに、男とセックスする権利を取り上げてるってことだろ」

男とセックスする権利！

思わず噴き出しかけたが、なんとか咳をしてごまかす。ハラダは何か勘違いしたのか、「ごめん、表現が直接的すぎたな」と謝ってきた。いえ、とうつむいて笑いを嚙み殺す。

「あと、もう少しだったんだ。エッコ先輩を追って、〈園〉の場所を割り出して、方々と交渉して、やっと彼女を解放してあげられるところだったのに……それが、こんな、こんなふうに死んでしまうなんて、あんまりだ」

言葉を詰まらせながら、ハラダはなおも何か喋り続けている。ナカジマ、早く戻ってこないだろうか。腕時計の文字盤に目を凝らす。二十三時ちょうどだ。今ごろ〈園〉で一角獣を引き渡されているだろうか。

「聞いてる？」

「もちろんもちろん。それで、ハラダさんはエツコ叔母さんのためにあれやこれやをがんばっていたわけですね」

「ああそうだ。あれやこれやを……ほんとに聞いてた？」

「でも、いいんですか？　一角獣を逃がしてしまって。今からナカジマが連れてくる一角獣は、ハラダさんの大切な先輩を殺した仇ですよ。今のお話だと矛盾が生じてしまいますが」

「それは……前にも言ったように、大事な人が大事にしていたものは大事にするのが大人というか大人としての分別っていうか、まあ、つまり、そういうことだよ。わかるよね？」

ひと息で言い切って、ハラダはようやく黙った。このまま話し続けていると、語るにい、い、い、落ちてしまうと気づいたようだ。

ナカジマは十分後に戻ってきた。

一角獣を先導して歩き、元いた場所でぴたりと立ち止まった。私たちの姿が見当たらないからか、きょろきょろと辺りを見回している。

一角獣の長い金の角が夜の森を照らしている。馬よりも一回り大きな体軀は、雲間から差す月光で真っ白に輝き、絹糸のようなやわらかく長いたてがみは、風にたなびいている。薄く紫づいた頭を振ると、サファイアの光を宿す両目が光った。ハラダは、一角獣を生で見るのが初めてなのか、口を開けたままその姿に見入っている。

　地面に置かれたハラダのスポーツバッグを肩に掛けて立ち上がり、茂みから出る。ナカジマが、おう、と手を挙げた。

「そんなとこで何してんだよ」

「ちょっとした接待」

「なんだそりゃ。つーか、草まみれだぞ。べっぴんが台無しだ」

いい、と断るより早くナカジマが乱暴にはたきにかかった。鳩尾にモロに入り、息が止まりかける。「治療費！」と叫ぶと、ぴたりと手を止め、わりーわりー、と八重歯を光らせながら頭を掻いた。笑い事ではない。ナカジマは一度、この叩き癖のせいで人のあばらを折っている。

　一拍遅れて、ハラダが「ちょっと！」と鋭く叫び立ち上がった。途端、一角獣が顔を前へと突き出し嘶（いなな）いた。ハラダは気圧されたように動きを止める。賢明だ。

　スポーツバッグを開ける。中にはクロスボウが入っている。なるほど。これなら扱いやすいし、遠距離からでも仕留めやすいだろう。

　ハラダが焦ったように手を伸ばそうとしたが、その瞬間、一角獣が蹄を上げた。

「動かないほうがいいですよ。処女以外に容赦がないのは、本当なので。見たらわかると思いますが」

怒気を放つ一角獣に手を伸ばす。たてがみにそっとふれ、やわらかい毛を撫で指で梳かすと、すぐに気持ちよさそうに身を震わせた。

「なら、どうしてあんたは大丈夫なんだ。あんたも、処女じゃないんだろう」

「処女です。嘘をつきました」

クロスボウをナカジマに渡す。ナカジマが大きく振りかぶり、向こうの茂みへと投げ捨てた。

そこでようやく、ハラダは、自分が載せられている盆の存在に気づいたようだ。

「……あんた、何が目的だ」

目的。一言で答えるのはいささか難しいが、あえて言うならこうだろうか。

「ハラダさんと同じですよ」

「同じ？」

「ただ、私怨を晴らしたいだけです」

＊

そのアルバイトを始めるにあたって伯父から訊ねられたことはただひとつ、処女であるかということだった。

昨年の夏、「社会経験の一環」だと父に送り出された先は、伯父が経営するペンションだった。そこで二週間、私はウエイトレスとしてアルバイトをする予定だった。が、初っ端から、どうも雲行きがあやしい。

「そう身構えないで。弟の大事な娘さんを預かってるんだから。で、改めて訊くけど、ミサキちゃんは処女だよね？」

伯父に再度訊ねられ、イエスかノー、どちらで答えるべきか思案していると、伯父は苛ついたように長い前髪をかき上げた。

「きっちり返事をしてくれないか。アルバイトといっても仕事なんだから」

世間知らずのお嬢さんをたしなめるような口調だった。安い挑発だ、と思いながら非礼を詫び答えると、伯父は満足げににっこりと笑った。

「そうか、よかった。いやなに、僕もそう思っていたからここまで連れてきたわけだけど、きょうびの高校生ってのは乱れているだろう。万が一ってこともあるし、命にかかわることだから、念のため、ね」

「命にかかわること」

「ああ。処女でなければ殺されてしまうからね」

伯父は、一角獣の捕獲業を請け負っていた。

伯父が持つ森は一角獣があちらからやってくるスポットのひとつらしく、七月の頭から八月の終わりまでが捕獲シーズンだそうだ。

ペンションに赴くと、私を含めて七人の少女が集められていた。どこからどう集められてきたのかわからないが、どの子も私と同じような容貌をしていた。色白で痩せ気味、黒髪のロングヘアの少女たち。

一角獣についての説明を受けた後、私たちには専用の衣装が渡された。

赤いワンピースに青いマント、白いヴェール。マントとヴェールは、暑くても決して脱いではいけない、と再三言われた。一角獣はその服装を好むから、と。

ギンガムチェックのクロスがかけられたバスケットの中には、ハムサンドとミネラルウォーター、シルクのハンカチ、聖書、硝子の小壜、石笛が入っていた。

「一角獣は本来獰猛な生き物だが、きみたちがうそいつわりなく処女であるならば、恐れる必要は全くない。やつらは処女に危害を加えることはない。きみたちはやつらがやってくるのを待ち、その膝の上に迎えればいい。そして、この小壜に入った薬を角にかけるんだ。そうすれば一角獣は深い眠りへと落ちる。それを確認したら、その石笛を吹く。たったそれだけの仕事さ」

後のことは僕たちに任せればいい、と伯父は周りにいた男たちを手で示した。男たちは慣れたように、頷き合っている。少女たちが声を揃えて返事をした。小壜を手に取り光に透かすと、細かく砕かれた雲母のような破片がきらめいた。

所定の位置につくため、ペンションを出る。出際、伯父がそっと肩を叩いてきた。振り返ると、ぐっと顔を寄せてきた。

「大丈夫。この中じゃミサキちゃんがいちばん可憐で清純だ。きっと真っ先に捕まえられるよ」

がんばりなさい、とささやく吐息が鼻先をかすめた。

朝、所定の位置まで車で運ばれた後は、ただひたすら一角獣が現れるのを待つ。夕暮れ、決められた時間になると迎えの男がやってきて、また車に揺られてペンションに戻る。毎日その繰り返しであった。

正直、働いているという実感は全くない。本来であれば、私は汗水たらして宿のウエイトレス業にいそしみ、金銭のありがたみをかみしめて、それをレポートとして学園に提出するはずだったのだが。これでは書きようがない。

とにかく暇で暇で仕方がないので、頭の中ででっちあげのレポートを組み立ててみたり、ほかの少女たちと接触できないか持ち場を離れて散策を繰り返したりした。が、森は広大で、どこに行っても誰とも会うことができなかった。ペンションで寝食は共にしていたが、会話は禁止されており、見張りの目もあって話す機会はほぼなかった。

アルバイトが始まって四日目の朝、少女は六人になった。

「昨日、レイコが見事一角獣を捕まえた」

どうやら、一人の少女につき一頭の一角獣という割り当てらしい。捕獲すればその時点でアルバイトは終了ということだろう。

「正直、みんなの中ではレイコがいちばん劣っていると僕は思っていた。少し頬骨が張っていたからね。だから驚いてしまって、思わず訊いたんだ。なにか特別なことでもしたのかい？　って。そうしたらレイコ、なんて答えたと思う？」

伯父がとっておきの秘密を話すように、声をひそめた。

「歌った、というんだ。自分の美点は歌声だから、と。そうするとどうだ、その歌声に誘われて一角獣が現れたという。素晴らしいと思わないか？」

突如、伯父が手近な机を思いきり叩き、声を荒らげた。

「それにくらべどうだ！　きみたちは努力を怠っていたんじゃないか？　大金がもらえる割のいいアルバイトだと思って、手と気を抜いていたんだろう。そういった心根の歪みが、一角獣を遠ざけているんだ！」

少女たちは震えながら、顔を青くして口々に謝った。

レイコが本当に歌ったのかは定かではない。しかし、その日の朝から、「意識を改革する」という名目で、出立前には決起会、帰ってからは反省会が行われるようになった。

伯父たちは、たちの悪い、学校の真似事をし始めた。

反省会で、伯父たちは、捕獲できなかった少女ひとりひとりを罵倒し、その後は肩を抱いて入念に慰めた。姿勢が悪いと言っては肩や腰に触れた。ある日は少女たちを歌わせ、またある日は踊らせ、それらに対して公然と採点と順位付けと批評を行った。向上心を磨くためと言って、少女たちに互いの欠点を罵り合わせた。伯父を含め、男たちは、あきらかに「指導」を愉しんでいた。

そうして、最終日を迎えて残ったのは、とうとう、私とハナという子だけになった。ハナは鈍くさく、何をするにも間と要領が悪い子だった。男たちの言葉を真正面から受け止めては泣きじゃくり、己の至らなさを詫びた。男たちも、最初はその様に興奮していたようだが、あまりにも続くため、途中からは苛立ちを隠そうともせずハナに当たるようになった。小動物を思わせるその小さな目と大きな鼻は、いつ見ても赤く腫れており、瞳には怯えと卑屈さが浮かんでいた。

一度だけ、手洗いが重なったタイミングで、ハナに声をかけたことがあった。あなたが泣く必要もなければ、意味もないのに、どうしてそうもまともに傷つき涙するのか、と。

身近にハナのような人間がおらず、ふしぎに思っていたことをただ率直に訊ねただけだったが、ハナは涙を拭いながら、何故か礼を言ってきた。

ミサキさんはすごいですね、とも。

問いへの答えは寄越さないまま、ハナは、ありがとうございます、と再度礼を言って、手洗いを出た。私を見上げる、ハナの目には、少し光が戻っていた。思えば、あれがハナと交わした最初で最後の会話だった。

泣きじゃくる彼女を横目に、私は、このばかげた「スクール」で行われることや、男たちの悦に入った「指導」を、心の底から馬鹿にすることで乗り切ろうとした。自分にとって価値のない人間にいくら罵られたところで、自分の尊厳が傷つくことはない。

だが、唯一、耐えがたいものがあった。

それは、失望のため息だった。

伯父たちは、裏で賭けをしていた。誰が次に抜けるか。そして誰が最後まで残るか。私に賭けていた男たちは、私が手ぶらで戻るたび、失望をあらわにした。

私には、これが最も効いた。

男たちの「指導」は日に日にエスカレートしていったが、伯父は、父への遠慮がある手前、「指導」の後、必ず私にフォローを入れてきた。「ミサキちゃんにこんなことをするのは本当は心苦しいんだが、身内だからといって手加減することはできない。これが仕事というものだから。賢いミサキちゃんはわかるよね」。伯父はひたすらこれを繰り返した。

これは仕事だから。これは仕事だから。これは仕事だから、わかるよね？　できるよね？

私の元に一角獣がやってきたのは、最終日の正午すぎだった。この日置かれたのは、丘のように開けた平地で、私は大木にもたれて微睡んでいた。木陰は涼しく、鳥のさえずりが心地よく耳朶に響く。もう少しでまぶたが落ち切る、というときだった。

一角獣が、なんの前触れもなく木立から現れたのだ。

少し距離はあるが、ゆるやかな丘陵をゆったりと横切っていく。眠気は吹き飛び、背中を汗が伝い落ちていく。姿を隠す間もなく、目が合う。来るな、と念じたが、祈りもむなしく一角獣は方向を変え、こちらにゆっくりと近寄ってきた。

身体に緊張が走る。対照的に、一角獣は警戒心もなくのんびりと歩き、私のそばでその身を横たえ、太腿の上に、熱く重い頭を乗せてきた。穏やかな呼吸が伝わってくる。〈園〉の一角獣と同様、獣らしい見てくれのわりに、どうしてか臭いはしない。森を抜けてきたからか、かすかに土と緑の匂いがするくらいだ。長い角と白い毛並みが夏の光を受けまばゆいほど輝いている。

私は、たとえ一角獣がやってきても逃がそうと決めていた。私は金を必要としていない。志願してもいない。あんな男たちに認められる必要もない。男たちが決めたくだらないルールに踊らされ、成果を上げようと苦心するなんてごめんだ、と。

当初の決意通り、私は一角獣を逃がすべく、身を捩ろうとした。そのときだった。

近くで、笛の音が響いた。

ハナだ。

あのハナが、とうとう一角獣を捕まえた。

そのとき、私の心に真っ先に浮かんだのは、今なら間に合う、という考えだった。今すぐ笛を吹けば、男たちはきっと先に私の元へと来てくれる。なぜなら彼らも、より捕獲する確率の高い私の方に人員を割いていたから。

私は、ハナの元には一角獣はやってこないと根拠もなく決めつけていた。最終日の今日も、私とハナは捕獲できず終わるだろう。それでも、「捕まえられなかった」ことと、「あえて捕まえなかった」ことには歴然とした差がある。私がここでこの一角獣を逃がしても、私の「優勢」は保たれたまま終わるはず。

いつのまにか私も、男たちと同じようにハナを馬鹿にしていたのだ。

だが、ハナは笛を吹いている。ハナは捕獲者として今日を終える。ここでこの一角獣を逃がせば、私は唯一捕獲できなかった人間になる。

——認めるのは非常に癪なことだが、認めざるをえない。

私もまた、胸クソ悪い金持ち一家の立派な一員であった。

一角獣は安心し、油断しきっていた。片手でたてがみを撫でながら、もう片方の手をバスケットに伸ばし、小壜を摑んだ。蓋を開け、長い角へと薬を垂らしていく。一角獣はあっけなく眠りに落ちた。私はすぐさま石笛を吹いた(あのときの私の手際のよさと小物臭い必死さときたら！　思い出すたび羞恥で叫び出したくなる)。

そこからしばらく、私は祈るような気持ちで男たちの到着を待っていた。男たちが私の元へとやってきて、「これで最下位はハナだな」と口にした瞬間、ああよかった、と思った。

ペンションに戻る車の中、ハナはじっと私を見続けてきた。私は目を合わせなかった。合わせられなかった。どちらが先に笛を吹いたか、ハナは知っている。彼女がそれを言い出すのではと気が気ではなかった。しかし、たとえ彼女が言ったとしても、男たちはそれを信じないだろうということもわかっていた。なぜなら、ハナだから。

ハナは最後まで何も言わなかった。一度だけ、車が揺れたタイミングで体勢が崩れ、目が合った。

彼女の目に浮かんでいたのは、私への失望だった。

のろのろと荷物をまとめて部屋を出た私に、伯父は、あぶなかったね、と言った。最下位の少女には、「とくべつなしおき」がされるとのことだった。

*

昨晩、ハラダからこの話をもちかけられた瞬間、天啓のように、ここだ、と閃いた。あの二週間は、私の命の中でも最も屈辱的な出来事として残り続けた。吹いても吹いても消しきれぬ自己嫌悪の炎が常に身体の奥で燃え続け、ふとした拍子に顔を出し、どれだけ達観したようにふるまおうとも、おまえの性根は結局その程度のものなのだと、しつこく私を苛んだ。

葬儀の後、私はナカジマに連絡を取った。そして今朝、〈園〉を訪れ、顔見知りの世話女から情報を収集した。私自身の手で、この炎の始末をつけるために。

風は凪ぎ、月光が森に降りそそいでいる。

「ずいぶんと物騒なものをお持ちだったんですね」

残りの矢もナカジマに預ける。ナカジマはそれらも茂みの向こうに投げ捨てたが、ハラダは依然、強気な態度を崩さずこちらをにらみ続けている。

「ハラダさん、初めから一角獣を逃がす気なんてなかったんでしょう。これで殺す気だった」

言い当てると、ハラダは、鼻を鳴らし、「悪いか？」と開き直った。

「こいつはエッコ先輩を殺した。殺処分されるべきなのに、どこかに売り渡されるだけで済むだって？　そんなの許されるわけないだろ」

「まあ、普通はそう考えますよね。あなた、叔母さんに並々ならぬ感情をお持ちのようですし。でも、殺してしまっていいんですか？　記者として記事にするのなら、生け捕りのほうがよろしいんじゃありません？」

「なんでそれを」

ハラダが目を見ひらく。

「私、〈園〉にはよく行っていたので、知り合いが多いんです」

ほほ笑むと、ハラダは「あいつら……」と世話女に悪態をついた。

ハラダは記者だ。

以前から、〈園〉の世話女に接触を繰り返し、世話女という非人間的な仕事とそのビもつきまとってくるやり方に、次第に辟易し始めた。

初めは仕事の愚痴を漏らしていたが、ストーリィーありきのハラダの取材や、いつまで

ジネスの実態を暴こうと画策していた。叔母の知人ということもあって、世話女たちも

〈園〉の周りをうろちょろしていたハラダ。目撃者は多数いる。一角獣を盗んだ不埒な輩としては適任だ。一角獣を逃がしてやりたい、「ハラダの協力者」たる世話女たちは、明日の朝、おそらくハラダを侵入者として報告するだろう。

そこまで伝えてやるべきか。悩んでいると、ハラダは大きなため息をついた。

「あのな、何が目的かは知らないが、子どもが遊び半分で邪魔するのはよしてくれ。一角獣だって、殺したくて殺すんじゃない、仕方なくさ。こっちは社会正義を果たさなきゃいけないんだから」

「社会正義？」

「ああ。エッコ先輩は世話女をしていなければ死ぬことはなかった。こんな非人間的な雇用がまかり通るなんて許されない。俺の職業倫理にかけて、多少犠牲を払ってでも、世話女の仕事は世に問わなきゃいけないんだ」

「つまり、世話女がいかに非人間的な仕事に苦しめられているか、白日の下にさらされるべきだと？」

「そうだ」

「男とセックスする権利がないことが、非人間的だと」

「……そうだ」

「エツコ先輩は本当は俺とセックスするべきだったのに？」

「そんなことは言っていない！」

ハラダが激昂した。

「あのな、あんたはさっき私怨だと言ったが、俺は違う。そりゃ、仇討ちの気持ちもあるにはあるさ。でも、それ以上に、これは世の中にとって必要な、そう、仕事なんだ。社会正義を果たして初めて、エツコ先輩の死にも報いることができる。まあ、子どもには理解できないかもしれないが」

やれやれといった風に、先程よりも長く深いため息をついた。

ため息をつきたいのはこちらのほうだ。記事にするのが最優先の目的なら、生け捕りにして大衆の目に晒したほうが信憑性も高まるというものだろう。ごちゃごちゃ言っているが、一角獣を殺そうとしている時点で私怨がバリバリ先行している。叔母の仇討ちと、あわよくばお手柄のスケベ心が混ざり、矛盾を起こしていることにハラダは気づいていない。

俺は、とまた俺語りが始まりそうだったので、素早く遮る。

「ハラダさん、叔母の遺体がどういう状態で見つかったかご存じですか」

訊ねると、ハラダは痛ましげに眉根を寄せて、ああ、と言った。

「酷いもんだ。蹴られて、首の骨が折」

「全裸」

「え？」

「発見された時、叔母は全裸でした。恍惚とした顔のまま亡くなっていたそうです」

一角獣に身を寄せ、ゆっくりと、その純白の背を撫でる。

「この一角獣には、叔母の体液が付着していました」

ハラダが息をのむ音が、風に乗って耳に届いた。

交歓の最中の不幸な事故なのか、強姦を試みて返り討ちに遭ったのかは不明だが、少なくとも叔母は本懐を遂げようとして死んだ。

「そんな、うそだ」

拒絶するように首を振っているが、ウソもクソもない事実だ。まあ、ハラダが書くストーリィーでは、これもまたねじ曲がった性欲の末路なのかもしれないが。こいつはどうも、叔母を美化しすぎている。どうせ初恋の人とかそんなやつだろう。

一角獣の首に手を置き、少し押すと、一角獣はおとなしくその場に腰を下ろした。跨がると、内腿が極上の毛に沈み、ぶるりと全身に震えが走る。ナカジマが続こうとしたところで、待て、とハラダがナカジマを呼び止めた。

「いくら払えばいい」

ハラダが尻ポケットから財布を取り出した。

「その、ボラ部ってのは金銭で動くんだろ？　こんなチャンス、もうないんだ。手持ちはないが……後でかならず払う。五万だ。五万払うから、そいつを引きずりおろしてくれ」

「五万じゃあ、ちょっと」

「じゃあ、十万でどうだ」

「また別の機会にお願いしゃす」

ナカジマが爽やかに頭を下げた。

「おまえ、いったいいくら払ったんだ」

「想像にお任せします」

ハラダが憎悪に顔を歪ませた。おおかた、セント・マリアに通う金持ちの小娘め、とでも思っているのだろう。

ナカジマは「サーセン」と軽く言って一角獣に跨がった。おお、という深い感嘆の吐息が耳をくすぐる。一角獣が立ち上がった。馬具がないとは思えない乗り心地だ。おそろしいほどの安定感で、体にぴたりと吸い付いて離れない。

「どこにいくつもりだ」

「一角獣の捕獲場へ」

「捕獲場？　どうして」

「去年、捕獲のアルバイトをしていたんです。その時の借りが少々あるので、それを返しに」

ハラダは途端、目を輝かせた。

「あんた、捕獲のアルバイト経験があるのか！　探してたんだよ、経験者を！　うわさじゃ、年端もいかない少女たちを集めて労働させてるんだろ？　なあ、どういうメンツだった？　金のない子どもたちが集められたのか？　どんな扱いを受けた？　どういう内容だった？　教えてくれ、かならず記事にしてみせるから」

今にも手帳を取り出し書き付けそうな勢いに辟易する。

「ハラダさん、どうしてそう、当事者にばかりあたろうとするんです」

「え？」

ぽかん、と口をあけたハラダの顔を、正面から見据える。

「考えたことは？　世話女を、捕獲アルバイトの少女を、誰が、どうして、どういう待遇で雇用しているのか。どういう仕組みで、構造で、このビジネスが成り立っているのか。誰がなんのために一角獣を求め、誰が得をして、誰が損をするようになっているのか。あなたはそちらには興味はないんですか？　どうして、作用と力学を無視し、当事者にばかりクエスチョンを負わせるんですか？」

私たちはいくつもの箱の中で生きている。

箱の外には、その箱を作った人間がいる。敷いたルールがある。そのルールは、個の思考を、意志を、関係性を、巧妙に潰していく。

あの少女たちと、もし違う場で、違う状況下で出会っていたら。私たちはきっと、違った関係性を築けていたはずだ。

少女たちに、もっと話しかければよかった。伯父たちが取り決めたルールなど破り、深夜に部屋に忍び込み、もっと話をすればよかった。あんなくだらない「指導」、くつがえすことも、壊すこともできたのに。

あの醜悪でおぞましい箱は今年も生み出され、今この瞬間にも、中にいる少女たちの心に、拭いがたい屈辱を塗りつけているのだ。

だが、ハラダは「知ったような口を利くな」と険しい顔をしてみせるだけだった。

「そういうのは、おいおいきちんとするさ。まずは当事者から被害の声を拾っていく。それが定石なんだ」

「そうですか。おいおいきちんとされるんですか。それなら話は早いです」

てっきり、自分がヒーロー的に受け入れられそうな、〝かわいそうな〟相手にだけ話を聞いて回っているんだと思っていたが。

ハラダが口を開くより早く、伯父のペンションの名前を告げる。今から車を飛ばせば、明朝には着くだろう。

ここでどちらの主義信条が正しいか言い争う気はない。私はハラダとの謀り合いに勝ち、力を手に入れた。それを今から行使するだけだ。ハラダはハラダで力を手にしているのだから、行使すればいい。うまく用いれば世の中のどんな箱をも壊せる、子どもの私では持ち得ない力を。

一角獣の首に腕を回し、いって、と叩く。一角獣は嘶き、森の奥へと駆け出した。水の上を滑るような走り方で、振動はごくわずかにしか感じない。吹きつける風に目を閉じると、叔母の晴れ晴れとした死に顔が脳裏をよぎった。

おめでとう、叔母さん。美しき夢、安らかな眠りを。

心の中で十字を切り、目を開けると、光る角が行く手を煌々と照らし出していた。たてがみを引くと、一角獣が速度を上げた。景色が矢のように流れる。ナカジマの雄叫びが聞こえ、ふ、と笑む。

私はナカジマに一銭も払っていない。だが、あのときハラダがどれだけ値をつり上げても彼女は頷かなかっただろう。伯父たちを襲撃した後、この一角獣は好きにしていい、と言ってある。煮るなり焼くなり売り飛ばすなり、ご自由に、と。

木立を抜け、眼下に広がる谷川を一角獣が軽々と飛び越えた。うなじに痺れが走る。悦びが身体を貫く。

そうだ！　この感覚、この快感！

私はこれが欲しかった。ただ膝に乗せるのではなく、この背に乗って、このクソうざったい世界を走り割り、何もかも貫き突き破ってみたかったのだ！

「おいミサキ！　血出てんぞ！」

ナカジマの愉快そうな声が聞こえて、鼻をぬぐう。血がべったりと手の甲についた。唇に垂れてきた血をぺろりと舐める。獣の味がした。

どうせ殺すなら、
歌が終わってからにして

須藤古都離

モガディシュの遥かな浜辺に月が昇り、穏やかな波がつかの間の安らぎを告げる時、私は夢を見る。夢の中で私は強い女だ。誰の言いなりにもならない。

私は街の広場を一人で歩いている。全身を黒いヒジャブで覆っているが、誰もが私を振り返る。私は誰にも媚びない。真っすぐ前を向いて、自信たっぷりに風を切って歩く。私はモガディシュの街の真ん中で歌い始めるのだ。街中に響き渡るような大声で。燃えるように情熱的な恋の歌。不思議な縁で人々を結びつける愛の歌。戦火で街が荒廃する前に作られた、私たちの故郷の美しさを称える歌。

さながら時が止まったように、すべての人が口をあんぐりと開けて、私を見つめる。私の歌声に驚き、そしてやがて訪れる恐怖を予感して立ち尽くす。

私は歌い続ける、近づいてきたアル・シャバブの兵士が私に銃を向けようとも。兵士が私に歌うのを止めるように怒鳴りつけても、決して止めない。兵士は銃床で私を殴りつける。私は道路に倒れ、頭から血を流しても歌い続ける。

兵士が銃口を突きつける。私は毅然とした態度で彼に言ってやるのだ。

「どうせ殺すなら、歌が終わってからにして」

声の限りに歌い終わってから、私は兵士の顔を見つめる。そこにいるのはディークだった。彼は昔のように私に微笑んでくれない。彼はたった一発の銃声で私のコンサートに幕を下ろす。

そして私は目を覚ます。

まだ朝早い時間だが、外の喧騒が聞こえてくる。漁を終えた男たちが、籠いっぱいの魚を担いで市場に向かっているのだ。夢の中では怖いものなしの私も、目が覚めてしまえば何もできない女の子に戻ってしまう。寝ている間に流した涙の跡を手で拭う。しかし毎日のようにみる夢の残滓は簡単には消えてくれない。

私は薄いタオルケットの中に潜り込むと、携帯電話の音量を最小にして、お気に入りの音楽を聴く。マイクロSDカードには二百以上の曲をダウンロードしてある。私はソマリアで一番の歌手であるカドラ・ダーヘルの曲を再生して、彼女の艶やかな歌声に合わせて歌詞を呟く。

私が歌っている声が誰かに聞かれてしまったら、大変なことになる。もしかしたら殴られるかもしれない。殴られなくても、私の宝物であるマイクロSDカードは没収されてしまうだろう。アル・シャバブの勢力が残っているモガディシュでは音楽は禁止なのだ。音楽を流したラジオ局は襲撃され、人前で歌えば最悪の場合、殺される。

それでも、私は音楽なしでは生きていけない。こうして音楽を聴いているときだけが、幸せな時間なのだ。リズムとメロディ、歌だけが私に生きている意味を教えてくれる。私たちの生活から奪われてしまった何か素敵なものが、まだこの世界のどこかにあるのだと。

病気で寝ている母と、これから学校に行く妹のために朝食を用意すると、家を出て市場に向かった。

街では照りつける太陽が地面を焼き、吹きつける潮風が肌にまとわりつく。人々の話す声、走り抜ける車のエンジン音と騒々しいクラクション、多くの家畜の鳴く声。そして内戦で廃墟となったビルを吹き抜ける風の寂しげな音。聞こえるのはそれだけだ。かつてこの街中で音楽が流れていたなんて、私には信じられない。今から十七年前、私が産まれた頃には、既にソマリアは内戦で荒廃していた。

私はバナナを売りながら、いつもの夢を思い返す。兵士に殴られることも、殺されることも悪夢に間違いない。だがそれと同時に人前で歌うことができるのも、ディークと会うことができるのも、夢の中だけなのだ。

ディークは三年前、私たちの前からいなくなってしまった。彼とはいつまでも一緒にいられると思っていた。だが、同時にいつか彼がいなくなってしまうような気もしていた。

幸せな将来などないことは分かっていたが、まさかディークがアル・シャバブに拉致されるなんて思いもしなかった。それを止めようとしたディークの父はその場で射殺され、彼の母もアル・シャバブに連れていかれた。ディーク達はレール・ハマル氏族で、ポルトガル混血の一族だった。彼らの肌は他のソマリア人たちよりも白く、ディークの母も美人だった。きっと、酷い目にあって殺されたに違いない。

噂によれば、アル・シャバブの一員となった彼はエリトリアでゲリラ戦や爆発物取り扱いの訓練を受けているらしい。ディークは何をやらせても下手だった。浜辺で砂に絵を描いたり、お城を作ったりして遊んでも、私はいつも彼より上手にできた。彼がその不器用な両手で爆弾を触っていると思うだけで、私は不安になってしまう。

私たち家族はアル・シャバブに拉致されることはなかったが、いつまでこの生活を続けていられるのかなんて分からない。母と妹をいつまで養っていけるのか。ただ、家族のために働いて、人に隠れて音楽を聴くだけの生活だ。

夕方になって市場から家に帰ると、妹のカフィーヤが興奮気味に私の手を取って、その日学校で聞いた噂のことを話し始めた。

「ハディーヤ姉ちゃん！　聞いて。今度ね、歌のコンテストがあるんだって。ナジャが言ってたの。ソマリアで一番の歌手を決めるんだって。お姉ちゃんなら一番になれるよ。だって、ハディーヤ姉ちゃんは誰よりも歌がうまいもん」

私が喜びの声を上げるよりも早く、「ダメよ！」という母の声が寝室から聞こえてきた。母はゆっくりと部屋から出て来ると、私たちを怒鳴りつけた。

「人前で歌うなんて、とんでもない！　あなた、サアド・ワルサメがどんな目にあったか忘れたの？　それに、シャイア・アウェルだって殺されたのよ。アル・シャバブに逆らって音楽を流したラジオ局だって放火されたの。誰かに歌を聞かせるなんて、殺してくれって言っているようなものじゃない！」

サアド・ワルサメは勇敢な女性だった。大統領が高級車に乗っているのに、外国の援助を求めていることを皮肉った曲を歌った。女性なのに髪を隠さずにステージに上り、男のようにズボンを穿いたりもした。アメリカで自由を学んだ彼女は議員になり、そして射殺された。

「でも、お母さん。それでも私は歌いたい。たとえ歌わなくても、いつ殺されてもおかしくないじゃない。それなら、私はせめて歌って死にたい」

「ハディーヤ、そんなこと言わないで。アル・シャバブだって、少しずつモガディシュから撤退を始めてる。今を耐え忍べば、もっと良い生活ができるはずよ」

「今を耐え忍べばって、いつまで耐えればいいの！　私がバナナを売って、いつまで二人を養えるの？　今のお金が無くなったら、私にどうやって稼げって言うのよ？　ねえ、お母さん！」

「何といっても、ダメなものはダメ。お父さんが生きていたら、絶対に許さないでしょ」

「でも……」カフィーヤが口を開くと、母は幼い妹に手を上げた。

「でもじゃない！　私はあなたたちに生きていて欲しいの。それが分からないの！」母は泣きながらカフィーヤの頬を叩いた。

「でも……」カフィーヤも大粒の涙を流しながら言葉を続けた。「でも、優勝したら賞金がもらえるんだって……」

カフィーヤの顔は涙と鼻水で汚れていた。母は妹を叩くのを止めた。

＊

コンテストの予選開催当日、私はお気に入りのピンクのショールで髪の毛を隠し、時間をかけて化粧をしてカフィーヤから聞いた集合場所に向かった。モガディシュの中心部から大きく離れた農地の、見晴らしの良い丘の上だった。あまりにも意外な場所だったので、私は騙されたのではないかと思ったが、近づいてみると既に多くの人が集まっていた。

私は丘の上の人々の間を縫うように歩いた。恐らく百人以上はいるだろう。集まったのは若者だけではなかった。三、四十代のスーツ姿の男たちもいる。歌のオーディションに来ている人たちだとは思えなかった。私と同じくらいの年頃の子もいたが、知り合いはいなかった。

主催者と思われる白人の女性が一人だけおり、近くの男性と英語で喋っている。その男性はまた別の男性にソマリ語で話した。どうやら通訳を通して現地の人となにやら相談しているようだった。

「……こんなに集まるとは私たちも……、会場までは……」ひっそりと立ち聞きしていると、どうやら主催者も困惑しているようだった。

私は彼らから離れた。そして少し歩くと農家の方を見下ろして丘に座り込んだ。ただでさえ、人前で歌うことに緊張しているのだ。予選前に余計な心配事は避けたかった。

トタン屋根の家から出てきた老婆がヤギの乳を搾っているのが見える。鶏たちが大きな声で歌うのが聞こえた。この街で気ままに歌うことができるのは、家畜の鶏たちくらいだ。もちろん、彼らはいつか殺されてしまう。だが、私だっていつ死んでしまうのか分からないのだ。そう考えれば、自分たちが迎える運命を知らずに自由気ままに歌っていられる鶏の方が、私よりも幸せかもしれない。

やがて何の飾りもない小型のバスが近くで止まった。予選会場まで私たちを運んでいくためのバスだ。しかし、主催者の予想よりも多く集まってしまった人々はバスに乗りきらず、私がやっと乗り込めたのは、バスが会場まで三往復したあとだった。

会場に着くころには、既に多くの人たちが大きなホールで歌の練習をしていた。それはこの街では考えられないことだった。

誰もが他人の耳を気にすることなく、自由に歌っている。私も負けじと声を出そうと思ったが、息が詰まって歌うことなどできなかった。興奮と不安に押しつぶされそうだった。

やがて先ほどの白人女性が私たちの前に現れた。当然のように長い黒髪を露(あら)わにし、白いパンツスーツを着た彼女の姿は、自由の象徴のように輝いて見えた。私は彼女のそんな姿に少しの憧(あこが)れと、少しの気恥ずかしさを感じた。

「皆さん、よく集まってくださいました。『スターズ・イン・ソマリア』のオーディションを始めます。私は運営のケイティです」通訳の男性が白人女性の言葉を私たちにソマリ語で伝えた。

「モガディシュの、状況を考えれば、ここに来てくださった、皆さんは勇敢であり、それだけでも、まさにこれからの、ソマリアの希望の星と言えるでしょう」通訳はたどたどしく、だが力強く話した。私たちは息を飲んで彼の言葉に耳を傾けた。

「予選を勝ち抜いた、五名の歌手は『スターズ・イン・ソマリア』という番組への、出場権を手にします。この番組は、ソマリア全国のテレビや、ラジオで放送されることになります」通訳が口を閉じると、白人女性が次の言葉を喋る前に大騒ぎが起こった。

「全国で放送だって？　そんなことしたら、殺されちまうじゃないか！　俺たちに死ねって言うのか？」大柄（おおがら）の男が口角泡（あわ）を飛ばした。

「アル・シャバブがこんなバカげたことを見逃すとでも思ってるのか？　俺には賞金が必要だが、奴（やつ）らに目を付けられたら生きていけないんだよ。俺だけの問題じゃない。家族だっているんだ！」

　男の大きな声に会場は動揺し、それぞれが文句を言い始めた。私にはここに集まった人たちが、いまだに命の覚悟ができてないことの方が不思議だった。モガディシュで歌うとは、そういうことなのだ。彼らはそれが分かっていないでここまで来たのだろうか？

「少し待っていてください」通訳が言うと、白人女性と周りの数人が奥に引っ込んだ。不安な表情でガヤガヤと騒ぎ立てている人たちに嫌気が差して、私はホールを出てトイレを探した。誰もいないところで声を出す練習をしていた方がマシだと思ったのだ。

しかしトイレがなかなか見つからず、廊下を歩いていると、遠くで運営の人たちが話しているのが見えた。私は音を立てないように、静かに彼らに近づいた。

「……やっぱり、国連がバックにいるって伝えた方が良いんじゃないですか？　その方がみんな安心するかもしれません」

「そんなの、絶対にダメです。国連とアメリカが企画したのだとバレてしまったら、確実にアル・シャバブの標的になってしまいます」

「それに……、あの中にアル・シャバブのメンバーが混ざっている可能性も少なくないと思います」

私は通訳の言葉に啞然(あぜん)とした。国連とアメリカが企画したコンテスト？　一体、何のために？

私はソマリアの未来のために、ソマリア人が命を懸けているのだと思っていた。音楽と自由を取り戻すために、私はソマリアと、自分の家族のために歌って死ぬつもりだった。だが、ソマリア人に歌えと言っているのは、同胞ではない。ただの外国人なのだ。私にはそれが堪らなく悔しかった。

私は誰のために歌うのか。何のために歌うのか。私たちの歌を利用して、国連は何をしようとしているのか。腹が立ったが、私が騒いだところで何にもならない。私は大人しく先ほどのホールへ戻った。

「お待たせしました」私のすぐ後でホールに戻ってきた通訳と白人女性が話し始めた。「皆さんの動揺はもっともなものです。これが危険なことは私たちも承知です。もし、予選への参加を希望されない方は、外の廊下でお待ちください。安全な場所までお送りします。参加を希望される方のみ、このホールに残ってください」

通訳の言葉を聞き終わると、会場にいた殆どの人々が外に出ていった。だだっ広いホールに残されたのは、私と、豊かな髭を蓄えた初老の男性、そしてギターを背負った若い男性の三人だけだった。

「それで、予選はどうします？」ギターを持った男性が軽く手を挙げて質問した。痩せているが、心地よい低い声が印象的だった。

私たちの前にいた白人女性たちは少しだけ相談しあうと、やがて合意に達したようだった。

「おめでとうございます！　皆さんは厳正なる審査の結果、本番で歌っていただくことになりました！　一週間後の同じ時間に、同じ場所で待っていてください。お迎えにあがります」

通訳は声を高らかに張り上げたが、残された私たち三人は苦笑するしかなかった。

＊

本番当日、私たちはなんの変哲もないビルの中に案内された。ビルの入り口や周囲には銃を持った兵士が二十人ほど警備にあたっていた。ソマリア平和維持部隊ではなく地元の傭兵を雇っているので、外からは氏族の有力者が来ているだけにしか見えないだろう。国連のミッションが秘密裏に行われているなどとは、誰も思わないはずだ。

ビルの階段を上り、頑丈な鉄の扉の中に入る。そこは私の知っているモガディシュとは別世界だった。二百平方メートルほどの広いフロア全体が黒い布で仕切られており、無数の星の飾りが壁の上で煌めいている。正面には特別審査員のためのひな壇が用意され、ステージの目の前には一般審査員が座る椅子がズラリと並べられている。大きなスクリーンが正面にあり、その横でMCと思われる女性がマイクのテストをしている。

これは夢ではないのだ、本当に私たちが歌うコンテスト番組が作られるのだ。私はようやくここに来て、事の重大さに気が付いた。重要なのは誰がこの番組を企画したかではない。私の歌が全国で放送されるのだ。それはアル・シャバブの怒りを煽って更なる暴力を生み出す可能性がある。だがもしかしたら、これがきっかけでモガディシュの街に音楽が戻ってくるかもしれない。

主催者が私たち三人に番組の進行を伝えようとしていた。私は極度に緊張しており、彼女の言葉はひとつも耳に入らなかった。

もしもちゃんと歌えなかったら、どうしよう。私は今更そんなことを考えていた。今まで人前で歌ったことなど、殆どない。予選会場ですら歌うことなく終わってしまったのだ、日常で声を出して歌う練習などできるはずがなかった。

私は呼吸を整えようとしたが、一般の審査員が続々とスタジオに入ってきて、周囲はざわめき始めた。気持ちを切り替えることもできずに、本番がスタートすることになった。

「テレビの前の皆さん、そしてラジオの前の皆さん、『スターズ・イン・ソマリア』にようこそ！　今日はモガディシュのスタジオからお送りいたします」燃えるような赤い生地のヒジャブを着た女性が、カメラに向かって笑顔で話しかけた。

「今日集まってもらったのはモガディシュでもトップクラスの歌手三名です。彼らにはそれぞれ一曲ずつ歌ってもらい、審査員の皆さんの投票で勝者が決定します。まずは市場で働きながら家族を養う、元気な女の子、ハディーヤ！」

ＭＣの紹介があり、小さくお辞儀をすると、すぐ目の前に座っている一般審査員たちが拍手をした。私は一瞬だけカメラの方を向いて、すぐに目を逸らした。眩い照明を浴びながら、私の曲が始まるのを待った。だが機材にトラブルがあるようで音楽は鳴らず、困り果てたＭＣの女性が番組の特別審査員たちを紹介し始めた。

私は不意にできた時間に心を落ち着けようと、昔の楽しかったことを思い出そうとした。

ディークがアル・シャバブに連れ去られる二ヵ月ほど前のある朝のこと。砂浜に私たち二人しかおらず、誰にも聞かれる心配がなかったので、カドラ・ダーヘルの歌を彼のために歌ったのだ。ディークしかいなかったとはいえ、家族以外の人の前で歌ったのはあの時だけだ。

「ハディーヤ、いつか君は良い歌手になれるね」ディークは私の目を見ながら、そう言ってくれた。私は彼の優しさに甘えたかった。彼の手に触れたかった。だが、それもまた歌うことと同様に許されることではなかった。

私たちは幼いながらも将来を誓い合っていた。ディークの氏族は別の氏族とは結婚しないことが一般的なので、彼の両親が私たちの結婚に反対することは目に見えていた。私たちはワンラ・ウェインの街に駆け落ちしようと話していた。子供が出来てから戻れば、親も納得するだろうと思っていたのだ。

もしかしたら、私の歌をディークが聞いてくれるかもしれない。私はふとそう思った。全国のテレビやラジオで放送するのだ、ディークが聞く可能性だって少なくないだろう。

そう思った瞬間に、突然私の曲が始まった。MCは咄嗟の判断で審査員との会話を止めて、もう一度私のことを紹介し、番組の体裁を取り繕った。

私はディークに聞かせるつもりで、あの時の砂浜を思い出して声を出した。歌は私の喉から自然に流れ出した。川が海に流れるように清らかに、砂漠を歩くラクダのように確かに、私の歌はフロア中に響き渡った。いつでも私を支えてくれたカドラ・ダーヘルの歌、私以外の誰にも聞かれないように隠れて聴いた歌。その歌を、その感動を、他の人に分け与えることができるのだ。これ以上に幸せなことがあるだろうか。

歌い終わると自然に涙が溢れた。五十人以上はいるだろう審査員も盛大な拍手で、私の歌に反応してくれた。その瞬間に私は確信した。私たち、モガディシュの市民は暴力を恐れてはいたが、それでもみんな歌を待ち続けていたのだ。みんな歌を、音楽を愛していて、誰にもその愛を奪うことはできない。

番組はそのまま続いた。私の心には不安も緊張もなかった。どんな喜びがこの先に待ち受けているのか、考えただけでわくわくしていた。

初老の男性は音楽家の血筋で、父親譲りの素晴らしい歌声を聞かせてくれた。そして最後に歌った若い男性は、ギターの弾き語りで自作の曲を歌い上げた。彼の曲はこの街で、この時代に作られた歌だとは思えないほどに輝いていた。私は隠れて音楽を聴くだけだった。しかし、彼は自分の曲を書いていたのだ。それがどんなに危険で勇敢なことか、私には痛いほど分かった。

今、私たちの街は変わるのだ。アル・シャバブはモガディシュから少しずつ撤退していたが、それでも私たちの心は恐怖で支配されていた。私たちはいつまでも恐れているままではいられない。私たちの歌が、モガディシュの街を変えるのだ。

番組は自作の曲を披露した若い男性が優勝して終わった。私の心にはひとかけらの不満もなかった。彼の歌は素晴らしく、私の次の目標にもなったからだ。

私も、自分の歌を作りたい。この街で、変わりゆく人々を勇気づけるような、そんな歌を作りたい。心の底からそう思った。

その後、『スターズ・イン・ソマリア』は予定通り全国のテレビやラジオで放送された。モガディシュのみんなが番組を視聴して、放送日は大変な騒動となった。次の放送がいつになるのか、どうやったら参加できるのか、と運営側には問い合わせが殺到したそうだ。『スターズ・イン・ソマリア』は歌のコンテストだけではなく、起業を志す者が投資家に向けて自分が考えたアイデアを提案するシリーズもスタートした。

優勝はできなかったものの、周りの皆は私の歌を褒めてくれた。それだけでなく、知らない人からも声を掛けられることがあった。怖くなかったとは言えない。だが、街は少しずつ変わっていった。

モガディシュの街ではいつの間にか音楽が流れるようになった。単にアル・シャバブの支配力が弱まっただけかもしれない。それにタイミングを合わせるように『スターズ・イン・ソマリア』が始まった。もちろん、完全な平和が訪れたとは言い難(がた)い状況ではあるが、それでもモガディシュの街には音楽が戻っていた。

＊

私は市場での仕事を切り上げて、モガディシュの街を一人で歩く。街は行きかう人々の活気で騒々しい。誰かが『スターズ・イン・ソマリア』の悪口を言っているのが聞こえた。お気に入りの歌手が勝てなかったらしい。審査員はバカだ、本当の音楽を知らない、と友人と議論を交わしている。通りに面したお店から様々な音楽が聞こえてくる。伝統的な音楽、カドラ・ダーヘルのような煌びやかな時代の音楽、そして私たちの、新しい時代の音楽。

　黄色のヒジャブを着た私は、今までのような何もできない女の子ではない。今は人気の飲食店で週に三回歌っており、この街でも歌手として認められてきた。通りを歩けば、誰かが私に声をかける。外に出る時には自然と背筋がピンと伸びてしまうし、笑顔が板についてきた。

　今日も店内は満員だった。私はスタッフたちに挨拶をしてから、店の奥で簡単な準備をする。そんな私と入れ替わりに店主のアルーウさんが厨房からフロアに出ていき、お客さんたちにソマリアのスターが歌うと大げさに話す。私はお客さんたちの拍手を聞きながら、店の端に用意された簡易的なステージに立つ。店のスピーカーから、私の作った曲が流れだす。ディークのことを想って書いた曲だ。私はマイクをしっかりと握って歌いだす。

私たちの砂浜を歩くとき
私はあなたのことを想わずにいられない
長い夜が明けても私は一人
あなたの不器用な両手が恋しい
いつになったら戻ってくるの
この街は、もうあなたが覚えているような寂しい場所じゃないのに私は歌の途中で、店の入り口になじみ深い顔の男が立っていることに気がついた。彼は両手に花束を抱えている。私は自分の歌声が震えないように、心を落ち着けようとした。私はその男から目を離すことが出来なかった。もし、目を逸らしたら、またどこかに消えてしまうんじゃないかと気が気ではなかった。

ディークは何年も会わないうちにすっかり太ってしまった。それでも私はディークの顔を見間違えたりしない。私はディークのもとに駆け寄りたかった。街に音楽が戻ってきたと思ったら、今度はディークが戻ってきてくれたのだ。

私は歌いながら、これからの二人の暮らしに思いを馳せた。街には新しい企業が次々と生まれている。警備の仕事はどこでも足りてないくらいだ。戦闘訓練の経験や爆弾処理の技術を持つ彼だったら、どこでも雇ってくれるに違いない。

歌が終わるとお客さんたちは割れんばかりの拍手と歓声を上げてくれた。

近づいてくるディークを見て、私はマイクを床に落としてしまった。ガンッと不快な音が店内に響く。どうしていいか分からず、思わず両手で口を塞いだ。そうしないと喜びとともに変な声が漏れ出てしまいそうだった。

だが、ディークがすぐ近くまで来ると不思議な違和感を覚えた。

何かが間違っている。

悪い予感に全身の毛がチリチリと逆立った。

ディークは私を見つめているようで、私のずっと先を見ているようだった。その瞳にはかつての輝きがない。そして、その頬は病的なほどに痩せこけていた。

私は勘違いしていた。彼は決して太ってなどいない。

服の下に何かを隠しているだけなのだ。何か、大きなものを。

「ハディーヤ、やっぱり君は素晴らしい歌手になったね」

ディークはゆっくりと近づきながら言った。

私は彼との再会をずっと待ち望んでいた。だが、こんな形でではない。

「ずっと君のことばかり想っていた。君がどうしているかって、いつでも考えてた」

私は何かを言わなきゃいけなかった。でも言葉にならなかった。

「でもこれからはずっと一緒にいられる。ずっと一緒だ」

言葉は優しいが、覇気のない諦めきった口調だった。

「違う……、違う。もうモガディシュはそんな街じゃない。私たちはちゃんと幸せに生きていけるの。いろんな会社が警備の仕事を募集してるんだし、あなただって仕事を見つけられる」

「もういいんだよ。そんなことは。なんの心配もいらないんだよ」

優しく明るかったディークの面影はそこにはなかった。真一文字に閉じられた彼の口元に深い絶望が見てとれた。

「もうアル・シャバブから抜けられるでしょ？　どこかに逃げようよ。昔、約束したみたいにさ。誰も私たちを知らない場所に行こうよ。お願いだから、こんなことは止めて……」

私の頰は涙で濡れていた。

「もういいんだよ。怖がらなくて大丈夫」

彼は私の目の前まで来ると、私に強引なキスをした。

私は彼を止められなかった。

私たちは誰も彼を止められなかった。

私はもっと歌いたかった。

参考資料

https://www.npr.org/2018/03/16/593869717/podcast-the-other-real-world

高野秀行『謎の独立国家ソマリランド』（本の雑誌社）

高野秀行『恋するソマリア』（集英社）

妹の夫

斜線堂有紀

五度目の短距離ワープが終わった。

荒城務は広大に広がる宇宙を前に、深く息を吸い込んだ。この船の外側に広がるのは、完全なる真空である。人類の夢と期待で出来た殻に籠もり、荒城は遥か彼方へと旅立って行く。既に地球の姿は見えなかったし、荒城が再びそれを見ることは生涯無い。生きてその土を踏むことも無い。

突然、腹の底が破れるかのような孤独に襲われ、荒城は計器の傍らにあるモニターに目を向けた。

そこには、妻の琴音が掃除をしているところが映っていた。

琴音の趣味は気分転換に掃除をすることなので、ただ雑巾掛けをしているだけでも楽しそうだった。もしかしたら部屋には琴音の大好きなジャズが流れているのかもしれないが、荒城はそれを聴くことが出来ない。このモニターが受信出来るのは映像だけなのだ。

琴音、と小さく呟いてみる。当然ながら、荒城の声は向こうには聞こえない。だが、それから数分経って、琴音がこちらを向いた。琴音は荒城に向かって軽く手を振り、にっこりと笑ってみせた。まるで心と心が通じ合ったかのような様子に、荒城の鼓動が高鳴る。

荒城は、愛する妻ともう二度と会うことが出来ない。この小さなモニターに映る彼女の姿だけが、荒城が見ることの出来る最愛の妻の姿だった。

時計を確認すると、最初の長距離ワープが三十分後に迫っていた。その次の長距離ワープは更に二時間後である。荒城が妻と触れ合える時間は少ない。

掃除を終え、カウチに座り本を読む琴音を見ながら、荒城は彼女との会話を思い出していた。荒城がこうして宇宙に旅立つ前の会話だ。

「もう少し分かりやすすく教えてくれる？」

クッションを抱えながら、琴音は少しばかり頰を膨らませて言った。「もう少しわかりやすく」が口癖の彼女は、荒城の回りくどい説明を好まない。どうしたらいいものか、と悩んだ荒城は、近くにあったストレッチボールを手に取った。

「うーん……このボールがあるだろ」

荒城はそう言いながら、ボールをぐにぐにと指先で押した。ボールは先ほどの半分の厚さにひしゃげてしまう。

「宇宙をぎっちりとボールで埋まった巨大なボールプールだとする。自分が向かおうとしている先にあるボールをこうしてギュッと押し潰して圧縮する。そうすると、自分の後ろにあるボールの周りには少し余裕が出来るから、ボールが伸びる」

荒城は、ボールを餅のように平たく引き伸ばした。

「こうしたことが行われると、周りのボールも動くだろ」

「うん。ぎっちり詰まっているんだもんね。それは分かる」

「そうなると、ボールプールの中で波が生まれるんだ。この波は力強くて大きい。なんてったって空間に影響を与えるくらいの力がボールに掛かっているんだからね。この波に乗って宇宙を進めば、今までとは比べものにならないくらい速い速度で、船は海を渡れる。凪いだ海だと、漕いだ分しか進まないだろう？」

「理屈は分かったわ。つまり今回の実用化で、人類は宇宙という名の海を波立たせる技術を手に入れたんだね。まるで芭蕉扇みたいに」

根っからの文系で理系科目にはとんと弱い琴音ではあるが、理解は早い。彼女はうんうんと頷くと、荒城の方を見つめて話の続きを促した。ややあって、荒城は続ける。

「……この理屈自体は随分前に考え出されて、実用化の算段がついたのが四十年ほど前。第四次エネルギー革命が起こった頃だ。……これで人類が宇宙の遥か彼方まで辿り着く、というのが夢物語じゃなくなったのが五年前。そこに本腰を入れてキャスティング出来るようになったのが、一年前」

「……それで、オーディションの終わりが今日。私の夫は、見事ジョバンニ役を射止めることが出来た。宮沢賢治もびっくりね。銀河鉄道が本当に実現するなんて」

話が飲み込めてきた琴音の顔が、段々と真剣なものへと変わっていく。ここから先を伝えるのが躊躇われた。けれど、避けては通れなかった。

「予定では三百六十光年先への航行が可能だ、という結論に至った。俺は宇宙船に乗って、航行データを二十四年に渡って地球に送信し続ける。勿論、そのデータがどのように扱われるのか、果たしてそんなことが可能なのかすらも分からない。ワープを繰り返し続ける初の有人長距離航行だからな。どうなるかなんて誰にも分からないんだ。だが、確実に言えることが一つある」

琴音の瞳が大きく揺れた。

「俺は、生きて地球に帰ってこられるかも分からない。帰ることが出来たとしても、恐らく君にはもう会えない」

「………そう……そういうことに、なるのね」

「ああ。……有名な、浦島太郎のお話だ。俺がワープを繰り返して宇宙の果てに向かっている時に流れる時間と、その間地球で流れる時間は同じじゃない。俺は遥か未来へと旅立つことになるんだ」

荒城は、この日初めて単独長距離航行のパイロットへの選出を報された。ずっと希望は出していたが、倍率は相当なものだった。荒城が選ばれたのは、かなり幸運だったと言っていい。

喜べたのは一瞬だった。このミッションに挑むということは、結婚して三年も経たない妻との永遠の別れを意味していたからだ。

「俺がこのミッションを受けたら、君は一生涯年金を貰えることになる。今の給料と同じくらい――いや、少し多いくらいの額だ。だから生活の心配は無い」

「そんなこと私が心配すると思う？　私だって働いてるのに」

「ああ、そうだな。こんなのは問題じゃない。問題なのは……――」

向き合うのが怖くて、どうでもいい枝葉の話をしてしまった。問題なのはそんなことじゃない。琴音の肩が微かに震えている。

「……俺の他にも、ジョバンニは四百名程度居る。極めて大規模なミッションだ。俺が抜けても問題は無い。それに、降りてもいいって予め言われてるんだ。どうしても片道切符で宇宙に行けない人間はいる」

「……私が行ってほしくないって言ったら、貴方は諦めるの？」

「ああ、そのつもりだ」

荒城はきっぱりと言った。

「ここにあるのは、完璧な生活なんだ。琴音がいて、毎日穏やかに暮らせて……それを捨ててまで暗く冷たい宇宙に行くのは、死ぬくらいの勇気が要る」

「でも、夢だったんでしょ？」

琴音の言う通り、有人長距離航行は長年の夢だった。太陽系外の世界に行くことが出来れば、きっと自分の想像を超えたものが見られる。人類が生きていた証を、この宇宙の果てに打ち立てることすら出来るかもしれない。そう思って、荒城はこの世界に飛び込んだのだ。

だが、その夢ですら琴音の為なら捨てることが出来た。何しろ、荒城は彼女と暮らすこの生活を、この幸せを知ってしまった。琴音ともう二度と会えないと考えるだけで、足元がぐらぐらと揺れて無くなってしまいそうな不安に襲われる。

「俺はもう三十三だ。あと二年もすればN28――研究専門の部署に異動することも出来る。そこに配属されたら琴音と離れるようなこともない」

「……前に言ってたキャリアのエリートコースね」

「それはそれでやりがいはあると思うんだ。人類の旅を裏方として支えるというのも」

そう言って、荒城は琴音の返答を待った。

ただ一言、琴音が「行ってほしくない」と止めてくれたら。荒城はむしろその言葉を待っていた。そうすれば、宇宙をきっぱりと諦めることが出来るだろう。

長い沈黙の後、不意に琴音が言った。

「One of the basic rules of the universe is that nothing is perfect. Perfection simply doesn't exist. Without imperfection, neither you nor I would exist.」

耳慣れない言葉に、荒城はきょとんとした表情を浮かべた。

「どういう意味だ?」

「ふふ、どういう意味だと思う?」

琴音は悪戯っぽく笑って尋ねた。

「わかるわけないだろう。翻訳機も作動させてないし。えーと、今のは……」

「英語よ。昔は英語は必修科目で、英語帝国主義なんて呼ばれていた時代もあったっていうのに。今では随分ささやかな存在になっちゃったわね」

「英語か……仕方ないだろ。これだけ技術が発達したら、外国語を学ぶ意義なんてなくなる」

荒城が生まれる十数年も前に、翻訳機の進化は頂点に達した。通信機器を使う時は常に翻訳機が通されるようになり、普段出歩く時も、耳や首に掛ける形の翻訳機を用いるのが普通となった。勿論、外国語が学生の必修科目になることもない。

「どれだけ翻訳機が発達しても関係無いの。翻訳するっていうのは、言葉を違う国の器にただ移し替えていくってだけのことじゃないの。そこに訳者の心を入れる作業があって、初めて翻訳になるんだから」

「じゃあ、翻訳は今じゃ芸術に近いな」

「そうかもしれない。私は芸術家なの」

そう言って、琴音が荒城にじゃれついてきた。

彼女の職業は、今では珍しい翻訳家だった。

機械翻訳の精度が極まった分、翻訳家の仕事はむしろ言葉の解釈をすることに比重が置かれていた。より深く、より感性に寄った翻訳によって、原文に込められた意味を引き出す作業だ。

荒城には彼女の仕事の詳細も、外国語のことも分からなかったが、だからこそ一定の敬意を払っていた。実際に彼女の訳文を読むと、言葉の瑞々しさに驚かされた。

「さっきの言葉はホーキング博士の言葉だよ。『完璧なものは何一つない。それが宇宙の揺るぎない法則の一つだ。この不完全さがなければ、私達は存在しなかった』」

「……なんでその言葉を？」

「夢を諦めて私といても完璧な生活じゃない。心に従って地球を離れて、私と会えなくなるのだって完璧な生活じゃない。どちらにせよ完璧な生活じゃないんだから、……だったら、夢を叶えてほしい。人間は自分の人生を一度しか生きられない。なら、貴方は宇宙の果てに行くべきなの」

琴音はそう言って、荒城のことを抱きしめた。

「……でも、もう二度と、貴方に会えないなんて信じられない」

「俺もだよ」

「ねえ、七夕ってあるでしょう。仕事を一年頑張ったら、織姫と彦星は一日だけ会うことが出来るの。私達はそれも出来なくなるんだね。ふふ、遠いね」

琴音は殆ど泣き笑いのような調子で言った。自分をこと座のベガ――織姫に見立てて、この状況を冗談にしようとしているのだろう。それを見て、荒城はいよいよ堪らなくなった。

「本当は、俺の方が耐えられないんだ。本当は琴音と離れたくない。俺の方が……」

荒城も琴音のことを抱きしめたまま、しばらくじっとしていた。

この会話の後、荒城はふと妙なことを思いついた。

地球から数光年の距離であれば、自宅と宇宙との通信のタイムラグも数日で済む。そこから更に数十光年となれば話は変わってくるだろうが、少なくとも太陽系内であれば——出発から数週間の間は、家に設置したカメラの映像を、宇宙船に飛ばせるのではないか？

「私のことを撮影したいの？」

「ああ。どのくらい届くものか分からないし、こっちから琴音の方に映像を送るのはコストが掛かりすぎる。だから、一方的に琴音の映像を見せてもらうことになるけど……」

「それは声も入るの？」

「声まで入れると、タイムラグが大きくなる。映像だけになるな」

少しでも長く、琴音の姿を見ていたかった。宇宙に琴音のことを連れて行きたかった。荒城は元々工学経由でこの仕事に就いた人間である。自分の船を少しくらい改造するのは簡単だった。

「いいよ。むしろ、そうしてほしい。私のことも、宇宙に連れて行ってほしい」

琴音は大きく頷いて、カメラの設置位置を決めた。荒城と琴音が二人でよく過ごしていたカウチの正面だ。

荒城の目論見は成功した。おかげで、荒城は琴音の姿を見ながら宇宙を旅することが出来ていた。通信状況で数時間から数日のラグが発生するものの、モニターの中にいるのは間違いなく生きた琴音だった。

これから空間圧縮——荒城が進む方向の空間を圧縮し、地球と船との間の空間を引き延ばす——による長距離航行を行えば、地球とこの船との時差は広がる。タイムラグも大きくなるだろう。いつか、このカメラは使い物にならなくなる。

だが、たとえ一時の慰めであっても、この映像は荒城のよすがとなったのだった。

「琴音……」

妻の名前を呼びながら、モニターに指を滑らせる。もしかしたら、これが最後に見られる琴音の姿かもしれなかった。琴音はじっと座って本を読んでいた。

部屋に来客があったのは、その時だった。

琴音がフレームアウトをして、手袋をした男を連れて戻ってくる。琴音は見るからに嫌そうな様子で、彼と距離を取って話をしていた。何が起こってるんだ？　と荒城は疑問に思う。男は男で、琴音のことを冷たい目で睨んでいた。

やがて、琴音が男と言い合いをし始めた。琴音は何度も首を振って、男を拒絶しようとしていた。見慣れたカウチの前で、琴音が不安そうにカメラの方を見た。荒城の胸がざわつく。もし荒城が地球にいたら、こんな男はすぐさま追い払っていただろう。

だが、荒城は遠く離れた宇宙で、妻が不安そうにこちらを見ているのを、黙って受け止めるしかなかった。琴音に一体何が起こっているのだろう。そして何より、この男は誰なのだ？

琴音が更に口を大きく開け——恐らくは声を張り上げると、男が信じられない行動に出た。

琴音のことを殴ったのだ。

琴音の身体はカウチまで吹き飛び、座面の上で大きく跳ねる。荒城の頭に血がカッと上った。この状況でもなお、琴音は男に向かって何かを言い返し、よろよろと立ち上がった。その様は勇ましかったが、荒城は途方もない不安に襲われた。

男は琴音の方を見つめ、懐から何かを取り出す。

銀色に光るナイフだった。

気丈に言い返していた琴音の表情が強張り、琴音は逃げ出そうとする。だが、それよりも早く男が琴音の脇腹にナイフを突き刺した。

心臓が凍り付くような心地がした。

刃渡りが短いものだったからだろう。刺されてもなお、琴音はしばらく抵抗していた。男と琴音が揉み合いになる。だが、琴音の身体からは段々と力が抜けていき、やがて頽(くずお)れる。

カウチの前の床に倒れた琴音を数秒見つめてから、男がフレームアウトする。ややあって、倒れた琴音がずるずると床を這い、カウチにもたれ掛かるようにして何かを隠すような仕草をした。そしてそのまま床に崩れ落ちると、今度は本当に動かなくなった。

一分ほど経って、琴音を殺した男が戻ってきた。男は冷徹な目で琴音の死体を見下ろすと、部屋を荒らし始めた。

そこでようやく、この男が誰なのかを思い出した。

琴音の妹の夫だった。

前に、一度だけ挨拶をしたことがある。親族の飲み会か何かで——琴音の妹に紹介された。彼は明らかにつまらなそうな顔でこちらを見て、早口で名乗ったのだった。

琴音は妹とあまり仲がよくなく、その時も殆ど会話をしていた記憶が無い。妹夫妻はそれからさっさと帰ってしまったので、印象が薄い。

ただ、琴音が殺されるところを見た瞬間、全てがフラッシュバックした。挨拶をしてきた時の、こちらを見下すような目。嫌な声の響き方。全く笑っていない引き攣った口元。彼はどう見ても、あの時の妹の夫だった。

だが、記憶の引き出しから肝心の名前だけが出てこない。あいつは妹の夫。妹の夫の名前は、何といったか。

あ……から始まる名前だったようにも、う……から始まる名前だったようにも、凡庸な名前であったようにも、珍しい名前だったような気もする。あの男を思い出す時に出てくるのは不快な印象だけで、それ以外が何一つ分からないのだ。

荒城は思わず計器を叩いた。こんな重要なことだというのに、自分はどうしてこうも役に立たないのか。

涙が溢れ出してきて止まらない。いくら考えても、あの男に琴音が殺される理由がわからなかった。何かトラブルがあったのか、一方的な想いが募った末なのか、金銭目的なのか。荒城に分かるのは、ただ琴音が妹の夫に殺されたという事実だけだった。手の甲で乱暴に涙を拭うと、船体が大きく揺れた。このタイミングでか、と荒城は絶望的な気持ちで思う。琴音が殺された直後、初めての長距離ワープに入るのだ。

これで、地球との距離は更に離れるだろう。タイムラグも大きくなる。画面からは、いつの間にか妹の夫の姿が消えていた。残されたのは、背中をこちらに向け、床に転がる琴音の死体だけだった。琴音の死体はもうカメラを見ることも、ましてや手を振ってくれることもない。

琴音を殺したあの男を捕まえなければ。遥か遠い宇宙にいる自分が、どうにか犯人のことを知らしめなければ。

焦る荒城の気持ちとは裏腹に、ワープの準備は着々と整っていく。荒城は殆どパニックに陥っていた。長距離ワープの前に確認しなければならないことは一体何だった? いや、そんなことをしている場合じゃない。ワープの前に、地上ステーションにいる人間に琴音を殺した犯人のことを伝えなければ。

『間もなく長距離ワープに入ります。確認はよろしいですか?』

機械音声が流れる。確認? 確認とは何だっただろうか?

「確認はいい! 地上ステーション本部に繋いでくれ!」

『長距離ワープまで残り三分です。確認はよろしいですか？　現在、プロセス2までしか行われていません』

「確認キャンセルだ！　通信機能を作動させてくれ！」

『処理を中止しています。長距離ワープは高次命令です。二名以上の権限者の承認が下りなければ中止出来ません』

荒城にはもう手立てがなかった。荒城はぼんやりと妻の死体を見つめながら、まともなプロセスを踏むこともなく長距離ワープを迎えた。世界が軋んでいく音が、脳に響いたような気がした。

体感では数秒のワープが終わり、荒城は覚醒する。

途端に大きな揺れに襲われ、近くにあったバーを摑んで衝撃に耐えた。ガンガンと痛む頭と揺れる船体が共鳴しているようだった。

長距離ワープの後に船体が揺れるという話は無かったし、そんな要素は無い。状況を把握する為に検査プログラムを作動させると、航行が終わった直後に運悪くスペースデブリの雨に行き当たってしまったようだった。スペースデブリとは、宇宙を漂っている隕石や宇宙ゴミのことで、それらが宇宙船を損傷することは少なくない。最悪の場合は、こちらもデブリの一部になってしまう。

幸いながら、航行が出来ないほどの損傷を負ったわけではなさそうだった。生命維持などに必要な部分も無事である。プログラムによると船体の損傷率は十%ほどなので、ナノマシンが問題無く修理してくれるだろう。二日もあれば問題無く修理が終わるはずだ。

致命的な損傷が無いことを確認した荒城の脳内は、琴音が殺された場面に引き戻された。

琴音は――琴音はどうなったんだ？

妹の夫は捕まったのだろうか？　琴音はちゃんと弔われたのだろうか？　事件は解決したのだろうか？　荒城には何一つ分からなかった。

カメラ――そうだ。カメラだ。あのカメラはまだ家の中を映しているだろうか？　慌てて件のカメラに割り当てられているモニターを確認する。永遠にも思えるほどの数分が経ち、通信が復帰した。

モニターの時刻表記は、七年進んでいた。荒城の一回目の長距離ワープは、地球との間に七年の時間差をもたらしていたのだった。

カメラには七年後の荒城の部屋の中が映っていた。慣れた部屋だ――とはいえ、色々なところが変わってしまっている。綺麗に整頓されていたはずの部屋には、沢山の段ボールやらガラクタが転がっていた。物置に使われている、と一目で分かった。だが、こうして雑に扱われたからこそ、このカメラが気づかれることはなかったのだろう。来客に不自然に思われないよう、相当丁寧に探さなければ分からないところに設置したのだ。

物置と化した部屋には、当然ながら琴音の死体は無かった。だが、事件が終わったとは思えなかった。警察がちゃんと犯人を捕まえていたら、この部屋がここまで荒れることはないだろう、と荒城は思った。

部屋で変わっていないのは、中央に置かれたカウチなどの大物家具だけである。そのカウチにも見知らぬ人間の服が掛かっていて吐き気がした。琴音と暮らした部屋が侵食されている。

何より衝撃だったのは、カウチの前をこの世で一番憎い相手が横切ったことだった。それはあの、妹の夫だった。

全身の血が沸騰しそうな怒りを覚えた。

男はどう見ても罪を償ったようには見えなかった。ちゃんと裁かれたのであれば、荒城と琴音が暮らした家を、物置なんかには出来ないだろう。この男は、何らかの方法で以て、二人の家を我が物にしてしまったのだ。

荒城はもう一度計器を叩いた。どうしてだ。こんなのはおかしい。こんなことがあっていいはずがない。琴音をあんな目に遭わせた男が、こうしてのうのうと生きているなんて。

妹の夫は完全犯罪を成し遂げたと考えているかもしれないが、それは思い上がりだった。目撃者ならここにいる。地球から数光年離れた先に。

「このまま……許してたまるか。人殺しめ」

荒城はモニターのことを睨みながら、そう呟いた。

長距離ワープ明けには地上ステーション本部と定期連絡をすることに決まっている。さっきは機会を逃したが、この定期連絡の時であれば、話す時間は充分取れる。長距離ワープを挟んだお陰で、あの男を七年も野放しにしてしまった。だが、今からでも遅くない。そうしなければ、琴音があまりにも救われない。一体、琴音はどうして殺されなくちゃならなかったんだ？

荒城の目にじわりと涙が滲むのと、モニター横のグリーンランプが灯るのは殆ど同時だった。このランプが灯ったら、通信準備完了の合図である。間もなく、地上ステーション本部――ＸＡ２２にいる担当通信官と連絡が取れる。

報告しなければならないことは山ほどあったが、何よりもまず、琴音を殺した犯人のことを話したかった。

ややあって、モニターに金髪に青い目を持った見知らぬ男が映し出された。歳の頃は二十代半ばくらいだろうか。比較的若い通信官である。

ネームプレートには『Denis』とある。……ドニ、と読むのだろうか？　荒城は外国語には詳しくないが、外国人の同僚は多くいる。彼らの名前や外見的特徴については知っている。

よって、翻訳機を通さなくても、その名前がフランス語系のものであることは分かった。

荒城はマイクを起動する。話したいことは沢山あった。――無事に長距離ワープは成功したが、スペースデブリにやられた。船体の完全な修復には二日かかる。損傷箇所はどこか分からないが、今のところ航行には問題が無い。次の長距離ワープにもゴーサインが出ている。そして――……自分の妻が殺された。犯人は彼女の妹の夫だが、彼はまだ捕まっていない。

荒城が最初の一言を発するより先に、ドニが口を開いた。

『Est-ce qu'il y a un problème?』

「…………あ？」

『Est-ce qu'il y a un problème?』

聞こえていないと思ったのか、ドニが同じ言葉を繰り返す。そして、自身の着けているヘッドセットを二度指で叩いた。荒城は首を振った。

「聞こえてないわけじゃない。意味が分からないんだ。今のはどういう意味なんだ？」

荒城は日本語で言った。荒城の日本語は翻訳されて、問題無くドニに通じるはずなのだが――……ドニは不思議そうな顔でこちらを見つめ返していた。そして、ゆっくりと首を傾げる。

そこで荒城はとんでもない事実に気がついた。先ほどのデブリの衝突で故障したのは、通信システムの、それも翻訳に関わる部分なのだ。

エンジンや生命維持に関係する部分が損傷するよりはいい。これは命に関わる故障じゃない。普段の荒城ならそう思うところだったが、今回ばかりは事情が違った。荒城には今、どうしても伝えなければならないことがあるのだ。

ドニは眉を寄せて、明らかに困った顔をしていた。だが、船のモニタリングが済んでいくにつれ、表情が緩んでいく。船体に大きな損傷がないと分かって安心したのだろう。翻訳機だって二日もあれば修復される。

『Pas de gros problème.』

ドニが言い、こちらを安心させようとするかのように微笑んだ。そのまま、ドニは手元のバーチャルキーボードに指を滑らせ、記録をつけている。報告については問題無い、と判断されたようだった。そのまま、ドニの手が画面外に伸びていく。あろうことか、ドニが通信を切ろうとしている。荒城は全身を震わせながら、大声で叫んだ。

「ノー！！！！」

ドニはビクッと身を震わせて、動きを止めた。

「ドニ、ドニ……」

荒城はどうしていいか分からず、ドニの名前を呼んだ。

それに対し、訝しげな顔つきのドニが口の前で手をグーパーと開き、モニターの外を指差す。その行動の意味するところは荒城にも分かった。恐らく、日本語の話せる人間を外から連れて来ようか？　と提案しているのだろう。翻訳機が壊れてしまった以上、そうするより他にコミュニケーションを取る方法が無い。

平素なら、それで問題が無いだろう。

だが、今は違う。何故なら、次の長距離ワープの時間が二十分後に迫っているからだ。二十分後、荒城は再び長距離ワープに入る。そして、地球からまた数光年を移動することになるのだ。その場で通信を再開した場合、地球では更に十数年……もし空間圧縮が更に上手くいき、船がもっと先へと進むことが出来れば、数十年の時が経つこととなる。

勿論、通常の航行業務において十数年のブランクは問題にもならない。地球側でのミッションは後任へと引き継がれていくだろうし、やることも荒城への定期連絡と記録だけだ。

だが、荒城琴音殺人事件においては違う。

十数年後——琴音の事件は完全に風化しているだろう。犯人である妹の夫は、まんまと遠くに逃げおおせているかもしれない。その時に犯人の名前を告げることが出来ても遅いのだ。ただでさえ、もう事件から七年が経ってしまっているのに。

数十年後だったら、それこそ目も当てられない。その時には妹の夫は死んでいるかもしれないのだ。罪を逃れ、琴音を殺した犯人だと名指しされることもなく、のうのうと寿命を全うする。

そんなことは許せなかった。

荒城は、目の前にいるドニに、犯人の名前を伝えなければならない。必要最小限の情報で、自分が持ちうるものの全てを使って。犯人を告発しなければ。

返答が無いのをイエスと取ったのか、ドニが立ち上がる。それを見て、荒城は慌てて言った。

「ドニ！　行かないでくれ！　そこにいてくれ！」

言葉と合わせて、掌を地面に向けてバタバタと動かす。所謂、犬にやるような『ステイ』の仕草だ。必死さだけは充分に伝わったのか、ドニは驚いた顔のまま、ゆっくりと着席した。

どうやら、言葉よりもジェスチャーの方が伝わりやすいらしい。もしかすると、ジェスチャー伝言ゲームのように言葉抜きで伝える努力をした方がいいのだろうか？　そう思った荒城は、人差し指と親指で丸を作り、オーケーサインを送った。

「いいぞ、ドニ！　それで大丈夫だ！」

これで着席が合っていると伝えられただろう。そう思った荒城だったが、――ドニの反応は微妙だった。というより、ドニの表情は明らかに不快そうなものに変わっていた。心外だ、というように顔を顰め、再び立ち上がろうかと迷っているようだった。

「どうしてだドニ！　ここにいてくれ！」

『Qu'est-ce qui t'arrive, Tsutomu?』

聞き取れたのは最後の『ツトム』くらいだ。語尾が上がっていたから、きっと質問をされているのだろう。だとすると意味は、何を言っているんだ、務？　あるいは、何がしたいんだ、務？　くらいだろうか。

おかしい。自分はドニにここに居てほしいとちゃんと伝えたはずだ。ステイのサインは問題無く通じた……ということは、オーケーサインの方が駄目だったのだろうか、と荒城は思う。

その時、荒城は琴音との会話を思い出した。フランス語話者の同僚にオーケーサインを送ったら、なんだか微妙な顔をされた、という話をした時のことだ。

——えーとね。フランスではそれはゼロを意味するジェスチャーで、それを向けられると『判断にセンスがないな』とか『お前は無能だな』とか、そういう意味に感じるんだよ。

——そんなつもりはなかったんだが……。

——色々と難しいよね、伝えるのは。

そう言って、琴音は笑った。どうしてこのことを今まで忘れていたのだろう？

荒城は自分の過ちに気づき、慌てて言った。

「違う、そういうつもりじゃなかったんだ！　俺はドニと共に頑張りたいと思っている！　二人三脚でこの難局を乗り越えたいと思っていて——」

この言葉に合わせて、荒城は握った拳を顔の前に掲げてみせた。だが、ドニは更に訝しげな顔を荒城に向けるだけであった。日本では激励の意味として使われているガッツポーズも、ドニにとっては侮辱の意味が籠もったものだったのかもしれない。

こうして、ドニと荒城の会話はやや険悪な雰囲気で始まった。荒城は、ジェスチャーが万能ではない、ということを学んだ。言葉に頼らずとも何もかもを伝えられる、というわけにはいかないのである。

＊

一方のドニの方は、荒城には何やらここで自分に伝えなければならないことがあるのだ——ということを把握した。

ドニは先月ＸＡ２２の部署に入った新人の通信官である。入って最初の仕事が、有人長距離航行に挑むミッショナー達の補佐であった。ドニは彼らに敬意を払っていた。荒城とは顔を合わせたこともなかったが、七年も前に地球を飛び出し、遥か遠い宇宙を飛び続けている彼のことを、しっかりとサポートしたいと考えていた。

だが、よりによってその荒城の宇宙船が、スペースデブリに襲われてしまった。

「Est-ce qu'il y a un problème?（問題発生か？）」

ドニはすぐさまそう確認した。だが、荒城の返答はまるで要領を得ない——というより、ドニには分からない言語で話している。そこですぐに、翻訳機能が壊れていることに気がついた。

船体の状況を見るに、損傷しているのは奇跡的にも通信機能の部分だけだ。航行にも生命維持にも問題が無く、しかも時間さえ掛ければ簡単に修復可能な部位である。この定期連絡は船の状態を確かめる為だけのものだ。ドニと荒城がコミュニケーションを取れなくても、概ね問題が無い。

「Pas de gros problème.（大した問題じゃないな）」

そうしてドニはそのまま通信を切ってしまおうとしたのだ。

だが、荒城はそれを鬼気迫る様子で止めた。言葉が通じなくとも、通信を止めてほしくないことは理解出来た。

「Qu'est-ce qui t'arrive, Tsutomu?（どうしたんだ、務）」

伝わらないだろうと思いながらも、そう口にしてしまう。

彼の鬼気迫る表情。彼には何か伝えたいことがあるのだ。

どうせ宇宙船の中と地球で流れている時間は違う。翻訳機が直ってから――そして二十分後に控えた長距離ワープを終えてから、次の通信官に伝えればいいんじゃないか、とドニは思った。翻訳機が壊れたままやり取りをするなんて、いくらなんでも不可能である。

荒城が通信を止めたくないのは、それを伝えるのは十数年後では駄目だからだろう。しかも、自分が別の部署に行って日本語の話せる人間を連れて来ようか？　というジェスチャーをした時も、荒城は拒否の姿勢を示した。きっと、二十分以内にそんな人間は見つからないと思ったのだろう。この二十分でなければ、駄目なのだ。

ということは、彼はどちらかというと、地球の時間に重きを置いた話を急ぎ伝えたいのだ、というところまでドニは理解した。これは大きなアドバンテージだった。

地球において重要なことなど、家族のことしかないだろう。きっと荒城は残してきた妻についてを聞きたいのだ——ドニはそう、解釈した。差し当たって、ドニは短く尋ねた。

「Ta femme?（妻のことか？）」

単語であれば、荒城も理解が容易いのではないか……というのがドニの考えだった。これからは、なるべく平易なフランス語を用いて、荒城に伝えるのだ。

『た、ふぁーむ』

言葉を受け取った荒城は、とりあえずそれを復唱した。

そして『ああ、大丈夫だ。ドニ』と言った。

ドニには意味が分からなかったが——その自信に満ちた表情から、荒城が『妻』という単語を覚えたことだけは分かった。流石は優秀なミッショナーだ。

さて、妻のことを話したいのだと理解したドニは、正直悩んだ。

荒城の妻が何者かに殺されたことは、予め伝えられていた。七年も前のことである。殺したのは押し込み強盗であったとされているが、犯人はまだ捕まっていない。

——そもそも荒城は、自分の妻が殺されたことを知らないだろう。

ドニを含め、地上の職員達は、荒城に妻が死んだことをいつ伝えるかを悩んでいた。

そして、先週の会議で「今回の通信では荒城の奥さんが亡くなったことは伝えないようにしよう」と、決めたのだった。

今回の通信は二十分しかない。その中で妻が殺されたことやその犯人が捕まっていないことを伝えるのは難しい。

次の長距離ワープが終わった後は、一週間ほど通常速度での航行が続く。入り組んだ話——受け止めるのに時間が掛かる話は、そこですればいい、というのが本部の判断だった。

そんな時に妻の様子を聞かれて、一体どう答えればいいのだろうか？　元気である、と答えたとして——三十分後には実は殺されていました、と伝えられる荒城のことを考えると、正直気が進まなかった。

悩んだ末、ドニは素直に答えることにした。

「Nous en parlerons plus tard.（その話は後にしよう）」

＊

いよいよ意味が分からなかった。

先ほどドニは訝しげな表情をした後に『た、ふぁーむ？』と言った。恐らく、荒城のことを心配してくれていたのだろう。だから、大丈夫か？　という意味に違いない。荒城は日本語ではあるが、自分はもう大丈夫だと返答した。

さて、問題の『Nous en parlerons plus tard.』である。

今度は長めの文章だった。ドニはこちらの様子を窺うようにしているので、荒城は『励まされたのだろう』と考えた。

ということは、ドニはこちらの意思を汲み取ろうとしていることになる。とりあえず、荒城は言った。

「伝えたいのは妻のことだ。妻は殺された。犯人は妹の夫だ」

簡潔だったものの、ドニはきょとんとした顔をしている。伝えたいことはこれだけだが、どうしていいのかわからない。

せめて『殺された』という単語だけでも分かればやりようがあるのに……と、荒城は歯噛みした。

『Je comprends très bien ce que tu ressens.』

ややあって、ドニが返事をした。穏やかな表情からして、荒城の言いたいことは全く伝わっていないだろうな、と思った。翻訳機が壊れて不安に思っているかもしれませんが、航行は上手くいくでしょう、とかそういう内容なのかもしれない。

このままだとまずい。話の展開をどう修正していいかわからないからだ。荒城は焦った。まずは妻が――妻が殺されたことを伝えなければ。自分が『妻が死んだ』ということを知っていると、ドニに理解させなければ。だが、伝えようとすればするほど、荒城の口は動かなくなっていった。

まずは、妻という単語を知らなければ。妻。言葉の通じない相手から妻という言葉を引き出すには——……そうだ。琴音の名前を繰り返せばいいのでは？　ドニの元には、荒城の個人情報の載ったデータがあるはずだ。そこに、荒城琴音の名前も載っているだろう。

「琴音……」

荒城はドニのことを見ながら、妻の名前を繰り返す。琴音、琴音。ドニが『琴音はあなたの妻ですね？』と言ってくれるまで、あるいは『妻？』と端的に尋ねてくれるまで。

だが、名前を繰り返している内に、荒城の目からはぼたぼたと涙が溢れ出てきた。思えば、荒城はこれまでまともに涙を流していなかったのだ。最愛の妻が死んだというのに、七年もの間、悼むことすら出来なかった。圧縮されていた悲しみがじわじわと引き延ばされていき、熱い涙に変わっていく。何かを言わなければならないのに、言葉にならない。これでは、琴音の仇を討つことが出来ないのに。

荒城は目を乱暴に拭い、涙目のままドニを見つめた。

ドニは荒城のことを真剣に見つめ返していた。瞳に微かな逡巡の色が浮かぶ。ドニが意を決したように言った。

『Ta femme a été tuée.』

＊

「Je comprends très bien ce que tu ressens.（きみの気持ちはわかるよ）」

そう言った瞬間、荒城は大粒の涙を流し始め、ドニはぎょっとした。荒城のことを安心させるべく、まずは表情で彼の気持ちを和らげようとしただけだというのに。

言葉が通じない相手との会話は、まるで推理ゲームに似ていた。僅かな材料から、相手の伝えたいことを類推するゲームだ。

今度はドニが推理をする番だった。彼の涙が、ドニの推理材料だ。荒城の涙は大粒で、嗚咽が辺りを震わせている。彼がどうしてこんなにも悲嘆しているのかが、ドニには魂で感じられた。

だから、ドニは言った。

「Ta femme a été tuée.（きみの奥さんは殺害された）」

何故かは分からないが、荒城は自分の妻が死んだことを知っていた。これが彼の奥さんが殺されて初めての通信であるのにもかかわらず、である。

ということは、荒城務は何らかの形で妻が殺された事実を知ることが出来たのだ。

つまりは、その手段を荒城は持っている。

もしかすると、夫としての第六感かもしれないが――ドニは配偶者が居ないので、その可能性は否定出来ない――どちらにせよ、ここまでして伝えようという意思自体が不自然に感じられる。

何しろ、彼女が殺害されたことは、地球にいる荒城の関係者には知られていて然るべき事実だからだ。荒城の妻が人知れず失踪したのならまだしも、殺されてから七年経っている。死んだこと自体を伝えようとしている……とは考えにくい。

つまり、彼が伝えたいのは殺されたという事実以上のことなのだろう。そう考えた。こうした状況で、人間が明らかにしたいことは一つだ。

「Mais toi, tu le sais, non？（きみは犯人のことを何か知ってるんだね？）」

――犯人だ。荒城はきっと犯人のことを知っている。

ドニは一つ一つを確実に消去していくことで、荒城の言いたいことを探ろうとしていた。荒城はさっきの問いかけを理解してはいないだろうが、ニュアンスだけは汲み取ったのだろう。一つ頷いて返答をしてきた。

『妻は殺された。犯人は妹の夫だ。カメラに映っているはずなんだ』

欧米圏の言語とはまるで違う文法や単語で構成されている日本語は、ドニにとって異国の旋律のように聞こえる。だが、その中で唯一、聞き覚えのあるものがあった。日本語も英語もフランス語も、響きが殆ど変わらない言葉だ。

「Caméra？（カメラ？）」

『カメラ！』

荒城が嬉しそうに復唱した。伝わった、ということが嬉しかったのだろう。

ドニは浮かれた。なんだ、簡単なことじゃないか。どうして荒城が妻が殺されたことを知っていたかの説明も付いた。家にカメラを仕掛けて、荒城はそれで通信を行っていたのだろう。

妻が殺される場面を、カメラ越しに見た。それがどれだけの衝撃と悲しみをもたらしたかは想像も出来なかったが、今はありがたかった。

ドニのやるべきことは一つだ。あの家をもう一度家宅捜索してもらい、荒城の仕掛けたカメラを見つけてもらう。そこにはきっと、犯人の姿と犯行の瞬間が収められていることだろう。警察が事件後すぐにカメラを見つけられていたら話が早かったのに、とドニは舌打ちをしたくなった。

ドニは人差し指を立てて、画面の四方八方をランダムに指差す。そして、「caméra」ともう一度呟いてから頷いた。カメラを探させる、という意味だ。

ついでに、両手首をくっつけるジェスチャーもする。これで犯人は捕まるだろう。これからの事件の顚末は、地球時間で十数年先にならないと伝えられないが、荒城と妻の無念は晴らせるはずだ。ドニは達成感と満足感に浸った。

だが、荒城は浮かない表情だった。

そして、彼はゆっくりと首を振った。

＊

ドニの察しの良さに、荒城は心底感嘆した。

「カメラ」の単語に、犯人逮捕のジェスチャーとくれば、きっとドニは今までのやり取りの大半を理解しているということだろう。荒城の言葉はちゃんと伝わっていたのだ。

ドニは嬉しそうに画面の四方八方を指差し『caméra』と言った。きっと、カメラを探させる、という意味なのだろう。そこに犯人が映っていると思っているのだ。

だが、それでは何も解決していない。

何故なら、あのカメラには記録機能が無いからである。

この後の数十年——琴音の一生分の映像を記録すれば、膨大な量のデータになる。それらを全て記録する為には、大きなカメラにする必要があった。だが、流石にそんなに大きなカメラをリビングに置いていたら目立つし、居心地が悪いだろう。だから、容量は最小限にして、宇宙とのタイムラグが出来るだけ少なくなることに特化したカメラを用意したのだ。

加えて、荒城が数百年——あるいは数千年後に地球に戻ったとしても、全ての記録を見る時間は残されていないだろう。それまで、あの家やカメラが残っているとも思えない。なので、記録機能は省いたのだ。

だからカメラを見つけただけでは意味が無い。犯人の名前を教えなければ。

荒城は思いきり顔を顰め、悲しそうに首を振った。すると、ドニの顔も一変する。何かがおかしい、と気がついたようだ。

ここまでの流れを見ている限り、ドニはとても察しが良い男だ。ある程度の材料を与えれば、ドニは推理を組み立ててくれる。

カメラに対して悲しい顔をしたことで、ドニはカメラが証拠にならないことまで察するはずだ。

ならば、ここで荒城が示すのは犯人が誰かということと、そいつが犯人である証拠だ。

荒城は考えた末に人差し指と中指の二本を立てた。その内の人差し指を摘まみ、荒城は言う。

「ファーム」

ドニの反応を見ながら、今度は中指を摘まみ、首を傾げる。

そして、もう一度人差し指を摘まむ。

「ファーム」

中指を摘まんで首を傾げる。

ドニは答えた。

『Le mari.』

＊

「Le mari.（夫）」と、ドニは言った。

ドニは荒城のジェスチャーの意味を理解していた。

彼は「femme」が『妻』だと理解したのだろう。二本の指の片方が『妻』なら、もう片方は『夫』だ。

ドニは考えを巡らせた。ここで荒城がわざわざ『夫』という単語を聞いてきた意味だ。この時間の限られた中で『夫』という単語を聞いてきたということは、夫が何か重要なのだろう。

あるいは、それが犯人なのか。

ドニは真剣な顔をして尋ねる。

「Le coupable est-il un mari?（犯人は夫か？）」

この場合、犯人は荒城務本人を表すことになってしまうので、恐らくは誰か別の人間の『夫』が犯人だと推察出来る。

『mari』という単語を把握してもらったので、そこに真剣な顔をしてドニの問いかけを混ぜ込んだら『犯人』が『夫』であるかと聞いているのか、とは分かるのではないか、と思ったのだ。

荒城が大きく頷き、右手の人差し指を立てた。

そして、左手の人差し指も立てる。

左手の人差し指が、右手の人差し指の下に添えて揺らされた。

ドニはハッとして、モニターに荒城の資料を映し出した。そして、思わずにやりと笑ってしまう。彼を犯人だと示す証拠はないかもしれないが、彼に絞って捜査をすれば、出てくるものもあるかもしれない。

「Le mari de ta grande sœur?（姉の夫だな？）」

荒城に伝わったかは分からない。伝わってくれ、と思う。

荒城が目を大きくする。正解だ。

「On pourrait appeler la police.（警察に通報するよ）」

犯人は、荒城務の姉の夫だ。

＊

ドニが大きく頷いて「On pourrait appeler la police.」と言うのを聞いて、荒城は心底安心した。最後の『police』というのは、荒城の知っている『ポリス』でいいだろう。となると、警察に言っておく、くらいの意味だろうか。彼の自信ありげな表情を見るに、無事に犯人が妹の夫であることが通じたのだろう。文脈的に、『sœur』が妹という意味に違いない。

とはいえ、妹の夫を洗い直したところで、それが直接逮捕に繋がるかは分からない。荒城は素早く時間を確認した。長距離ワープまでにはあと十分あった。残りの十分で、次は妹の夫をどう追い詰めるかを伝えなければならない。

荒城は必死に犯行現場のことを思い出す。

あの時、妹の夫はどう動いていただろうか。

「……そうだ、あの時琴音は妙な動きをしていた」

あの時は琴音が殺されたことに気を取られてそこまで頭が回らなかったが、彼女が最後にした行動は不自然だった。琴音はわざわざカウチの中に何かを押し込んで隠して……そこで息絶えたのだ。

あの男が犯人であることを示すものだったんじゃないだろうか？

ドニは荒城の言葉を待っているようだった。これから話すことを頭の中で整理しながら、荒城は口を開く。

＊

『あの家にあるカウチを調べ直してほしい。あの中に琴音は何かを隠したんだ』

荒城が日本語で何かを言った。しかし、今度は『コトネ』以外に聞いたことのある単語が無かった。

『カウチ、カウチ』

荒城が繰り返す。これだけ繰り返すということは『カウチ』は何か物を――それも、あの部屋にあったものを表しているのだろう。

犯人を示すものが、カウチにはあるのだ。あるいは、荒城の姉の夫はカウチに関係しているのかもしれない。

『カウチ』

荒城の言っていることが分からなかったが、ドニは単語をそのまま復唱し、一つ頷いた。

それだけで、荒城は自分がこの事態を了解したと察したようだった。

さっきの『姉の夫』の件と違い、今回は極めてシンプルである。ドニがここで意味が分からなくとも、警察に『カウチ』と伝えれば――そんなことをせずとも、日本語の分かる人間に『カウチ』と伝えれば済む話なのである。『姉の夫』の犯行を示すものは『カウチ』である。再捜査で何かが見つかれば万々歳だ。そうドニは考えた。

しかし、その些細な謎を脇に置いて、ドニは堂々と言った。

「Je vais examiner カウチ（カウチを見てみるよ）」

カウチ、という単語が出たことで、荒城はパッと笑顔を見せた。そして、荒城は両手を揉み合わせ、懐に何かを隠す振りをした。

「La preuve cachée.（隠された証拠でしょ）」

なるほどな、とドニは思う。カウチ本体に問題があるのであれば、警察は既に見つけていたかもしれない。あのカウチの中に、荒城琴音は何かを隠して、それが証拠になると言っているのだ。

そういえば、さっき荒城の個人情報を確認した際に、気になる記述があった。そこには荒城務の姉、荒城美雨の勤め先が書いてあった。

どうやら、有名な家具輸入会社のようだった。

荒城美雨の夫が何をしているかは分からないが、――妻と同じ場所に勤めている可能性がある。それなら、そもそもカウチなるものに、秘密が隠されているのかもしれない。

ドニはいよいよ納得した。

ドニは事件がもう終わったつもりでいた。

＊

「本当にありがとう、ありがとう……。これであの男が捕まれば、琴音も少しは……報われるかもしれない」

対する荒城も、全てが終わったような気がしていた。勿論、カウチから何かが見つかる保証は無い。だが、カメラの存在と荒城の証言を合わせれば、警察も一度は再捜査をしてくれるかもしれない。おまけに、事件全てを洗い直して欲しいと言っているわけじゃない。荒城が言及しているのは、琴音の妹の夫ただ一人である。

全てを伝え終えた後は、天命を待つしかない。そう荒城は考えていた。

感謝の気持ちを伝えるべく、ドニに向かって頭を下げた。頭を下げるのはドニにも問題無く通じ、ドニは優しい微笑みを荒城に向けてきていた。この十五分ほどで、荒城はドニに奇妙な友情を感じていた。

長距離ワープの一分前には、この通信は切れてしまう。徐々に通信にかかるリソースを切っていき、空間圧縮に備える為だ。

この三分を、ドニと親交を深める為に使おう。と、荒城は考えた。

「実は、俺には姉がいるんだ。妹がスールなら、姉はどう言うんだろうな？」

スールという単語だけは聞き取れたのだろう。ドニが不思議そうな顔をしてから頷く。これだと妹がいると勘違いされそうだな、と荒城は思った。ドニの返答を待たずに、荒城は続けた。

「ドニ、スール？」

ドニに向かって人差し指を向けながら、荒城はそう言った。ドニに妹はいるのか？と聞いたつもりだ。ドニは大きく頷いた。

『J'ai une grande sœur et un petit frère.』

スールという単語が聞こえたから、きっと妹が居ますと答えたのだろう。

「ドニ、スール、何？」

これは、ドニの妹はどんな人間か、を尋ねたつもりだ。何、という言葉を口にした時は、『夫』の時と同じように首を傾げてもみた。すると、ドニは少し考えた後、ちらりと上の方に視線をやった。そして、空中を殴る振りをしてから言う。

『Brutale.』

思わず荒城は笑ってしまった。言葉が分からなくても、妹が乱暴者であることは伝わってきた。ドニもふっと表情を緩めている。

『Elle travaille ici. N28.』

「ああ、N28……ってことは、妹さんはそこで働いてるってことか？　なるほど、妹さんも同じ仕事だったんだな……」

ドニが頷く。荒城が理解して返答していると分かったのかもしれない。ややあって、ドニは尋ねた。

『Comment était-elle, ta femme?』

『femme』の意味は学習済みだ。荒城が妹について質問したように、ドニも荒城の妻について尋ねてくれているのだろう、と思った。そうでなければ、ドニがそんなに優しい顔をして尋ねてくれるはずがなかった。

「……優しくて、賢くて、強い人だった」

荒城は一言一言を嚙みしめるようにして呟く。

それを聞いて、ドニもまた、頷いた。

ドニは大きく息を吐くと、荒城に向かって親指を立てた。激励のサインだ。荒城も親指を立てて応じる。

あとは、目の前の男に託すしかなかった。

その瞬間、音声通信が途切れる。ドニが手を振っているのが見えた。彼とはもう会えないかもしれない。十数年ならいざ知らず、数十年経てば間違いなく彼は離職している。おまけに、人間はいつ死ぬかも分からないのだ。

そう思うと、琴音と死に別れたのと同じくらい寂しい気持ちになった。

荒城はドニに手を振った。ドニの姿がゆっくりと消える。ここからはテキストしか送れなくなり、数字しか送れなくなり、最後には完全に通信機能が停止する。

最後に何かメッセージでも打とうか悩んだのだが、ドニに伝えたいことが多すぎて
——結局止めた。充分に長い文章を打てるほどの時間は無いし、フランス語の文章は打てない。

並べた数字に意味づけをして、メッセージを送れると聞いたことがあった。というより、昔のインターネットスラングにそういったものがあった、気がする。8を並べて拍手を表すのは、ドニに通じるのだろうか。

そんなことを考えている内に、テキストも数字も送れなくなり、荒城はただ、本部と繋がっていることを示す、グリーンランプを見つめることしか出来なくなった。

荒城はふと、有人長距離航行のミッションに参加していない自分のことを想像した。二年後には、ドニの妹と同じN28に配属されていたはずだ。そうすれば、ドニともドニの妹とも仲良くなっていたかもしれない——。

途端に、フラッシュバックのように荒城の脳内に閃くものがあった。

ドニの妹がN28にいるはずがないのだ。

あそこは、ある程度のキャリアを積んだ職員が行く部署だ。ドニが三十代半ばであれば可能性は無くもないが、ドニは明らかに荒城より年下、二十代に見えた。

ドニが三十代半ばであると考えるより、彼が話していたのが姉であったという可能性を考えた方が、まだ現実的に感じられた。

それに、よく思い返してみれば、ドニは『妹』のことを話す時に、視線を上に向けて

いた。乱暴者であった彼女を思い出す時に、である。

あの冗談めかした口振りからして、『妹』の乱暴は子供時代の話だろう。子供の頃、ドニは『妹』を見上げていたのだろうか……?

もしかすると、スールは『妹』ではなく『姉』を表す単語なのかもしれない。

いや、スールは『妹』でもあり『姉』でもあった、というのも成立する。英語を主に訳していた琴音から、そんな話を聞いた覚えがあった。日本語では『姉』と『妹』は別の漢字だが、英語は両方とも同じ単語で、区別する場合はその単語に修飾語のような単語を付けるのだと……。ドニは、スールの前に何かを付けていなかったか?

心臓が嫌な音を立て始めた。ただ単に、ドニの姉を妹だと勘違いしただけなら良い。

——この勘違いが、別の場所でも起こっていたとしたら?

冷汗と共に、荒城は正解に辿り着いていた。

ドニは『妹の夫』ではなく『姉の夫』だと解釈していたのかもしれない。震えながら、荒城は両手の人差し指を縦に並べることで、妹のことを表したつもりだった。上に配置した右手の人差し指が琴音で、揺らした左手の指が妹である。『妻』という単語を先に出したのだから、これが弟と勘違いされることはないだろうと思いながら。

荒城はそう考える。

だが、ドニは全く別の解釈をしたのだ。

ドニは揺らされた指の方を、「これが私です」というような意味で荒城だと解釈した。

そして、上に配置された人差し指が姉だと思い込んだのだろう。思えば『Le mari de ta grande sœur?』と尋ねてくる前、ドニは視線を外した。あの時、ドニはデータベースにある荒城の個人情報を確認したのではないか？ データベースの中にあるのは、荒城の情報だけである。勿論、配偶者の存在には触れられているだろうが、琴音の家族構成までは載っていない。データベースで確認出来るのは、荒城の家族構成だけだ。それにもっと早く気づくべきだった。

あと数秒しかない。この驚いた顔だけで、ドニは察してくれるだろうか？ 何か予想しないことが起こり、荒城の想定が覆されたことに気がついてくれるだろうか？ 衝撃を受けた荒城の顔だけで「姉の夫と妹の夫の取り違え」を悟ってくれるかに賭けるしかない。

本当にそれでいいんだろうか？ ここから先、地球に流れる十数年。隔てられる数百光年を思っても、この数秒を無駄にすることは出来ない。音じゃなく、映像でもなく、それでも琴音の妹の夫だと伝える方法はあるだろうか？

荒城に使える言葉はもう何一つ無い。日本語すら、もう使うことが出来ないのだ。

そう思った瞬間だった。

荒城の手は、今日一度も使っていない言葉に向かって、彗星のように伸びていった。

＊

ドニはそれを、計器の故障だと思った。何らかのトラブルがあり、通信機能に障害が生じた。だから、荒城は映像が切れる直前に狼狽した表情を浮かべていたのだろう。

荒城からの通信を示すグリーンランプが一度消え、また点き、また消え、また点き、更に消え、最後にまた点いた。短時間に三回も通信が途切れ、そして復帰したのだ。計器の故障としか思えなかった。

だが、それにしては点滅が等間隔であることが気になった。あれではまるで……意図的に不調を引き起こしているような……もっと言うなら、荒城が自分でＳｗｉｔｃｈを入れたり切ったりしていたような気がする。それは何の為だろうか？

荒城はドニに伝える為に、ありとあらゆる手段を用いていた。全てのものが、荒城の言葉だった。なら、この不調にも荒城の言葉が含まれているのではないだろうか？

ドニはさっきのグリーンランプの点滅のリズムを指で打つ。等間隔に三回。宇宙に関わる仕事をしているからだろう。ドニにとってそれは、星の瞬きだった。

瞬間、ドニの脳内に閃光が走った。

＊

長距離ワープを終えても、荒城の心臓はどくどくと脈打っていた。頭が割れるように痛いが、身体に深刻な不具合が起きているわけではない。成功したのだ。

今度は宇宙船の方にも損傷が見受けられなかった。相変わらず翻訳機の方は不調のようだ。直るまでにはまだかかる。きっと本部は日本語の通じる人間を荒城の担当に据える方向で調整したことだろう。荒城は、程なくして行われる顔合わせのことを思った。

長距離ワープ明けの痛む頭は、されどぐるぐると気丈に回転を続けていた。思い起こすのは、あの最後の数秒のことである。

言葉が通じること、ジェスチャーが使えること、そのどれもがとても贅沢なことであると、荒城は最後の数秒で身に染みた。あそこで「琴音」と叫ぶことが出来たら、ドニは必ず自分達の間にある勘違いに気がついたはずだ。

だから、代わりに叫んだ。

荒城は最後の瞬間に、一ー一ー一のリズム——三拍子のリズムで通信を切り、再度入れた。ドニからは、通信中を示すグリーンランプが明滅しているように見えただろう。電源が入ったり消えたりしている様は機械の故障に見えたかもしれない。

だが、これが意図的なものだと伝わったなら、同じリズムで三点、ということに、ドニはどんな意味を見出してくれただろうか。これが真っ新な状態で見た三回の明滅であれば、きっとドニでも分からなかっただろう。

だが、もしドニが想像力を働かせてくれたなら——その三拍子が、三角形を示していることに気づいてくれたかもしれない。

宇宙にある三角形で最も有名なものは、はくちょう座のデネブ、わし座のアルタイル、こと座のベガで構成される夏の大三角形だ。

幸い、地上にいるドニには時間がある。ドニは夏の大三角形をフランス語と日本語で調べ直すことが出来る。ドニは絶対に荒城の伝えたいことを汲もうとしてくれる。ベガが日本語でこと座であることを知ることが出来れば――そこまで辿り着けばドニは――こと座――琴音を連想するはずだ。

最後の数秒、荒城は音でもジェスチャーでも、琴音の名前を示す言葉を送ることが出来なかった。そんな状況下で、わざわざこうして迂遠でも琴音の名前を示したがったことに、ドニは想いを巡らせるに違いない。

土壇場で妻の名前を送ってきた荒城は、何を伝えようとしていたのか。映像が途切れる瞬間に見せた数秒の逡巡の先に、一体何があったのか。あのドニならきっと推理をしてくれる。

荒城は祈るしかなかった。もしかしたら、最後のメッセージが無くても、ドニは勘違いに辿り着いたかもしれない。もしくは、勘違いに気づき、ちゃんと犯人が名指し出来ていたにもかかわらず、妹の夫は逮捕されなかったかもしれない。

外は果てしなく続く暗黒の宇宙だった。それを見ながら、荒城はドニと過ごした二十分間を思った。コミュニケーションとは、この暗黒の中に言葉を投げ込むことに似ていて、通じることの方が奇跡のように感じてしまう。

荒城には、あれからどうなったかも知ることが出来ない。早く通信が復活してくれれば、と想う気持ちと、答え合わせをしたくない気持ちが入り混じる。

段々と宇宙船がスタンバイモードに入り、どのくらい地球と離れた地点なのかを教えてくれる。ここは地球から六百二十一光年。既に、荒城が地球を出発してから七十四年が経っていた。相当な時間が経っている。きっと地球の様子も様変わりしているだろう。犯人である妹の夫も、きっと死んでいる。

本部との通信機能が回復するより先に、近くのモニターが起動した。……驚いたことに、家にあったカメラの通信機能は生きているようだった。

しかし、画像はとてつもなく粗い。何が映っているのかもわからない。タイムラグも相当あるようだ。この調子だと、一ヶ月ほど遅れて映像が届いているんじゃないだろうか。これからどんどん、カメラと宇宙船との距離が開いていく。

あのカウチでのんびりと過ごしていた琴音の姿を思い出した。

荒城の体感時間では、まだ一日も経っていない。その間に、荒城は彼女との永遠の別れを二度も体験したのだ。彼女の一生を目まぐるしく消費し、荒城は狂おしいほど自らの心を引き裂いた。

それでも、遥か彼方からぼんやりと映るモニターを見ていると、心が安らぐのを感じた。そうして更に数分待っていると、画像が段々とはっきりとした形を取り始めた。

そこは、二人で暮らしたあの家ではなかった。映っているのは荒城の知らない屋外だった。画面の白は日差しを反射していたらしい。画面の真ん中を、影のように何かが占拠している。

映っているのは、どうやら墓のようだった。荒城の知らない花が墓前に供えられている。墓石に刻まれている文字すら読めないくらいだったが、荒城はそれが琴音の墓であることを直感した。

ドニが、ここに移動させてくれたのだろうか。

カメラがどんな状態になっているのかも分からないが、これをやってくれたのは、絶対にドニだと思った。そうとしか考えられなかった。

これを見た瞬間、荒城はドニがちゃんと真相に辿り着き、事件が終わったことも悟った。そうでなければ、ドニは絶対にこんなことをしないだろう。無事に終わったことを告げる為に、ドニはカメラをここに移動させたのだ。

妹の夫は——上原龍彦(うえはらたつひこ)は、きっと然るべき裁きを受けたに違いない。

あんなに必死で思い出そうとしていたその名前は、今になってふっと頭に戻ってきた。上原龍彦。なんでその名前を忘れてしまっていたのだろう。その名前さえ忘れなければ、事態はもっとシンプルに済んだかもしれないのに。だが、悔やむ気持ちももう無かった。

ややあって、本部からの通信を知らせるグリーンランプが灯った。まもなく、長距離ワープ明けの通信が始まる。数十年ぶり、二度目の通信だ。

そうしてモニターに映し出された新任の担当通信官は、白髪の老人だった。痩せぎすで今にも折れてしまいそうだが、瞳に宿った怜悧な光が、真昼の空でも消えない星を思わせる。

まさか、と荒城は思う。あれから数十年が経過している。退任していてもおかしくない。それに、こちらの翻訳機の不調が伝わっているとしたら、担当はきっと日本語の通じる人間であるはずだ。

だから、目の前に映っている老人がドニであることはあり得ない。

何故だか涙が出そうになった。この短時間に、荒城はどれだけ泣けばいいのだろう。だが、地球の彼にとっては、荒城の涙は、約七十年ぶりである。懐かしさを、覚えてくれるだろうか。

老人は何も喋らない。荒城のことをじっと見つめている。言葉が出てこないわけじゃないだろう。地球と宇宙船の間には数百光年の距離があり、通信には相当なタイムラグがある。

従って、荒城の推理が当たっているかどうかを確かめるには、そこから更に十分以上かかった。

老人が、ようやく口を開いた。彼の顔にはしてやったりと言わんばかりの笑みが浮かんでいる。

『荒城さん。妹の夫は——』

ドニの口から出てきたのは、何十年もかけて習得したかのような、流暢な日本語だった。

同好のSHE

荒木あかね

優しい子と書いてユウコ。枯芝優子、金に困っても人様の財布をくすねるような人間ではない。

「ない！　やっぱり盗まれたんだ！　このバスの中に泥棒がいる！」

前の座席の男がそう騒ぎ出したときも、どこか他人事だったのだ。私のショルダーバッグの中から盗まれた財布が見つかるまでは。

「警察を呼びましょうか」と乗務員が冷ややかな視線を寄越す。この場の誰もが、私の仕業だと決めてかかっているようだった。言い訳をすればするほどドツボに嵌りそうで、私は黙って隣の女を睨んだ。

　そうだ、全部この女のせいだ。遡ること四時間と三十四分、夜行バスの最後列でこの女の隣の席に座ったのが、私の運の尽きだった。

　左手を上着のポケットに突っ込んだまま、一段飛ばしで入口のステップを上る。額に汗が滲んだ。通販で買ったオーバーサイズのブルゾンは思いのほかごわごわしていて、着心地が悪い。ここ数日熱帯夜が続いているが、今夜も例によって嫌になるくらい蒸し暑かった。

　広島駅発バスタ新宿行きブルースターライナー九二二便は、四列シートの観光バスタイプだった。座席は通路を挟んで左右に二つずつ設置されており、乗客のプライバシーに配慮して、隣の席との間と中央通路部分との境にセパレートカーテンが引かれている。

車内のざわめきから察するに座席は七、八割埋まっているようだ。

バス前方に設置された時計によると、時刻は二十時六分。電子板に表示されたデジタル数字が、私を急き立てるカウントダウンに見える。はやる気持ちを抑えるべく、私はわざとゆっくりとした歩調で通路を進んでいった。荷物はショルダーバッグ一つだけ、最小限にまとめていた。

ポケットの中のナイフを握り締め、今一度誓う。

――何があっても私は引き返さない。

割り当てられた席は最後列の通路側だった。隣席の乗客もお一人様のようで、窓側に若い女がぽつんと座っている。真っ白なサマーニットのワンピースがよく似合う、清潔で上品そうな女だ。ただ一つ、高い鼻梁（びりょう）に引っ掛けられたサングラス――青みがかった緑のレンズでフレームは正円形をしている――だけが彼女の慎ましやかな雰囲気と合っていなくて、どこかちぐはぐな感じがしたけれど。

こちらに気づくと、女はサングラスを少し押し上げ「こんばんは」と社交的な笑みを浮かべるが、無視して仕切りカーテンを閉めた。座席はある種の個室空間となり、私は一人になった。外の様子を窺（うかが）うために、通路側のカーテンにはわずかに隙間を作っておく。

発車時刻二分前、後方通路に大学生風の童顔の男が駆け込んできた。首元の汗をハンカチで拭い、彼は背後の連れに笑いかける。

「まじで焦ったわ。ぎりぎりセーフだったね、修ちゃん」

男の陰に隠れるようにして、まだ小学校二、三年生くらいの男の子が突っ立っていた。夜行バスに小さな子どもとは珍しい。年の離れた兄弟か何かだろうか。

彼らには、後ろから二列目――私のちょうど一つ前の席が割り当てられているようだった。座席の前後に仕切りはなく、男が旅行用の大きなドラムバッグを頭上に掲げているのが視界に入った。荷物棚に押し上げようとしていたが、手首が肩掛けベルトに引っ掛かったらしく手こずっている。手伝おうと、バッグに向かって両手を目一杯伸ばす小さな修ちゃん。学生風の男は「重たいから修ちゃんには持てないよ」と笑った。実に微笑ましいやり取りで、勝手に居心地の悪さを感じた私はそっと視線を外した。

後頭部をシートに強く押し付けながら、ポケットの中の硬い感触を繰り返し確かめる。半日後には憎いあいつの息の根を止めているのだと想像するだけで気持ちが昂った。早く、早く殺してしまいたい。――そのとき、突として視界が開けた。咄嗟に顔を横に向ければ、隣の女が何の断りもなくカーテンを引いていた。

「バスジャックでもするつもりですか？」

女はふっと表情を緩めると、私に向かって手を差し出す。

「ポケットの中のものを出してください。でないと通報しますよ」

「……何、ふざけてんの？」

「わたし、いつだって真面目です。ほら、早くそのナ、ナ、ナイフを出して」

一秒にも満たない間に、様々な考えが頭を駆け巡った。

この女は何者なんだ。なんでバレた？　どうしてポケットの中身がわかる？　――一体、何を根拠に。

それを見透かすように、女は快活な口調で喋り始める。

「乗り込んでくるお客さんたちを窓から見ていたら、あなたが目につきました。だってこんなに暑いのに厚着なんだもん。日は沈んでいるから紫外線対策というわけでもないし」

「何だっていいでしょ。あんたも夜なのにサングラス掛けてる」

「わたしのはお洒落ですから」

人差し指と親指で気障(きざ)ったらしくフレームをつまむ。

「あなたが左手をポケットに入れて歩いていることに気づいて、合点がいきました。ポケットが必要だったんですよね？　レディース服ってただでさえポケットが付いていないのに、夏服は輪をかけて少ないですもんね」

否定の言葉は喉元で詰まったまま、声にならなかった。

「何か持ち歩きたいのなら、わざわざ上着を着なくともバッグに入れればいいのに、あなたはそうしなかった。自分の手から離れた場所に保管するのが恐ろしいくらい、危ないものを持ってるんでしょう。危険物を持ち歩く人間は、しばしばそれを自分の手で確かめたがりますからね。ほら、今もポケットに手を突っ込んでる」

女はなおも続ける。

「上着がぶかぶかで身体に合っていないのは、危険物のシルエットを隠すため。形状に特徴があってポケットに隠せるサイズの危険物――シンプルに考えると刃物でしょうね。ポケットの大きさから想像するに刃体は六センチを超えてますから、銃刀法違反ですよ。ああでも、折り畳み式のナイフなら軽犯罪法違反くらいで済むのかな？」

左手の指先から感覚が失われていくような気がした。こんなにも少ない情報で、その正体がナイフであるとまで断定できるものだろうか。しかし彼女の主張はすべて的を射ていた。

女は「図星なんでしょう？」と私の目の前でひらひら掌を左右に揺らす。どうしてこの女はこうも楽しげなのだろう。刃物を持つ相手を前に通報するぞと脅すわりに、緊張も切迫も全く見えない。

ポーンと間の抜けたチャイムが鳴って、車内アナウンスが流れ始めた。『本日は広島駅発新宿南口交通ターミナル行き、ブルースターライナー九二二便にご乗車いただき、誠にありがとうございます。当バスは間もなく発車いたします……』

ここで引くわけにはいかないと、反射的に身体が動いていた。

「なんでわざわざポケットに隠してたのか教えてあげる。手元にあればいざってときにすぐ使えるからだよ」

ポケットから左手を引き抜き、折り畳み式のペティナイフを勢いよく開く。女は自分の首筋に刃が突きつけられていることを知ると、「ひっ」と短く悲鳴を上げた。

「着くまで騒ぐな。死にたくないなら」

耳元に口を寄せて脅しにかかれば、女は小刻みに何度も頷く。なんだ、得意げにべらべら喋っていた割に臆病じゃないか。座席の間の肘掛けを力任せに押し上げる。女の方へ身を乗り出してさらに距離を縮め、首に押し当てていたナイフを脇腹のあたりへと移動させた。

女のサングラスには私の酷く陰気な面が映し出されている。レンズの奥で微かに光る瞳は、意外にもまっすぐ私を捉えていた。

「携帯出して。通報されたら困る」

女は首からサコッシュを提げ、膝の上で大事そうに抱えていた。思いがけず素直に中からスマホを取り出す。図らずも、画面に未読のメッセージが何件か表示されているのが目に入った。

『瑠璃(るり)ちゃん、無事にバスに乗れた？　到着は明日の朝だよね？』

「父からです」訊いてもないのに、女――瑠璃は言った。

「父と東京で待ち合わせているんです。迎えに来るって」

「いいご身分だね。お姫様みたい」

「……息苦しいだけですよ」

父親と思しき男のアイコンは、瑠璃とのツーショットだった。写真館で撮影されたものらしく、男は朗らかな笑みを浮かべ、椅子に座った瑠璃の肩に手を添えている。写真の中の瑠璃はサングラスを掛けておらず、まさに良家のお嬢様といった風体をしていた。

　メッセージを勝手にスワイプして通知画面から消去する。家族が待ってくれているなんて羨ましい限りだ。

　私の命がけの計画を、遊び半分の探偵ごっこで台無しにさせはしない。

『発車いたします』出発のアナウンスが車内に響く。夜行バスは広島駅南口のバス乗り場を出ると徐々にスピードを上げた。

　広大学生会館前で一時停車したバスは追加の客を拾って満員になった。二十一時四十五分、西条ＩＣ（さいじょうインターチェンジ）を通過し山陽自動車道に乗る。

　九二二便は複数の路線を経由し、十時間以上かけて新宿の高速バスターミナルへと向かう。立ち寄る休憩所は三木ＳＡ（みきサービスエリア）、岡崎（おかざき）ＳＡ、海老名（えびな）ＳＡの三ヵ所。到着予定時刻は明日の朝、八時二十七分だった。

　外の景色などまるで見えないけれど、タイヤと路面の摩擦音に耳を澄ませば夜の高速道路をひた走るバスが自然と頭に浮かび上がる。神戸（こうべ）と下関（しものせき）を結ぶ山陽自動車道は平地が少なく、長いトンネルが頻繁に現れた。

「まさかこんな近くに同好の士がいるとは思わなかったよ。それも、お隣の部屋の修ちゃんに付き合ってもらうなんて」

エアコンの風に乗って、誰かのおしゃべりが後方へと流れてくる。前の座席の男が小声で窓際の修ちゃんに話しかけていた。

「吉田郡山城跡にも行けたし、俺としては大満足。ライトアップされた広島城もよかったね。観すぎてバス、遅れるところだったけど」

「うん。帰りたくないね」

「俺も。また行こうな」

よっぽど楽しい旅だったのか、修ちゃんはもう一度「帰りたくないね」と呟いた。前後の会話から察するに、男――修ちゃんからは「高山のお兄ちゃん」と呼ばれていたので以下高山――と修ちゃんは親子でも親戚でもなく、同じマンションのお隣さん同士。歳は離れているが、城巡りという共通の趣味を通して仲良くなったようだ。

「修ちゃんと離れて、お父さんもお母さんも寂しかったと思うぜ。帰ったら思い出話、いっぱい聞かせてあげるんだよ」

荷物棚に載っかったドラムバッグの長い肩掛けベルトが、高山の頭のあたりまでだらんと垂れ下がっている。何とはなしに二人の会話を聞きながら、バスの振動に合わせて揺れ動くベルトを眺めていたら、

「わたし、ここで死ぬわけにはいかないんです」

少し落ち着きを取り戻した瑠璃が、ぽつりと言う。私は途切れていた緊張の糸を繋ぎ直し、彼女の脇腹にあてがったままのナイフを強く握った。吐いた息が額にかかるほど

の至近距離で向かい合ったまま、一時間半以上も経過していた。

「ねぇ、聞いてます？　死にたくないんです。バスジャックはまた別の機会にしてもらえませんか」

「うるさいな」と睨めば口を閉じるが、レンズ越しに見える目に恐怖の色は浮かんでいない。それがなんだか気に食わなかった。

「バスジャックなんて馬鹿な真似するわけないでしょ。これはただの移動手段。バスに乗って人を殺しに行くの」

あいつを殺すためだけに、はるばる東京へ行く。本当は無関係な人間を巻き込むつもりなんてなかったのに。

「まったく、あんたのせいで計画が崩れた」

コメントに困ったのか、瑠璃は神妙な顔をして「邪魔しちゃってごめんなさい」と呟いた。私は深呼吸を繰り返してふつふつとこみ上げてくる怒りを抑えた。

二十二時、消灯時間がやってくると室内灯が一斉に消え、バスは黒々とした夜に溶け込む。リクライニングシートを倒しはしたものの瑠璃という爆弾を抱えながら眠るわけにはいかず、結局瞼（まぶた）を閉じることはなかった。零時半を過ぎて車内の明かりが再び点灯したとき、バスは最初の休憩地である兵庫県の三木ＳＡに到着していた。

『二十分間停車いたします。出発予定時刻は零時五十二分です。必ずお席にお戻りください』

駐車場に停まるや否や、瑠璃は席を立とうとした。咄嗟に手首を摑んで引き留める。瑠璃は眉を顰めた。「トイレくらい行かせてくださいよ」

つくづく神経の太い奴だ。

周囲の様子を窺うために通路側の仕切りカーテンを開けてみると数名の乗客が席を立ち始めていた。前の席の高山も寝ている修ちゃんを置いたまま、そっと忍び足でサービスエリアに向かおうとしている。

瑠璃をふらふら出歩かせるわけにはいかないが、この先八時間以上も排泄を我慢させることなどできない。都合よく車内に個室トイレが設置されていたので使用を許可すると、小走りにバス前方へと向かった。私は座席にショルダーバッグを置いてその後を追う。

「え、なんでついてくるんですか？」

「見張ってんの。あんたが余計な真似しないように」

他の乗客に助けを求められでもしたら一巻の終わり。瑠璃が用を足す間、個室トイレの扉に寄りかかって見張ることにした。通路側にもカーテンが引かれていることが幸いして誰もこちらを見ていないし、乗客の出入りも案外少ない。途中、バスを出て行ったばかりの高山が再び乗り込んできたが、トイレの前ですれ違ったのは彼一人だけだった。まだ発車時刻まで十五分ほど余裕があるのに、高山は少し早く帰ってきたようだ。

綺麗にアイロンのかかったハンカチで手を拭きながら、すっきり晴れやかな表情で出てきた瑠璃を追い立て、細い通路を引き返す。先に戻っていたはずの高山が、座席のカーテンを開け放ったまま自分の手荷物を何やらごそごそと探っているのが見えたが、特に気に留めず席におさまる。鬱屈としているからだろうか、置きっぱなしだったショルダーバッグを膝に載せると、なんだか重みを増しているような気がした。

異変に気づいたのは、高山が周囲に響き渡るような大声で叫んだときだった。「ない、ない！」

高山は棚から大きなドラムバッグを下ろし、中身を引っ掻き回していた。真後ろの席の私たちには大騒ぎの様子がよく見える。窓際の席で眠っていた修ちゃんも高山の声で目を覚ましたようだ。

何を思ったのか、瑠璃は私の膝に上半身を預けるようにして身を乗り出すと、勝手にセパレートカーテンを全開にし、通路に顔を突き出した。

「何がないんですか？」

高山は闖入者（ちんにゅうしゃ）に面食らってしばし戸惑いの表情を浮かべていたが、ややあって質問に答えた。

「財布と……あっ、あとスマホがなくなってるんです」

貴重品ばかりじゃないか。思わず私も耳をそばだてそうになったけれど、我に返って瑠璃の首根っこを摑んだ。

「何勝手なことしてんの」

瑠璃はペロッと舌を出し、「困ってる人は放っておけない質なので」

「嘘つけ。とにかく、これ以上トラブルを増やさないで」

その間にも、高山は「ない！　やっぱり盗まれたんだ！　このバスの中に泥棒がいる！」と喚いている。〝泥棒〟というワードを耳にした瑠璃はますますサングラスの奥の瞳を光らせ、するりと通路まで抜け出した。舌打ちしつつ後を追う。

高山は貴重品を紛失した不安からか饒舌になっており、私たちを相手に状況を説明し始めた。高山が言うことには、三木ＳＡに到着してすぐ、彼は煙草を吸うために降車したらしい。修ちゃんは眠っていたので起こさず、一人で。しかし喫煙所に着いたところでライターを車内に忘れたことに気づき引き返したという。

「バスに戻ったら、荷物棚の上に置いていたバッグの位置がなんだか微妙にずれているような気がして。誰かが勝手に触っていたら嫌だなと思って、一応中身を確認しようと思いました」

彼の不安は現実となり、中からスマホと財布が消えていた。

座席に下ろされたドラムバッグは既に高山の手によって調べ尽くされていたが、確かに財布や携帯らしきものは見当たらなかった。高山の切羽詰まった様子を見れば、これが狂言だとも思えない。

「ちょっと質問いいですか？」と律儀に断ってから発言する瑠璃。

「持ち物を紛失したのは車内で間違いありませんか？　ええと、お名前は……高山さんですね。高山さんは昨夜二十時十五分頃――バスの発車時刻寸前に、バス乗車場までタクシーで乗り付けていましたよね？　タクシーの中で落としたのかも」

「タクシーの支払いでアプリ決済を使った後、スマホをバッグに仕舞い込んだのを覚えてます。確かにこの中にあったんですよ」

「財布も確認してます？」

「もちろん。奥底の方に財布があるのをちらっと見ました。最近は電子決済の方が便利がいいから、この旅では一度も現金を使わなくて、ずっとバッグの奥に入れっぱなしだったんです。財布こそタクシーの中で落とすはずがないんですよ」

「なるほど。――ところでそちらのお子さん、お宅の同行者ですよね？　何か見なかったんでしょうか」

瑠璃の視線の先には、高山の座席から首を伸ばしてじっとこちらを窺う修ちゃんがいた。高山は勢いよく修ちゃんの方を振り返る。

「修ちゃん、何か見た？　誰かが俺のバッグに触ったりしなかった？」

「……見てない。寝てたから、わかんない」

修ちゃんはそれだけ言うと、俯（うつむ）いて親指の爪を噛んだ。

発車時刻が近づき、他の乗客たちも徐々に車内に戻ってきていたが、皆一様に通路側のカーテンをぴったり閉めている。これではいくら泥棒が闊歩（かっぽ）しようとまともな目撃証言を得られるはずがない。盗難事件は瑠璃と共にトイレに行っていた間に発生したのだろうし、当然私たちにも財布の行方はわからなかった。

深々とため息をつく高山。一方、瑠璃はふむふむと熱心に頷きながら高山の証言を反芻しているようで、不思議とやる気を見せている。「困ってる人は放っておけない」なんて抜かしながら本音は探偵ごっこに興じたいだけではないのか。

騒ぎを聞きつけたのだろう、まもなく一人の乗務員が駆け足でやってきた。「お客様、どうされましたか？」

よく日に焼けた痩身の男で、胸元には「宮原」という名札がついている。乗車時に見かけた乗務員とは別人だから、交替の運転手なのだろう。ナイフを所持したままの私は内心ハラハラしていたが、しかし瑠璃は人が増えても私の所業を暴露し周囲に助けを求めるようなことはしなかった。それどころか、乗務員にその場の仕切り役を奪われることが不満のようで、口を尖らせている。

「荷物が盗まれたんです。なんとかしてください」

高山が縋りつくと、宮原は作り笑いを浮かべつつ一歩後ずさる。その一瞬の所作で、彼がこの事態を面倒くさがっているのが見て取れた。「荷物の紛失、盗難、破損等について当社は一切の責任を負えませんが……」と前置きをしてから、渋々といった体で事情を聞く。

状況を飲み込むと、宮原は詰るような口調で高山に問うた。

「貴重品の入ったバッグを置いて外に行ったんですか？」

瑠璃がすかさず「悪いのは盗る方でしょ」と口を挟んだが、当の高山は申し訳なさそうに肩を落とした。宮原はさらに厳しい口調で質問を重ねる。「そちらのお子様が荷物を取り出したという可能性は？」

気弱な高山も、これには毅然とした態度を取った。

「この子を疑わないでください。勝手にそんな真似をするような子じゃありません」

「はあ。しかしですね……」

「それに、修ちゃんはまだ背が低いから荷物棚に手が届きません。棚の上のバッグから財布やスマホを抜き取るなんてできっこない。子どものいたずらなんかじゃないんです」

「わかりましたよ。では、荷物点検でもしますか？」

宮原はどこか投げやりとも取れるような口調で提案した。

「他のお客さん全員の荷物を確認するんですか」と驚く高山。

「非常に言いづらいのですが、他のお客様の持ち物の中に、高山様のお手荷物が紛れている可能性が高いでしょう。──手始めに、あなたから見せてください」

宮原が手で指し示したのは私だった。高山たちの視線が一気に集まって顔の皮膚がぴりぴりと痛む。「なんで私から？」

訊かずとも答えはわかりきっていた。私は疑われているのだ。真夏に長袖のブルゾンを着て髪もボサボサ、充血しきった目の下に濃い隈をこさえた女は、まともに見えないから。

しかし、仮にも乗客である私に真正面から疑いの目を向けるとは。宮原は一人の客を吊し上げることに対して躊躇を感じているふうでもなく飄々(ひょうひょう)としていて、それがまた恐い。咄嗟にショルダーバッグを背中に隠し、「嫌だ！」と叫んだ。

「警察でもないくせに、何の権限があって客のバッグの中身まで調べようとしてんの？」

宮原は私の態度にむっとしたようだが、瑠璃が「まあまあ」と宥(なだ)める。

「この人、アリバイありますよ。高山さんが喫煙所に向かってからバスに戻ってくるまでの間、わたしと一緒に車内のトイレに行ってたんです。寂しがり屋さんだから、わたしが個室にいる間も外で待ってたみたいで」

最後の一言は余計だが、もしや私を庇(かば)ってくれたのか。目が合うと、瑠璃はおどけて小さくピースサインを送ってくる。ともあれ、おかげで宮原はとりあえず引き下がった。

荷物点検の強行を諦めた宮原は、車内の目撃証言に頼ることにしたらしい。「失礼いたします」と形ばかり恐縮してみせながら、通路を挟んで隣の席のセパレートカーテンを開けた。

「お休みのところ失礼いたします。隣のお客様がお財布をなくされたのですが」

隣の客は、黒いジャージを着た四十代くらいの男だった。

「財布？　何も知らないっすね。ずっとうとうとしてたんで」

巻き込まれたくないのだろう、男は会話を切り上げようとしている。宮原はジャージ男に負けず劣らず面倒そうな声色で言った。

「なくなったのはつい先ほどのことのようで。三木SAに着いてからのことなんです。何かおかしなものは見ていませんか？」

「カーテン閉めてましたし」

「音が漏れ聞こえてきたり、カーテンの隙間から人影が横切るのが見えたり、そういうのも全くありませんでしたか？」

「……うーん、言われてみれば、今から十分か十五分くらい前、隣の荷物棚のあたりで影が揺れていたような気もしますけど」

「それって……」

宮原の台詞は高山の素っ頓狂（すっとんきょう）な声に掻き消された。「それって、泥棒が通路を通ったときの人影ってことですよね！」

ジャージ男は心許なげな面持ちで「断言できるほどの自信は……」などとまだ何か言いかけていたが、宮原は用済みとばかりにカーテンを閉め、瑠璃に向き直った。

「隣のお客様の証言を聞く限り、盗難事件なのは間違いなさそうです。先ほど、お二人は一緒にトイレに行っていたからアリバイがあるとおっしゃってましたよね？」

「ええ」と瑠璃は頷いてみせる。

「あなたが個室に入っている間、こちらのお客様が外で待っていたと。自分が用を足すわけでもないのにトイレについていくのはやはり妙です。単刀直入に申しますと、あなたにアリバイを保証してもらうための工作だったのでは？　あなたと共にバス前方のトイレに行った後、財布を盗むために引き返したのかも。先ほどこちらの荷物棚付近で目撃された人影は、トイレから戻ってくる犯人――もといこちらのお客様だったのではないでしょうか」

　トイレについていったのは瑠璃を見張るためだが、事情を一から説明することは不可能だ。

「あなたが個室に入っている間、こちらのお客様が何をしていたのか、あなたには知り得ないのではありませんか？」

　とにかく、宮原は私を犯人にしたいらしかった。犯人さえいてくれれば事件は解決するし、この面倒事からも解放される。そして私は犯人にもってこいの人物――まともじゃない人間だ。

　そうだ、私はまともじゃない。隣席の乗客を刃物で脅すような人間は紛うことなき犯罪者だ。でも財布は盗ってないのに。

　瑠璃にナイフを突きつけたときの無謀とも言うべき大胆さは霧消してしまい、全身の筋肉が硬直する。何も言えなくなった私の代わりに、思いがけず瑠璃がくってかかった。

「こんなに少ない手掛かりで、よくもまあ人を犯人扱いできますね。バスの外から泥棒が乗り込んできた可能性だってあるでしょう」

「僕はＳＡに到着してから今までの間、外で車両点検をしていました。不審人物が乗り込めばすぐに気づきます。それに、車内の設備や構造を知らない外部の窃盗犯がわざわざ忍び込むとは考えにくい」

「犯人はこのバスの中にいる、と。じゃあ乗務員さん、あなただって容疑者ですよ」

「僕がこの格好のまま車内をうろついて、お客様の荷物を勝手に触ったと？　いくらなんでも目立ちすぎます」

「これだけ通路側のカーテンが閉まっているんだから、タイミングを見計らえば可能です。全員が等しく容疑者なんですよ」

「はいはい、おっしゃる通りです。全員が疑わしいという点には同意します。ならばやはり、まずはお近くにいらっしゃったお客様の荷物点検をすべきではないでしょうか」

先ほどまでは億劫そうだったくせに、瑠璃に反抗された途端「乗務員の指示に従え」とでも言いたげな宮原。私としては一人で座席に戻ってしまいたい気分だが、一刻も早く事態を収拾したいのも事実だった。唾を呑み込んで、騒ぎの中心へと歩み寄る。

「バッグの中、見せればいいんでしょ。構いませんよ」

腹を決めた。身の潔白が証明されるならばそれでいい。ところがショルダーバッグを宮原に渡したとき、覚えのない重みを指先に感じたような気がして急に不安になった。

「どうかしました？」と瑠璃が私の目を覗き込む。

嫌な予感は的中した。宮原がスナップボタンを外した途端、中から見知らぬ長財布が顔を覗かせたのだ。

財布は重力にしたがって床に落ち、どん、と鈍い音を立てる。掌を二つ並べたって隠せないほど大きくて、黒い、革製の長財布。私のものじゃない。全身の血の気が急速に引いていくのがわかった。

高山は、それが自分の財布であると訴えた。

宮原が薄ら笑いを浮かべる。「警察を呼びましょうか」

高山は「大事になっちゃったな」と困惑しながらも、どこかほっとした様子。一連の騒動を不安げに眺めていた修ちゃんは、そろそろと座席から這い出してきて、高山のTシャツにしがみつきながら蚊の鳴くような声で言った。

「高山のお兄ちゃん、あのね……」

「心配しなくても大丈夫だよ、修ちゃん」

財布を盗んだ覚えはない。いくら金に困っても人様の財布に手を出すほど堕ちてはいない。犯人でないのなら堂々としていればいいものを、私は知らず知らずのうちに身を縮こまらせていた。

警察を呼ばれるのだろうか。バスから引きずり降ろされて所持品検査でもされたら、ポケットの中のナイフが見つかってしまう。そうしたら永遠にあいつを殺せない。――いっそ本当にバスジャックでもしてしまおうか、と捨て鉢な考えが頭を過る。

この女のせいだ。この女がトイレに行くなんて言うからバッグを置いて席を外すはめになり、気づけば中に高山の財布が入っていた。隣の席がこいつじゃなければこんなところで窃盗犯の疑いをかけられることもなかったし、計画に綻(ほころ)びが生じることもなかったのだ。

恨みを込めて瑠璃をねめつけた私は、彼女の顔を見て思わず息を呑む。唇は真一文字に引き結ばれ、野次馬根性丸出しのふざけた笑顔は消え失せていた。

「何かの間違いです」

宮原から私を隠すように、瑠璃は通路に立ちふさがった。

「席にバッグを置きっぱなしにしていたから、真犯人に財布を入れられてしまったんです」

「真犯人、ですか」と鼻で嗤(わら)われる。宮原の言わんとすることは理解できた。真犯人がいるとして、どうしてせっかく盗んだ財布を見ず知らずの人間のショルダーバッグに忍ばせる？

それにしても、さっきから瑠璃が助けてくれているように思えるが、一体どんな魂胆があって自分をナイフで脅した相手を庇うのだろう。宮原に詰め寄られ、瑠璃は一瞬口を噤(つぐ)んだが、ほどなくして大袈裟(おおげさ)にため息をついてみせた。

「これは単純な窃盗事件じゃないんですよ。盗まれたのは財布だけじゃありません。高山さんのスマホはどこに行ったんでしょう？　彼女のバッグの中からは財布しか見つかりませんでしたよ」

はっとして、我知らず「そうか、スマホか」と呟いていた。瑠璃は私が反応したことに気分をよくしたのか、してやったりとばかりに得意げな表情になる。変な奴。でも、変な奴に庇われて安心してる私もたぶん変。宮原は中身をぶちまけるようにして私のショルダーバッグを漁ったが、高山のスマホはついぞ出てこなかった。

「他に荷物は？」

里帰りでも観光でもないので荷物は最小限にまとめている。盗んだスマホを隠す場所などない。瑠璃はふんぞりかえった。

「この人が本当に窃盗犯なら、財布とスマホの両方が発見されるはずですけど」

くるりと振り返ると、私にしか聞こえないくらいの小さな声で、

「わかってますよ、あなたは犯人じゃない。窃盗で捕まれば人を殺しにいけなくなりますから、そんなリスクは犯しませんよね」

顔に熱が集まるのがわかる。これも気まぐれな探偵ごっこの一環であって、瑠璃は親切心で庇ってくれているわけじゃないのだ、と自分自身に言い聞かせた。

「真犯人の正体を暴くためには、窃盗の目的を突き止めなきゃ。真犯人が欲しがっていたのは高山さんのスマホでしょうか、それとも財布？　その両方？　あるいは、騒ぎを起こすこと自体が目的だったのかもしれません」

瑠璃は通路をゆっくり歩きながら、舞台俳優のようによく通る声で状況を整理する。いつの間にか一座の主導権は瑠璃の元へと渡っていた。

瑠璃たちのやり取りにじっと耳を傾けていた高山が、生真面目な学生のごとく挙手した。瑠璃は「どうぞ」と発言を促す。

「泥棒にとっては金目のものが重要でしょうけど、スマホだって情報の宝庫ですよね。犯人の本当の目的はスマホで、ショルダーバッグに財布を紛れ込ませたのは注意を逸らすためだったのかも。ほら、スマホは高値で売れるじゃないですか」

転売するスマホを夜行バスで仕入れるものだろうか。一方、宮原は「犯人の目的は財布だ」と鼻息荒く主張する。

「普通に考えて財布が目的でしょう。現金もクレジットカードも、金目のものは全部財布の中にある」

「へえ。ではスマホが消えたのは偶然？」

「偶然とまでは言いませんけど……」

宮原が口ごもるのを見て、瑠璃は笑顔になった。どぎまぎしながら私も意見してみる。

「スマホも財布も、犯人は別に欲しくなかったんじゃない？　私を陥れるために盗んだ財布をバッグに入れたのかも」

瑠璃は笑い、ちょっと眉を下げた。

「自意識過剰な推理ですね。誰かの恨みを買った覚えでも？　そもそもこのバスの人たちと初対面でしょ」

いちいち癇に障ることを言う。

「じゃあんたはどう思うの？　犯人の目的は財布？　スマホ？」

「さあ、わたしにもさっぱり。――捜査は足からって言うでしょ？　まずは聞き込みをしましょう！」

言うが早いか、瑠璃は通路を挟んで隣のカーテンを引いた。先ほど宮原が目撃証言を聞き出そうとしていた、高山の隣の乗客の席だ。

黒ジャージの男はカーテン越しに聞き耳を立てていたらしく、気まずそうに身をよじらせた。

「さっきの影のことについてですけど、もう少し詳しくお話伺えませんか？　あなたは『隣の荷物棚のあたりで影が揺れていた』とは証言されましたが、それが泥棒の人影だとは断言しなかった」

念を押すように尋ねられ、男は首を捻る。

「うとうとしてたから自分の証言に自信がないんです。ただ、影がこう、ちらちらと揺れているように見えただけで」

影の動きの再現のつもりか、ジャージ男は目の前で二、三度手を振ってみせた。瑠璃は「へえ」と呟くと、フレームをつまむようにしてサングラスを掛け直す。瞬間、目つきに真剣な色が差した。

「ちらちら影が揺れた、と。泥棒が通路に突っ立ってバッグを漁っているだけでは『ちらちら』とは表現しませんよね。誰かが、もしくは何かが複数回視界を横切ったんですね？」

「言葉尻を捕えられても困りますよ。そう見えただけです」

男は最後まで自信なげだった。

カーテンを閉めた後、瑠璃はしばらく黙っていた。サングラスの奥には深い影が落ちていたが、よく見ればレンズの向こうで彼女がゆっくりと瞬きをしているのがわかった。しかし私の視線に気づくと、すぐに笑みを貼り付けて向き直る。——瑠璃がなんだか思いつめているように見えたのは私だけだろうか。

次に瑠璃が興味を示したのは、高山のドラムバッグだった。

「ちょっとこれ、触ってもいいですか？」

高山が頷く前に、肩掛けベルトを手に取って持ち上げる。

「見た目のわりに軽いんですね、このバッグ」

「あれ、そうですかね？　結構重いはずですけど」

高山はいぶかしげな顔で瑠璃からバッグを受け取るが、程なくして納得したように頷いた。

「財布が重かったんですね。抜き取られたから軽くなってる」

確かに、私のバッグに入れられていた高山の長財布には重みがあった。床に転がり落ちたときもどんと鈍い音がしていたし。バッグの重量を確かめるように掌を開いたり閉じたりしていた瑠璃が、唐突に呟く。

「これなら小さな子どもでも持ち上げられる……」

独り言めいていたが、傍らの高山は聞き逃さなかった。「どういう意味ですか？」とにわかに態度が硬化する。

「まさか修ちゃんを疑ってるんですか。人のバッグから物を盗むような子じゃありません。背が低いから、荷物棚に手が届かないとも説明したじゃないですか」

修ちゃんを背後に隠し、高山は不快感を露わにした。一言謝ればいいものを、瑠璃は曖昧に笑うだけ。

沈黙に堪えきれず、私が切り出した。

「ねえ、犯人は誰なの？　もうわかってるんでしょ？」

ナイフを突きつけても視線を逸らさなかった瑠璃が、そっと目を伏せる。瑠璃には犯人の見当が付いているのだ、と悟った。高山は長財布とドラムバッグの間で視線を彷徨わせて何やら一心に考え込んでいたが、まもなくはっと顔を上げた。

「そうか。スマホだけが見つからないってことは、真犯人はそれを今も持ってるってことですよね。そして犯人は乗客の中にいる。俺のスマホの音を鳴らせば、犯人の位置がわかりますよ！」

これは名案だ、と高山は目を輝かせている。スマホはマナーモードに設定してあるそうだが、紛失時のために備わっている機能を利用すれば、別の端末から遠隔操作で着信音を鳴らすことができるという。

正直なところ私も彼の意見に賛成だった。どうしてこんな簡単なことにもっと早く気づかなかったのだろう。しかし瑠璃は厳しい声で「やめたほうがいい」と警告した。

「後悔しますよ。知らなきゃよかったって」

「もったいぶった言い方をされても困ります。はっきり言ってくれないとわかんないですよ」

瑠璃に背を向けた高山は、宮原に携帯を貸してくれるよう乞う。宮原は一つ頷いて、制服のポケットから業務用のスマートフォンを取り出した。瑠璃はなおも口を開きかけたが、高山はそれを無視して宮原のスマホからクラウドサービスにアクセスし、IDを入力していった。

「これで犯人がわかる。もううちの修ちゃんを疑わないでください」

高山の指が画面をタップする。着信音はごく近くから聞こえてきた。修ちゃんのズボンのポケットが、マリンバの軽快なメロディを反復していた。

瑠璃はしゃがみ込んで修ちゃんのズボンから携帯を取り出すと、鳴り響く着信音を止めた。

「大丈夫。誰も怒ったりしないよ」

修ちゃんは瑠璃から顔を背(そむ)けていた。その瞳はみるみるうちに潤(うる)んでいき、ついには涙の粒をぽろりと落とす。高山は激しく動揺し、譫言(うわごと)のように「なんで……」と繰り返した。

　しゃくりあげる修ちゃんの代わりに瑠璃が説明したところによると、高山の財布が盗まれたのも、それが私のショルダーバッグに入っていたのも、スマホが消えていたのも、すべてが修ちゃんの仕業という。

「高山さんはこの子の背丈が足りないから荷物棚のバッグから財布を抜き出すのは無理だと言ったけれど、ベルトを摑んでバッグごと引きずり下ろすことなら小さな子どもにもできます」

　瑠璃に釣られて荷物棚を見上げると、発車直後の光景がよみがえった。確かに私も、前の座席の荷物棚から肩掛けベルトがだらんと垂れ下がっていたのを目撃していた。

「でも高山さんが戻ったとき、バッグは棚の上にあったんでしょ。棚から下ろせたとしても上げることはできないんじゃない？」

　尋ねると、瑠璃はゆっくりと首を横に振る。

「投げ上げれば届きますよ。何度か失敗はしただろうけど、バッグから重い財布を抜き取ったら成功したんじゃないかな。この子――修ちゃんが欲しかったのはスマートフォンでした。財布を抜いたのは、バッグを軽くして荷物棚に投げ上げるためだったんです」

「バッグを、軽くするために……」

　隣の席のジャージ男は、荷物棚のあたりで影が「ちらちらと揺れているように見えた」と証言した。それは棚の上に手を伸ばす不届き者の姿ではなく、放り投げられたバッグ自体の影だったのだろう。

それにしたって、こんな小さな子どもが窃盗犯？　まだ状況が飲み込めていない面々に、瑠璃は噛んで含めるように言った。

「狸寝入りをしていた修ちゃんは、高山さんが喫煙所へ向かうのを窓から確認した後、ベルトを掴んで荷物棚からバッグを下ろし、中に入っていたスマホを自分のポケットに入れることに成功しました。座席の前後に仕切りはないものの、通路側のカーテンがほとんど閉め切られた車内では、周りの視線の大半を遮断できます。最後列のわたしたちが席を外すタイミングさえ逃さなければ誰にも目撃されることはないと、理解できていたんでしょうね。——でも高山さんが予想より早く帰ってきたせいで慌てた。バッグを棚の上に戻そうとしたけれど、重すぎて上手く投げ上げることができなかったんです。そういうわけで財布を抜き取ったのですが、今度はその財布の隠し場所に困りました」

ずしりと重い、大きな財布だった。子どものポケットに隠すことなど到底できないくらい。

「それで咄嗟に、私のバッグの中に隠したんだ」

思わずこぼすと、頭を抱えて小さくなった修ちゃんが「ごめんなさい」と呟く。窃盗犯に仕立て上げられるなんて理不尽極まりない仕打ちだが、責める気は起きなかった。

何より、修ちゃんが高山の携帯電話に執着したことが不思議で仕方ない。高山は未だに信じがたいようで、瑠璃と修ちゃんの間できょろきょろと視線を彷徨(さまよ)わせていた。

「……なんで？　なあ修ちゃん、なんでこんなことしたの？　人の物を盗ったらいけないってお父さんとお母さんに教わっただろ」

高山の問いには答えず、唇を結んだまま涙を拭う修ちゃん。代わりに瑠璃が応じた。

「悪ふざけで盗んだんじゃありません」

瑠璃の静かな瞳は、閉ざされた窓際のカーテンのさらに奥――バスの外に広がる暗闇を見据えていた。

「修ちゃんは隙を突いてバスから逃げ出すつもりだったんでしょう」

「一人でSAに降りようとしたってことですか？」

「はい。そして修ちゃんの逃亡計画にはお金が必要だったんですよ。財布は要らなかった。ほら、このくらいの歳の子にとっては財布よりスマホの方がよっぽど価値があるでしょ？」

高山のぽかんと開いた口から、「え？」と驚きの声が漏れた。

「高山さんはキャッシュレスの支払いを好んでいたんですよね。この旅では一度も現金を使わなかったとおっしゃってました。かく言うわたしは未だに現金ばかり使う古臭い人間なので詳しいことはわかりませんが、身の回りの大人がスマホ決済を頻繁に使っていれば、子どもにはスマホが財布に見える。修ちゃんはSAでこのバスから降りて、タクシーを呼ぶつもりだったんですよ。高山さんの真似をしようとしたんです。逃げるために」

恐らく高山は、飲食時の代金や宿泊費、タクシーの支払いまでスマホのアプリで行っていた。小さな子どもからすれば、スマートフォンは無限にお金を使える便利な道具に見えただろう。

瑠璃は修ちゃんの背中を優しく擦(さす)った。

「家に帰りたくなかったんだよね？　……わかるよ」

つい先ほど聞いたばかりの、修ちゃんと高山のおしゃべりが頭の中でこだました。帰りたくないね。俺も。また行こうな。帰りたくないね。

「家に帰りたくないだなんて、そんな。修ちゃんのご両親はすごく優しいんですよ。いつも家族みんな仲良さそうだし……」

「あなたの前ではね」

ぴしゃりとはねのけるような、瑠璃の硬い声。言葉を失った高山はしばらくの間呆(ほう)けたように突っ立っていたが、やがて床に膝を突き、おずおずと修ちゃんを抱き締めた。

「本当に帰りたくなかったんだな。何にも知らなかった」

修ちゃんは「ごめんなさい」と呂律の回らなくなった声で言う。修ちゃんが肩を震わせる度、高山は謝らなくていい、と言い聞かせた。

「でもさ、黙って俺を置いて行かないでくれ。寂しいだろ。逃げるときは、兄ちゃんも一緒に連れてってくれよ」

いくらか落ち着いた様子の修ちゃんを座席に戻すと、高山は突然「お騒がせしてすみませんでした」と私に向かって深々頭を下げた。

「いえ、あの、全然大丈夫なんで」

本当は全然大丈夫じゃなかったし、それなりに不愉快な思いもした。それでも修ちゃんを責める気が起きなかったのと同様、高山を罵りたいとも思わない。なんだかほっとしたくらいだった。

対照的に、宮原は決して謝ろうとしなかった。「お客様同士のトラブルでなくて何よりです」などと言葉を濁し、そそくさと身を翻す。

その背中に向かって、瑠璃が怒鳴った。

「それで済ますつもりですか。一言くらい謝ったらどうですか！」

噛みつくような勢いだった。義憤に駆られているのだと解釈するにはあまりにも苛烈で、恐ろしいとさえ感じるくらい。

肩を掴んで「瑠璃、もういいよ」と引き留めれば、私にまで険のある視線を向ける。修ちゃんを宥めていたときの穏やかな表情は消え、サングラス越しにも眦が吊り上がっているのがわかった。

「もういいの。ほら、そろそろ席に座ろう」

瑠璃の腕を引っ張って最後列の座席へと戻る。瑠璃の鋭い眼差しを受けると、宮原は一瞬背筋を震わせたが、やはり謝罪の言葉はなかった。そのうち宮原は、一人車内を駆け回って発車の準備を始めた。「疑ってごめんなさい」の一言も言えない彼を見ていると、なんだか少し可哀想ですらあった。

　時刻は午前一時五分。遅延を詫びるアナウンスが流れ、再び車内の照明が消えた。三木ＳＡを出発したバスは神戸ＪＣＴ(ジャンクション)から中国自動車道に入る。瑠璃との間の仕切りを開け放っているせいで、窓際のカーテンの隙間から道路脇のペースメーカーライトがよく見えた。

　瑠璃は歯痒(はがゆ)そうに言った。

「ムカつく。どうしてもっと怒らないんですか。あの宮原って乗務員に、土下座の一つか二つくらいさせればよかったのに」

「泥棒じゃないって証明できたんだから、もういいじゃん」

　疑われたときどうしてああも身が竦(すく)んだのか、やっとわかった気がする。宮原が記憶の中のあいつと重なって恐かったのだ。殺したいほど憎く、そして恐くて堪らなかったあいつ。今の私は宮原のような人間に心からの謝罪などもらえるわけないと理解していたし、そんなもの欲しいとも思っていなかった。

「癪(しゃく)に障るけど、あんたが庇ってくれたおかげだよ」

「庇ってない。あいつがムカつくから黙らせたかっただけです」

　何となく、彼女がわざと悪ぶっているように思えた。

「そういうのやめときなよ。せっかく賢いんだし」

　宮原にぎゃふんと言わせたかったというのも本心だろうが、それだけで探偵ごっこに乗り出したわけでないことは私にもわかる。修ちゃんの背中を擦っていたときの、あの目を見れば。

瑠璃は気まずそうにぷいとそっぽを向いて、

「何はともあれ、修ちゃんには逃げおおせてほしいですね」

私はそうだね、と頷いた。修ちゃんの逃亡計画は失敗に終わった。いくら修ちゃんが帰りたくないと喚こうと、あんな小さな子どもを一人で広島にやるわけにはいかない。でも、逃げおおせてほしいと思う。泣きじゃくって周りを巻き込んで、大人を利用し尽くしたっていいから、遠くへ逃げてほしい。そして少し気弱で頼りない高山には、修ちゃん——逃げ出したくなるほど自分の家に帰りたくなかった小さな子どもの話を、聞いてあげてほしいと思った。

前の座席から、高山と修ちゃんが小声で何か喋る声が微かに聞こえてくる。ナイフは上着のポケットに仕舞ったままだった。

吹田（すいた）、草津（くさつ）のＪＣＴを通過した九二二便は三時過ぎ、伊勢（いせ）湾岸自動車道に入った。さらに四十分後、二ヵ所目の休憩地、新東名高速道路の岡崎ＳＡに到着する。

夜明け前の深い闇の中、大型車専用駐車場はＳＡの放つ白い光を受けて明るく輝いている。私と瑠璃は連れ立ってトイレに寄った後、何となしに二十四時間営業の土産物（みやげもの）店を見て回ることにした。町家風建築物を意識したＳＡの正面入口には藤の花柄の暖簾（のれん）が掛かっていて、くぐると明るいショッピングモールが現れた。

「そういえば、誰を殺しに行くつもりなんですか？」

並んで歩きながら事もなげに訊かれたから、私もなんでもないように答えた。「前の職場にいた先輩」

地方の大学から上京し、とある食品加工会社に就職した。あいつは四つ上の先輩だった。

「殺したいくらい嫌な奴？」

「たぶんね。もうあんまり覚えてないけど」

私が先輩から受けた仕打ちは比較的「大したことない」部類のものだったと、当時の同僚たちは評していた。そんな些細なパワハラごときにすっかり参って、私は三年で広島に逃げ帰った。逃げてよかったことなんて一つもなかった。嫌がらせの証拠を残していなかったために退職は自己都合として扱われ、失業手当の給付を二ヵ月以上待たされている間に貯金はみるみる減った。その受給期間もたった九十日で終わったし、そんなの知ったことかと言わんばかりに奨学金が毎月預金口座から引き落とされていく。もはや減額返還を申請する気力すら残っていなかった。

新しい仕事が見つからない。誰も気にかけてくれない。小さな絶望が積み重なって死ぬしかないと思った。それならせめて、どん底でもがくうちに色褪(あ)せた恨みをこの手で晴らしてから死にたかった。「本当は、私がもっとうまくやれればよかったんだけどね」

私の恨み言を静かに聴いていた瑠璃は、わずかな間をおいて軽やかに笑った。「あなたが変わる必要、ないと思いますけど」

人を小馬鹿にしたような、相変わらずの生意気な口調だったけれど、それがかえって心地よかった。

最後の休憩地、海老名SAでも、瑠璃は土産物店を巡りたいと言ってバスから降りようとした。私も誘われたが断った。

「もしかしてわたしを信用してくれてるんですか？」と瑠璃はわざとらしく驚いてみせる。いちいちついて回るのが面倒になっただけだと誤魔化して、彼女を一人にしてやることにした。今さらナイフを突きつけようとは思わない。この隣同士の座席の間にはいつのまにやら奇妙な連帯感が芽生えているような気さえしていた。

時刻は既に朝七時を回り、夜の余韻は霧散していた。乗用車のドライバーたちも活動を始めようとしている。

ふと、瑠璃にスマホを返してやってもいいと思った。バッグの奥底に仕舞い込んでいた彼女のスマートフォンを取り出すと、うっかり指が電源ボタンに触れる。映し出されたロック画面には、メッセージアプリの通知が二百件以上届いていた。――二百？

見間違いだろうと目を凝らしてみたが通知の件数は変わらず、画面には大量の未読メッセージが表示されている。恐る恐るメッセージの一部を確認した私は、端末を取り落とした。

『おい』『返事は？』『無視するな』『何様のつもりだ』『殺すぞ』

二百件以上のメッセージの送り主はすべて瑠璃の父親だった。娘とのツーショットのアイコンから噴き出す、物騒で惨たらしい言葉。咄嗟に電源ボタンを押すが、画面が暗くなっても〝殺す〟の二文字が網膜に焼き付いて離れない。

そのとき通路側のカーテンが開いて、瑠璃が顔を覗かせた。私は泡を喰って瑠璃のスマホをバッグに隠す。

「か、帰ってくるの早くない？」

瑠璃は私の膝の上のバッグにさっと視線を走らせると、

「そうですかね？　もうすぐ出発ですよ」

何も言ってくれないのが恐かった。取ってつけたような静寂の中で様々な情景が浮かび消えていく。父親と待ち合わせていることを揶揄したとき、息苦しいとこぼしていた瑠璃。泣きじゃくる修ちゃんに「帰りたくなかったんだよね、わかるよ」と囁いていた瑠璃。

ようやく彼女が口を開いたのは七時五十六分、大橋ＪＣＴから首都高速中央環状線に差しかかったときのことだった。

「見ました？」

何を、なんて訊かずともわかっている。私は察しの悪いふりをした。作り笑いを貼り付けて首を傾げると、それ以上質問を浴びせられることはなかった。

事件続きの長旅で疲れ果てたのか、瑠璃は私の肩にもたれかかってきた。そのままずるずるとずり落ちていき、ついには私の膝の上のショルダーバッグを枕代わりにして半身を横たえる。九二二便は初台南で高速を降り、八時三十八分、バスタ新宿三階の高速バス降車場に到着した。

セパレートカーテンを開けると、通路に出てきた高山とちょうど鉢合わせた。泣き疲れて眠ってしまった修ちゃんを抱えた高山は、ぺこりと会釈しながらバスを降りていく。最後に降車した私たちはコンクリートに足の裏を付けると同時に思いきり伸びをして、凝り固まった筋肉をほぐした。瑠璃は肩にかけたサコッシュ以外に荷物を持っていないようで、私以上に軽装だった。

観光案内所横のエスカレーターから二階へ降り歩行者広場を進むと、三分とかからずJR新宿駅新南改札に着く。瑠璃はきょろきょろ周囲に視線を配ると、大きく一歩踏み出して私との距離を詰めた。

「さっきのナイフ、わたしに預けてくれませんか」

小さくて白い瑠璃の手が目の前にあった。私はポケットの中から折り畳み式ナイフを出すと、その掌の上に載せた。

特に抵抗はしなかった。唯一の凶器を簡単に手放してしまうなんて自分でも信じられなかったけれど、これでいいと思えた。

瑠璃は優しげな微笑みを浮かべてナイフを弄んでいたが、やがて掌に力を入れてそれを強く握り込むと、手近なゴミ箱に向けて勢いよく投げ捨てた。ガコン、と金属が激しくぶつかり合う音がする。その乱暴な仕草に動転して思わず顔を上げると、瑠璃と目が合った。口元は緩い弧を描いていたが、瞳の底には暗い影が見えた。

「ちょっと優しくされたくらいで揺らぐんだ。あんたの殺意ってそんなもの？……初心なんだね、お姫様みたい」

ドスのきいた低い声。瑠璃のものとは思えなかった。あっけにとられているうちに、彼女は空いた手をサコッシュの中に突っ込んで、何かをうやうやしく取り出してみせた。

――柄の長さだけで十五センチを優に超える、大ぶりなキャンピングナイフ。革製のケースを剝ぎ取ると著しく鋭利な刃が現れる。その殺傷力は、玩具みたいな私のナイフのそれとはきっと比べものにならないだろう。通勤中の会社員や学生らしき若者など、改札前の広場を行き交う駅の利用客は瑠璃の殺意に気づかず真横を通り過ぎていった。

漠然と抱いていた違和感の正体に、ようやく気づいた。長距離を移動する夜行バスの乗客にしては、瑠璃の荷物は極端に少なすぎる。ほとんど手ぶらでポケットの中のナイフだけをお守りのように握り締めていた私と同じ理由で、瑠璃はサコッシュ一つを大事そうに抱えていたのだ。彼女が私の隠し持ったナイフを察知することができたのも、自身が置かれた状況とあまりに似通っていたから――瑠璃が殺意と共にこの夜行バスに乗り込んでいたからだろう。

「父親を殺すの？」

沈黙が答えを示している。止めなければいけない。

瑠璃が私にナイフを手放させたように、私も瑠璃からあの凶器を奪わなければ。

手を差し伸べるが、瑠璃は薄ら笑いを浮かべるだけだった。

「引き返さないよ、わたしは。誰かさんと違って」

「通報するよ」

乾いた響きの笑い声が続く。「やれるもんなら」

突然首元が絞まり、呼吸が止まった。気づけば背中が駅舎の硬い壁に押しつけられている。瑠璃はその華奢な腕からは想像できないほど強い力で私の胸倉をとらえ、喉に刃をあてがっていた。

「すごく残念だった。せっかく同好の士と隣に乗り合わせたと思ったのに、あんたまるで根性なしなんだもん」

探偵ごっこに乗り出したときと同様、瑠璃は生き生きと楽しそうだった。腹の底に抱えていた暴力性をようやく解放したような、嗜虐的な笑顔。怯えて押し黙った私を見ると満足したのか、瑠璃は私の襟元から手を離し、無邪気な笑い声を上げながらエスカレーターへと引き返して行った。

一人取り残された私は床にへたり込んだ。すぐ傍には幾人もの通行人が歩いていたが、様子のおかしな女に注意を払う者は一人としていない。

父親を殺す覚悟を決めていた瑠璃は、甘ったれた私を内心で嘲笑っていたのだ。彼女の言う通りだった。私は根性なしだ。

種々の感情がない交ぜになって混乱していた。情けない。口惜しい。でも、胸の内に残ったものは殺意ではなかった。自分の心の底を覗き込んでみて初めて、私はずっと激しい憎悪を燃やし続けていたわけではなかったのだと知った。徐々に生活が削られ絶望が積み重なり、行き場のない感情が風船のように膨れ上がっていって、他の選択肢がまるで見えなくなっていたのだ。これ以上、息を吸って吐くことさえ難しい。ならばあいつを殺して全て終わらせよう、と。

思い出すのはバス車内で起きた盗難事件のこと。進んで探偵役を引き受けたくせに、犯人の正体を明かしたがらなかった瑠璃。

——何はともあれ、修ちゃんには逃げおおせてほしいですね。

虚脱感に襲われ、ショルダーバッグさえずっしりと重く感じる。いや、何か変だ。物理的に重量が増している。中を覗き見れば、オレンジ色の見知らぬ長財布が紛れ込んでいた。

思い返せば首都高速中央環状線に入ったとき、瑠璃は私の膝の上のショルダーバッグを枕代わりにして寝そべっていた。だとしたらこれは、瑠璃が入れたもの？

開けてみると札入れから万札が二枚と、整理されていない分厚いレシートの束が出てくる。そしてカードポケットには、夜行バスの乗車券。九二二便のチケットではない。新宿から広島への直行便——帰り道の乗車券だった。

——困ってる人は放っておけない質なので。

どこからか瑠璃の明るい声が聞こえたような気がして、顔を上げた。

私は弾かれたように立ち上がった。瑠璃はどこにいる。父親との待ち合わせ場所はどこだ。

柱に貼り付けられたフロアマップに飛びつく。瑠璃はエスカレーターの方向へと引き返していったはずだ。新南改札は二階、エスカレーターの先には三階と四階があった。三階はバス降車場とタクシー乗り場、四階はバス乗車場だ。

瑠璃は自分のことを「現金ばかり使う古臭い人間」と言っていた。瑠璃の財布は私が持っているのだから、父親とは近場で待ち合わせているのだ。

フロアマップを指で辿って四階直通のエスカレーターの場所を確かめると、私は改札口に背を向けて走り出した。

ターミナルビル四階の待合室が目に留まる。

通路左側で行儀よく整列している人々を横目に、長いエスカレーターを一段飛ばしで駆け上る。エスカレーターを上りきった頃には遠くの方で白いワンピースの裾が揺れていた。瑠璃は後ろを追いかける私に気づくことなく、ゆっくりとした足取りで代々木側の出入口からターミナルビル四階の待合室へと入っていった。

インフォメーションカウンター近くのソファに、灰色のスーツに身を包んだ男が座っている。瑠璃が近寄ると腰を上げ、目尻に皺を寄せて満面の笑みを浮かべる。きっとあれが父親だろう。優しそうな男だ。娘を『殺すぞ』と脅していた人間とは到底思えないくらい。

この男はきっと、カメラを向けられるとにこにこと笑うのだ。隣人にも優しくできるし、職場でも良好な人間関係を構築できる。でも、瑠璃の前ではきっと別人になる。

瑠璃は男の元へと走った。男との距離が縮まってもスピードを緩めず、一直線に突っ込んでいく。見えるのは彼女の背中ばかりで表情は窺い知れない。待って。息を切らしながら私は手を伸ばした。

「死んでくれ！」

握り締めたナイフを、彼女は大きく振りかぶる。命の危機が迫っているというのに、男はポカンと口を開けて間抜け面を晒していた。それが無性にムカついて泣きたくなる。すんでのところで瑠璃に追いついた私は、背後から抱き寄せるようにしてその手首を摑んだ。

「ねえ、賢い頭で考えた結果がこれ？」

つんのめるようにして立ち止まった瑠璃は、私の姿を認めると「離せよ」と吼える。ただならぬ空気を察知したのか、父親はようやく瑠璃の手元へと目をやり「ぎゃあ！」と叫んだ。男の悲鳴に釣られ、高速バスを待つ周囲の人々が一斉に瑠璃の方を向いた。光るナイフを視界に捉えた途端、蜘蛛の子を散らすように逃げていく。

待合室は恐慌状態に陥りつつあったが、些細なことに思えた。藻掻く瑠璃を羽交い締めにしたまま、必死で呼びかける。

「瑠璃、一緒に逃げよう」

「帰りたいならあんた一人で帰れ。どうしてわたしが逃げ隠れしなきゃいけないの。消えるべきなのはこいつでしょ！」

刃先を父親に向け、唾を飛ばして泣き叫ぶ。

瑠璃と父親の間に何があったのかはわからない。別に知りたいとも思わない。瑠璃がこの男に苦しめられたのは明らかだった。血走った目。追い詰められ、疲弊し、怯え、絶望しきった目。今の瑠璃は、彼女のサングラスに反射した、ボロボロの私とよく似ていた。

「気持ちわかるよ。ここまで来たら引き下がれないって、頭の中それればっかりになってるんでしょ」

「知ったような口利くな。こっちは覚悟が違う！」

「あんただって帰りのチケット用意してたくせに。ずっと迷ってたんでしょ。ねえ、あんな形で譲られたって何も嬉しくないよ。あんたが私に逃げてほしいって思ったのと同じくらい、私もあんたに逃げてほしいんだよ」

瑠璃を置いてけぼりにはしたくない。ここで瑠璃を放っておけば、私自身を見捨てることになる。なぜだか、修ちゃんをおずおずと抱き締める高山の姿が瞼の裏に浮かんだ。

隣の席に座ったときからずっと、私は瑠璃と一緒に逃げたかった。

「あのね、瑠璃……」私がもう一度その名前を呼んだとき、

「おい、瑠璃！」

割り込むように口を開いたのは瑠璃の父親だ。及び腰で、媚びへつらうような笑みを顔面に貼り付けていた。

「どうしちゃったんだ、瑠璃。落ち着いて話をしよう」

おろおろ視線を彷徨わせ、まるで自分が被害者みたいな顔で、男は瑠璃に一歩たりとも近づかずに「話をしよう」と語りかける。瑠璃は鋭い目で男を睨みながら、血が滲むほど強く唇を嚙み締めていた。それなのにこの男は、なぜ瑠璃が往来でナイフを取り出したのか、全くもってわかっていない、想像することすらできないのだ。——そう理解した途端、すべてが馬鹿らしくなった。

「そんな危ないものは仕舞って、ほら話をしよう……」

気づけば、私は瑠璃の腕から手を離していた。瑠璃がナイフを構え直す前に、握り締めた手に精一杯の殺意を込める。

「うるさい！　まだ私が瑠璃と喋ってる！」

コンマ二秒後、私の拳が男の頰にめり込んでいた。クラウチングスタイルから放たれた、強烈な左フック。弾き飛ばされた男は手足を投げ出すようにして床に転がる。骨を打つ音が予想外に響き渡ったせいか、気づけば多くの視線が集まっていた。周囲の乗客も殴られた男も、そして瑠璃も、呆気にとられて私の左手を見つめている。その

一瞬の隙を突いて、私は再び瑠璃の手首を摑んで走り出した。

集まり始めた野次馬たちの間を縫うようにエスカレーターを三階まで駆け降りる。ぶかぶかのブルゾンが腕に絡みついてどうにも走りづらくて、私は勢いよく脱ぎ捨てた。布切れが宙を舞う。タクシー乗り場に辿り着くと、空車のタクシーに飛び込んだ。

「とりあえず出して！」

運転手をせっついて、目的地も伝えぬままターミナルビルを出る。瑠璃は窓の外に視線を向けるでもなく、ぼんやり宙を見つめていた。

「ねえ、どこ行くつもり？」

わからない。けれど不安はなかった。頭の芯がじんと痺れて、不思議と心が浮き立っている。当てはなくともバスターミナルなら星の数ほどあるし、夜行バスに乗ればどこへでも行けると思った。

「瑠璃、さっきのナイフ私にちょうだい」

瑠璃に向かって手を差し出すが、彼女は似合わないサングラスの向こうで瞳を揺らすだけ。私はため息をつきながら瑠璃に寄りかかり、その肩に頭を乗せた。

「殺したらすっきりするだろうけど、刑務所行きだよ。心も体も擦り切れるくらい傷ついて、挙句自由まで奪われるなんて、そんなの酷すぎない？」

「……でも、ここで逃げたら負けを認めることになる」

「逃げたら負けって誰が決めたの」

だから逃げる。殺意から逃げる。

瑠璃と私が手を取り合って逃げる。高山が修ちゃんを抱えたまま逃げる。行く先々で、たくさんの人と手を繋いで逃げる。「かかってこいよ」とファイティングポーズを構えた連中から、全員で逃げる。

最後に取り残されるのはあいつらの方だ。パワハラ野郎や小さな子どもを傷つける大人たち、ムカつくバスの乗務員、それから瑠璃の父親は置いて行く。だからこれは、戦略的な逃走だ。

緩慢な動作でキャンピングナイフをサコッシュに仕舞うと、瑠璃はストラップを首から外してそれを私に手渡した。恨めしげに唇を尖らせながら、つっけんどんに「名前、何ていうの」と尋ねてくる。

「カレシバユウコ。枯れた芝で枯芝だよ。辛気臭い名前でしょ」

「ユウコはどう書くの」

「優しい子」

「かっこいいじゃん」

瑠璃は身体の力を抜いて私の左半身にもたれかかってくる。私たちは支え合うように、互いの重みを預け合った。

泣き疲れた迷子のような顔で、瑠璃は小さく笑う。

「優子の隣の席に座ったのが、わたしの運の尽きだった」

陸橋の向こう側

逸木裕

猫は、人間が気づかない〈空白〉を見つける天才だという。

放置されている空き家。寂れたアパートの屋上。塀と塀の間に広がる、細長く切り取られた空間。多くの人間が気づかない空間を的確に見つけだし、そこをねぐらにする。どの街にも、猫だけが知っている〈空白〉がまだらのように広がっているという。

猫ほどではないにせよ、〈空白〉を見つけることに長けている人種もいる。

例えば、探偵とか。

1

ノートパソコンを広げ、キーボードを叩く。静寂の中、打鍵音が響く。

赤坂にあるサカキ・エージェンシーから、越谷にあるわたしの自宅、帰宅時に使う東武伊勢崎線を途中で降り、駅の近くにある商業施設の最上階に〈空白〉はあった。

三十席ほどのイートインスペースだ。昼間は一階のスーパーでコーヒーやサンドイッチを買い込んだ客で埋まっているが、夜になると誰もこなくなり、テーブルと椅子が整然と並んだ空間がガランと広がっている。住人たちの生活サイクルから、時間的にも空間的にも、絶妙に外れたところにあるのだろう。

終業後、週に二日ほど、ここで残務をやるのが習慣になっていた。五年前に中間管理職になってから、勤務中に相談を受ける機会が爆発的に増え、まとまった作業時間を作るのが難しくなった。上司が残業をしすぎるのも部下にプレッシャーを与えると思い、どこか作業場でも借りようとしていた矢先、このスペースを見つけたのだ。

ふたり目の息子が生まれたのが、四年前。

新型コロナウイルス禍以降、もともと在宅勤務が多かった夫は完全にリモートワーカーになった。保育園の送迎や家事全般をやってくれるので、多少帰宅が遅くなっても支障はない。家族は好きだが、仕事も好きだ。夫の献身に甘え、今日もわたしは仕事の海に潜る。

部下から提出された調査報告書にデジタル印鑑を押し、経理からの経費確認に返信をする。採用面接の日程調整にチェックをつけ、社内システムの改修要望に「不要」と書く。こまごまとした業務が一区切りしたところで、背伸びをして全身に血流を送る。

向こうの席に、ひとりの子供がいた。

世の中には同類がいるもので、たまにわたし以外の人間がきて作業しているのを見かける。大半は仕事帰りのサラリーマンで、彼らには密かな同族意識を覚えていたのだが、子供は初めてだ。

小学校高学年か、中学一年生くらいだろうか。キャップを被りこちらに背を向け、何かを一心不乱に書き綴っていた。勉強でもやっているのだろう。若者の一生懸命な姿にエネルギーをもらった気になり、わたしは再びキーボードを叩きはじめる。

月次の報告書を書き推敲を終えたのは、二十分ほどあとのことだった。上手く集中できたのか、予定よりも早く終わった。わたしはパソコンを閉じ、ゆっくりと背筋を伸ばす。

少年の姿は、なくなっていた。

トイレにでも行っているのだろうか。リュックサックが椅子の上に置かれ、ノートも開かれたままテーブルの上に残されている。探偵の本能が警告を発した。一般の人が思っている以上に、置き引きの被害は多い。人がいない場所だからこそ、通りすがりにひょいと持っていかれてしまう。

わたしは立ち上がり、彼がいた席に向かう。

歩きはじめたところで、自分がノートの内容を知りたがっていることに気がついた。置き引きを警戒するだけなら、座って見守っていればいい。少年が一心不乱に書いていたものがなんなのか——他人の世界を垣間見たいという、悪い虫がうずいている。

——まあ、いいか。

子供のやることだ。宿題か、趣味の絵でも描いているのだろう。微笑ましい気持ちになる予感を抱きつつ、わたしは歩き、ノートを覗き込んだ。

〈殺す〉

書かれていた言葉に、わたしは固まった。

〈牛刀。サバイバルナイフ。どれがいいか要調査。
帰宅中に刺し殺す
↓路上で騒がれるおそれあり。通報されたらおしまい。どこかで見つからずに殺す方法は？　行動パターンを把握する必要あり。Gをどうするか？　正面からでは無理。ロープでの絞殺は、頸動脈を絞めて失神させる方法と、気道を圧迫する方法あり。前者は……〉

習字でもやっているのか、デザインされたフォントのような綺麗な文字だった。だがびっしりと書かれているのは、極めて不穏な内容だ。

その合間、ところどころに同じ言葉が書いてある。呪いを繰り返し詠唱しているようにも、己に言い聞かせているようにも思えた。

〈父を殺す。絶対に悪魔を殺す〉

2

「みどりさん？」

声をかけられて、我に返る。大会議室。テーブルを囲んでいる六人の女性の視線が、わたしに集まっていた。

「どう思います？　請けてしまっていいですか、この案件」

部下の須見要が怪訝そうに言う。「ええと……」とわたしは口ごもった。

「ごめん、聞いてなかった。何のこと？」

「しっかりしてくださいよ。〈世直し探偵ちゃんねる〉っていうユーチューブ番組から、みどりさんに取材依頼がきてるんです。ほら、例の〈ウェイブニュース〉を見たみたいで」

「ああ、そっか。いいんじゃない、進めちゃって」

「いやいや、聞いてましたか？　調べてみたら変なチャンネルなんですよ。パパ活やってるおじさんに突撃したり、マルチ商法のオフィスに入っていって社員と怒鳴り合ったり、過激な調査活動もどきをやってるチャンネルで。みどりさんも、おかしな扱いをされるかもしれませんよ」

「そっか……把握できてなかった。じゃあやめよう。ごめん」

「頼みますよ。じゃ次の議題は……」

わたしはここ五年ほど、サカキ・エージェンシーの女性探偵課の課長をやっている。最近は部下も頼もしく育ち、現場に出ることが少なくなってきた。女性だけの探偵部隊はまだ日本に少なく、この前〈ウェイブニュース〉というネット番組にも出た。ますます現場仕事から遠ざかっているなと、少し焦りも感じている。

「みどりさん」

会議を終え、自分の席でモニターに向き合っていると、再び要に声をかけられた。

「どうしたんですか、会議中にボーッとして。らしくないですよ」

「ああ、ごめんね。ちょっと昨日、上手く眠れなくて」

「眠れない日があるのも判りますけど、部下の前ではシャンとしてください。みどりさんが緩んだら、全員が緩みます」

「判ってるよ。ごめんね」

要はわたしのことを慕ってくれていて、それはほとんど忠誠に近い。河川敷を歩いている最中、川に飛び込めと言ったら躊躇（ちゅうちょ）なく飛び込むだろう。それだけに、耳が痛いことも言ってくる。わたしが、彼女の中の〈森田（もりた）みどり〉の水準を下回ることが許せないのだ。

「何見てるんですか、これ。昔のレポート……？」

モニターを指差しながら言う。画面上には免許証の写真があり、ひとりの男性が映し出されていた。

サカキ・エージェンシーでは過去の依頼内容をすべてデータベースに保存していて、社内パソコンの専用ソフトから閲覧することができる。社員ごとに権限が割り振られていて、課長であるわたしは全データにアクセスすることができる。

「これ……西雅人（にしまさと）じゃないですか」

「覚えてる？　もう四年前のことだけど」

「覚えてますよ。新人時代に会った依頼人のことは、よく覚えています」

当時わたしは、要の研修を兼ねてよくパートナーを組んでいた。女性探偵課はいまでこそ女性からの依頼が百パーセント近くを占めるが、当時はよその課で手が回らない案件を随時拾ってやっていたのだ。

データベースの〈担当者〉の欄には、わたしと要の名前がある。西雅人からの依頼は、わたしたちが手がけたものだった。

免許証の中の雅人は、獣が威嚇するような目でこちらを見ている。当時四十九歳で、身体も顔も大きく、向き合うだけで威圧されるようだったのを覚えている。

〈妻に息子を誘拐されたんだ〉

印象的な第一声も、記憶に残っていた。

雅人は当時、十五歳下の妻と別居をして三ヶ月ほどが経っていた。雅人は東京にいたが妻の咲枝は故郷である静岡の伊東に転居した。その際、ひとり息子を咲枝が一方的に連れ去ったというのが、雅人の主張だった。

〈日本の法律は狂ってる。フランスではこんなことをしたら誘拐罪で逮捕だ。連れ去った側がそのまま親になれるなんて、そんなふざけた話があるか〉

いわゆる〈実子誘拐〉と呼ばれる問題で、最近は国会でも活発に議論されている。子供を問答無用で連れ去り、その後会わせることすらしない。そのまま生活基盤を作り親権を奪い取ってしまうというもので、国際問題にもなっている。これだけ聞くと確かにひどい話だが、ドメスティックバイオレンスやモラルハラスメントをする親からは無理やり引き離さないと子供に危害が及ぶという声もあり、簡単には割り切れないと感じていた。

〈妻の素行を調べてもらおう〉

部下に命令するように言った。彼は都内に十店舗ある飲食チェーンの経営者で、上からものを言う所作が身体に染み込んでいた。

〈あいつは仕事も家事もやらないグズだ。ひとりで働きながら息子を育てる？　できるはずがない。いまごろは育児放棄をしてめちゃくちゃになってるだろう。あんたらの調査結果をもとに、離婚協議で息子を取り戻す。簡単な仕事だ、しくじるなよ。息子を取り戻したい理由？　あいつは長男で跡継ぎだ、それ以上の理由があるか？〉

まくし立てるように依頼をされ、わたしと要は伊東に飛んだ。

「あの奥さん、頑張ってましたよね。懐かしい」

要が遠い目になる。

雅人の予想とは異なり、咲枝はひとりで息子をしっかりと育てていた。咲枝が住んでいたアパート、当時勤めていた弁当屋とスナック、あちこち聞き込んでみたがどこからも悪い評判など出てこない。ただでさえ、日本では離婚時に八割以上は母親が親権を取る。雅人が子供を連れ戻せる可能性は、皆無だった。

調査の途中――一度だけ、息子を遠目に見た。

アパートの入り口から、咲枝とふたりで出てくるところだった。息子は当時、九歳。母と手をつないで、仲睦まじく歩いていた。

どんな暴力をもってしても、つながれたふたりの手を切断することはできない――そんな風に思った。〈母は強しですね〉と呟いた要の言葉を、いまでも覚えている。

「なんでこんなやつの記録を見てるんですか？　まさか、また変な依頼してきたんじゃないですよね」

要は心底不快そうに言う。調査結果を告げたときの雅人の暴れぶりは、記憶に残っている。〈咲枝はそんな女じゃない〉〈俺は息子を取り返したいと言ったはずだ〉〈お前らのやってることは仕事じゃない。仕事とは問題を解決することだ〉〈もう偽造で構わん。咲枝が息子を虐待していると報告書を書け〉。一方的にそんなことをわめき続けられ、最終的には強面（こわもて）の同僚を呼んで強引に追い出さざるを得なかった。要は調子を崩してしまい、一日休みを取らせたほどだった。

「再依頼じゃないよ。ほら、ブラックマークがついてるでしょ」

社内システムでは出入り禁止の依頼人にブラックマークをつける機能があり、万が一にも再依頼を請けないようにしている。要は不思議そうにわたしを見たあと、「とにかく、シャンとしてくださいね」とぼやいて去っていった。

――昨日。

わたしは、夜のイートインスペースで見かけた少年を尾行した。夜の闇の中、無警戒の子供をつけるなど造作もないことだ。少年の家は、商業施設から歩いて十五分ほどの場所にあった。

表札を見て、わたしは息を呑んだ。

〈西雅人〉

表札にあったのは、かつてのクライアントの名前だった。記録を確認したところ、雅人の住所と少年が帰っていった家の住所が一致した。

あの少年は、伊東で見た咲枝の子供なのだ。

何が起きたのだろう。子供は咲枝と別れ、いまは父親と一緒に住んでいる。

3

その夜、わたしは再びイートインスペースにいた。

雑務が多いとはいえ、社外に持ちだしてもいい案件は限られている。昨晩それらを片づけてしまったので、わたしは仕方なくノートパソコンで調べものをしていた。今日は少し離れたところでサラリーマンがひとり缶ビールを飲んでいて、その向こうには眠っているおばあさんがいる。

雅人と子供はなぜ、一緒に住んでいるのか。

咲枝と子供は伊東でしっかりと生活基盤を作っており、親子関係も良好に見えた。どう考えても、雅人が親権を取れるケースではなかった。だが、いま同居しているのは、雅人のほうなのだ。そして――。

〈父を殺す。絶対に悪魔を殺す〉

雅人は子供を取り戻す理由を、〈跡継ぎだ〉とだけ言った。冷たい理由だと思った。案の定、信頼関係の構築に失敗している。

ふと顔を上げると、向こうの席に、キャップを被った少年がやってきた。名前は、颯真（そうま）だ。四年前には九歳だったので、現在は十三歳。

彼は座るなりノートを開き、口の中にためていた反吐（へど）をぶちまけるように一心不乱にペンを動かしはじめる。背骨に芯が入ったような書き姿で、彼が書道を修めていることが判る。

昨日見た限りでは、殺人の方法を書き連ねているようだった。ただそれは具体的な計画というほどではなく、様々な方法を羅列しているだけの混沌としたものだった。

人間は書くことで思考を整理できる。最近のサカキ・エージェンシーはクライアントのアフターフォローに力を入れており、カウンセラーとの付き合いもある。浮気をした配偶者を許せずに苦しんでいる人などには、とにかく感情を書きだすことを推奨しているようだった。

〈父を殺す。絶対に悪魔を殺す〉

彼はノートに殺意を刻むことで、擬似的に父を殺し続けているのかもしれない。代償行為としての殺人計画。どうかその範囲に留（とど）まってほしいと、祈るように彼の背中を見つめる。

颯真が立ち上がった。

トイレだろうか、昨日と同じようにどこかへ消えてしまう。その姿が完全に見えなくなったのを待ち、わたしは彼の席に近づいた。ノートは不用心に開かれたままだ。

もう一度、周囲を見回した。彼の不在を念入りに確認し、大丈夫だと判断したところで、わたしはノートを覗き込んだ。

〈お前、こそこそとノートを見るな。屋上へこい〉

顔を上げる。だが、そこには広々とした〈空白〉があるだけだ。

〈誰にも言うな。言ったら僕は、自殺する。これは脅しじゃない〉

黒文字で埋め尽くされたノートの中、その文章は、血を思わせる真っ赤な文字で書かれている。

——見られていたのか。

昨日、わたしがノートを覗き込んだところを、彼は見ていたのだ。驕りがあったと、わたしは反省した。年端もいかない子供など警戒する必要がないと、無意識の部分が緩んでいたのだ。

——言ったら僕は、自殺する。これは脅しじゃない。

どこまで本気なのかは判らなかった。判らない以上、従うしかない。

この商業施設は、四階建てだ。イートインスペースは最上階にあり、非常口のエリアに入ると屋上へ向かう階段が延びている。

上っていくと、屋上に出るためのドアがあった。颯真が待っているのかと思っていたが、誰もいない。

ドアの脇。消火器が格納されているケースの上に、スマートフォンくらいの大きさのメモ帳があった。脇にはボールペンも置かれていて、メモ帳には文章が綴られている。

〈お願いです。誰にも言わないでください。僕はこれをやらないといけない。計画が少しでも漏れた場合、僕は自殺します。本気です〉

綺麗な文字で、少年が正常な心理状態でこれを書いたことが窺えた。正気でこんな文章を書けることが、恐ろしく思えた。

〈何も見なかったことにしてください。僕は自殺したくない〉

——どうすればいいのだろう。

整然と書かれた文字を見て、彼が静かに病んでいる印象を持った。カウンセラーからは、自殺をちらつかせることで人間の自殺率は高まると聞いたことがある。自分を殺せる人間は、人も殺せるだろう。

ふと、わたしはあることに気づいた。メモ帳と一緒に、ボールペンが置かれている。

颯真はわたしと、対話をする意思があるのではないか。

やって駄目なら仕方がない。わたしはペンを取り、メモ帳をめくって文字を書きはじめた。

〈ノートを勝手に見て、ごめんなさい。でも、あなたのことが心配です。わたしは三十六歳の社会人です。よろしければ、相談に乗らせてください〉

ボールペンを置いた。もとの場所に戻る。

颯真は、イートインスペースの隅に移動していた。こちらには背中を見せており、相変わらず顔は見えない。近づいて話しかけようかと思ったが、〈自殺します〉という言葉がちらついた。わたしは席に戻り、ノートパソコンを開く。

しばらくすると颯真は立ち上がり、非常階段のエリアへ消えていく。彼はわたしの返信に応じてくれるだろうか。しばらく時間を置き、再び非常階段の上へ向かう。

〈なぜそんなことを聞くんですか？　あなたは誰ですか。もう構わないでください〉

わたしが書いたメモは、ちぎられて回収されていた。放っておいてくれと書いている割に、今回もボールペンが置かれている。自分がどうしたいのか、整理がついていないのかもしれない。

〈信じられないかもしれませんが、わたしは探偵をやっています。探偵は、分かりますか？　依頼を受け、調査する職業です。福祉関係や医療関係、色々な人とのつながりもあります。直接話しかけてもいいですか？〉

席に戻ると、颯真はいなかった。どこかで、わたしが返信を書くのを待っているのだろうか。また十分ほど時間を置いて、再び屋上へ向かう。

〈私立探偵ですか？　直接話しかけるのはやめてください〉

〈はい、私立探偵です。では話しかけるのはやめます。繰り返しますが、わたしに相談してみませんか。ひとりで悩まないで〉

自分の席へ戻る。息子だとしてもおかしくないくらいの若者との奇妙な手紙交換がはじまってしまったことに、わたしは戸惑っていた。

〈探偵さんは、殺人事件を調査したことがありますか？〉

十分後に訪れたときは、そんなことが書かれていた。

〈殺人の捜査は警察がやることです。ただ、依頼主がのちに人を殺してしまったことは一度ありますし、殺人についてもあなたよりは詳しいでしょう。殺人は、凄まじい悲劇です。本人も友人も家族も、全員が長く苦しみます。筆談だと時間がかかるので、直接話しませんか。電話でも構いません〉

末尾に電話番号を書き込んだあと、わたしは〈殺人は〉から〈苦しみます。〉までを黒く塗り潰した。求めてもいない正論をぶつけられたところで、彼は聞く耳を持たないだろう。

十分後。今日はもうこれで帰ろうと思い、階段を上る。

防火ケースの上に、Ａ４の紙が一枚増えていた。彼が一心不乱に書き綴っていたノートの、コピーのようだった。

〈アドバイスをください。殺人に詳しいんですよね〉

続く文章を見て、わたしは自分の行動が裏目に出たことを知った。

〈父を殺したい。探偵さん、僕の計画をチェックしてください〉

4

翌朝、出勤前。

わたしは西雅人の家を観察していた。

彼の家から百メートル離れたあたりに雑居ビルがあり、外階段の踊り場から見下ろすことができる。わたしは休憩中の会社員のふりをして煙草を咥え、時折視線を飛ばして彼の家を見張る。

西雅人が現れたのは、八時すぎだった。もう五十三歳になるのに、格闘家のように筋骨隆々としている。車庫からベンツのセダンが出庫されていて、彼の到着を待っている。運転手が、後部座席のドアを開けに降りてくる。その姿を見て、わたしは気を引き締めた。

雅人にも増して大柄な男だった。周囲を警戒するように見回す所作から、彼が単なる運転手ではないことが伝わってくる。恐らく、この短時間でわたしのことも認識しただろう。明日また同じ場所にいたら、要注意人物としてマークされるに違いない。

セダンが去り、少し待っていると、今度は制服を着た少年が現れる。マスクをしている上、向こうに歩いていってしまったので顔はよく見えないが、すらりとしたシルエットはイートインスペースにいた少年と同じだった。手紙を交換している彼が颯真ではない可能性も検討していたが、これでその目はなくなった。

わたしは煙草を携帯灰皿に押し当て、外階段を下りた。髪を結んでキャスケットを被り、印象を変える。

〈ガードマン→元格闘家？　両方事故に見せかける方法？〉

颯真の〈計画〉に書かれていた一文だ。雅人は運転手に、プロのガードマンを雇っているようだ。佇(たたず)まいを見る限り、仕事で何度か遭遇した闇社会の人間と同じ空気を纏(まと)っていた。雅人がなぜそんな人間を雇っているのかは、よく判らない。

颯真は、事故に見せかけて父親を葬ろうとしている。

無茶な計画だった。自分への疑いを避けた上で人を殺すだけでも大変なのに、ターゲットは屈強なプロに守られている。一介の中学生や探偵がクリアできる課題ではない。

ふと、通りをまたぐように、巨大な陸橋がかかっているのが見えた。このあたりには幹線道路が走っていて、少し歩くと陸橋にぶつかる。

わたしの中に、六年前に起きた通り魔事件の記憶が甦った。

とある浮気調査をしているところだった。被調査人(マルヒ)を尾行している最中、わたしは陸橋に差し掛かった。そのとき、橋の向こうから五十歳くらいの男性が歩いてきた。

男のいる空間に、穴が開いているような気がした。色々な人間を見てきたが、あんな異様な男は見たことがない。死に向かっていくように男は歩いていた。実際に、自殺志願者が高所から飛び降りようと建物の縁に向かって歩くと、ああいう歩みになるのではないか。

そのあと、男性は陸橋を下りたところでひとりの女性を刺し殺した。

見知らぬ女性だったという。彼女は自分がなぜ殺されたのか、最後まで判らなかっただろう。〈死刑になりたかった。人を殺せば死刑になると思った〉。もともと身体を壊していてろくに働けず、介護していた父が最近亡くなり自暴自棄になったと男は供述した。どこまで本心なのかは判らない。〈死刑になりたかった〉という凡庸な定型句と、陸橋ですれ違った際の見たことのない異様さが、わたしの中ではまだ上手く結びつかない。

陸橋を下りる前の彼に話しかけていたら、何かが変わっただろうか。

たまに、そんなことを思う。心の棘は、何年経っても取れずに刺さったままだ。

その夜イートインスペースに出向くと、颯真はまだきていなかった。今日はほかに誰もいない。この場所にこの時間だけ生まれる〈空白〉が、わたしに思索の時間を与えてくれる。

今日の出社前、雅人の家の周囲で軽く聞き込みをしてみたところ、彼が何件かの近隣トラブルを起こしていることが判った。

ひとつは、女性トラブルだ。

二ヶ月ほど前、雅人の家の前に女がやってきて、警察が出動するほどの騒ぎを起こしたのだそうだ。女の素性は判らなかったが、三十代くらいの女性だという話だったので、痴情のもつれか何かだろう。

その女は、咲枝ではないのか――。

根拠はないが、ありえる話だ。颯真といつどんな別れかたをしたのかは判らないが、咲枝が我が子を取り戻そうとしているのなら、家に押しかけてきていてもおかしくはない。

もうひとつは、酒によるトラブルだ。

雅人は酒癖が悪く、こちらでも警察沙汰になっているようだ。酔っ払って喧嘩をする、泥酔して路上で眠る、人の家の庭に入ろうとするなど、ひとつひとつは軽犯罪かそれ未満だったが、いかんせん件数が多い。彼のような金も社会的地位もある人間がこんなどうしようもないトラブルを起こし続けているのはあまり聞いたことはないが、まあ、地位と理性は比例しないものだ。

もうひとつの噂は――。

かたん。

遠くで音がした。やってきた颯真が、向こうの座席に座るのが見えた。今日も、こちらには背中を向けている。

颯真はしばらく何かを書いたのち、立ち上がった。わたしはまた十分ほど待ち、屋上へ向かう階段を上る。

〈父とガードマンを事故に見せかけて殺さなければならない。いくつか案があります。

①父はたまに長距離の出張に行きますが、その前日に、車のブレーキフルードのタンクに水を入れておく。ブレーキの利きが悪くなり、高速道路のどこかで事故が起きるでしょう。

②高所から突き落とす。父は酒乱です。高いウイスキーに目がないです。何かの口実をつけてひと気のないビルの屋上に父を呼びだし、酒を飲ませる。父の代わりに遺書を書いて突き落とせば、自殺に見せかけられるでしょう。どう思いますか、感想をお願いします〉

気品の漂う文字と物騒な内容との乖離が、異様な雰囲気を放っている。

わたしは、ほっとため息をついた。彼が実行性の高い殺人計画を持っていたらどうしようと思っていたのだ。わたしはペンを持つ。

〈どちらの方法も無理です。ブレーキフルードに水を混ぜれば確かにブレーキの利きは悪くなりますが、ブレーキは頻繁に踏むので出庫してすぐに異常が分かります。もし殺せたとしても、警察の調査で殺人だと判断されるでしょう。②は呼びだせたとしてもお酒を飲ませられるかは分からないし、事故に見せかけて突き落とせるかも不明です。遺書は偽造するんですか？　君は字が上手いからできるかもしれないけど、ばれる可能性もあります。

あなたはどうしてお父さんを殺したいのですか？　お母さんが哀しみます。わたしは、

自分の息子が夫を殺したら、哀しい。あと、ガードマンはなぜついてるのでしょう？〉
両親が離婚していることには触れない。長い返信を書き終えて周囲を見回しても、颯真はきていない。どこかに小型カメラを置くなどして、わたしを見ているのかもしれない。

〈③水銀を使う〉

十五分ほど間を置いて戻ると、メモ帳に新たな文章が綴られていた。

〈父は加熱式タバコを吸います。タバコの葉に水銀を混ぜておいて少しずつ飲ませれば、自然死に見せかけて殺すことができます。水銀はネットで買えるようです。

母はいません。ガードマンがついたのは、父が駅で襲われたからです。父は大勢の女性と付き合っていて、トラブルを起こしています〉

〈水銀を飲ませたりしたら、体調が日に日に悪くなって亡くなる前に病院に行くことになると思います。水銀中毒になっていることが分かったらあなたが真っ先に疑われ、ネットで仕入れをしているのもばれるでしょう。

お母さんがいないとはどういうことですか？　亡くなられたの？　離婚したのなら、殺人計画について応答すれば、わたしの質問にも答えてくれる。彼なりのフェアネス母親のもとに引き取られることが多いと思いますが〉

を、わたしは感じ取っていた。

自分の席に戻る。〈父が駅で襲われたからです〉。颯真の文章の中に、さらっと書かれていた一文。

〈西さん、何ヶ月か前に刺されそうになったんだよ〉

今朝の聞き込みで出てきた証言だった。話してくれたのは近くに住む初老の男性だったが、内容は曖昧で〈どこかで襲われたってことしか知らねえのよ〉とだけ言われた。出社し、近隣で起きた事件について調べてみると、何件かのネット記事が見つかった。どれが雅人のものか判らなかったが、颯真が〈駅前〉と教えてくれたことで特定できた。四ヶ月前に、日比谷（ひびや）線の南千住（みなみせんじゅ）駅で男女の揉めごとが起きている。女がカッターナイフで男に斬りかかったようで、傷害未遂で逮捕されたと小さなネット記事になっていた。被害者の名前は出ていないが、これが雅人なのだろう。

〈父は大勢の女性と付き合っていて〉

女性が家の前まできて揉めごとを起こしたのは、二ヶ月前。南千住で逮捕された女性とは別人の可能性もあるが、どちらにせよ咲枝ではないだろう。母が騒ぎを起こした当事者なら、颯真はこんな書きかたはしない。

〈④父が外を歩いているところに、植木鉢を落とす。観葉植物をたくさん飾ってある部屋を街中で見つけて、その上から落とすことで事故に見せかけます。

母がいないというのは、離婚したからです。僕は母のもとで暮らしていましたが、父に誘拐されたんです〉

――誘拐。

その二文字で、霧が晴れるように事態の全貌を把握できた。

雅人は颯真を、無理やり連れ去ったのだ。

離婚前、別居時の子供の立場は、法律的にはかなり曖昧だ。片方の家で生活している子供を無理やり連れ去ったりしたら未成年者略取罪などにも問われかねないが、家族のことだからと不問になることもあると聞く。荒っぽい性格の雅人は、お構いなしに颯真を〈誘拐〉した。その後どういう協議が行われたか判らないが、雅人はそのまま親権を獲得したのだ。

子供のころに無理やり母親から引き離された颯真の恨みは、深いだろう。半身をもぎ取られるに等しかったはずだ。しかも雅人は、過酷な環境に息子を置いている。

胸が痛い。わたしの中の親としての部分がうずいている。

〈植木鉢をピンポイントで頭部に落とすのは難しいと思います。下の階の部屋になかった鉢が落ちてきたとなると、当然誰かが持ち込んだと思われるでしょう。上手く頭に落とせても死ぬかは分かりません。あとさっきから気になっていましたが、君の計画、第三者が巻き込まれることを想定していないのですか？　車のブレーキを壊すのも、鉢を落とすのも、他人を殺してしまう可能性がある。それはいいのでしょうか？

君はお父さんを殺してどうしたいのですか？　お母さんのもとに帰りたい？〉

イートインスペースに戻り、わたしはここまで判っている内容を整理することにした。

颯真の両親は、四年前に離婚した。颯真は当初母親と住んでいたが、その後雅人に

〈誘拐〉された。わたしが雅人から依頼を受けたのは、その前だ。

強引に〈誘拐〉して息子を奪還したはいいが、父子の関係は上手くいっていないらしい。雅人は荒っぽい性格で、女性トラブルや近隣トラブルも抱えているようだ。颯真は家を出て母と暮らしたいが、親権者の変更は難しい。

深い恨みと、母のもとに帰るという実益。ふたつの理由で、颯真は父を殺そうとしている。確かに事故に見せかけて殺すことができれば、すべてが解決するだろう。

――説得できるだろうか。

親権変更は大ごとだが、十五歳になれば親権者変更調停などを通じ、子供の希望通りに親権者を替えることもできる。あと二、三年待って、親権を替えればいい――そう提案しようと思っていたが、無駄かもしれない。颯真は父を殺しても飽き足らないほどに憎んでいるのだ。

十五分が待ち遠しかった。もうここにきてから一時間半ほどが経っている。家を長く空けてしまうことへのやましさに駆られながら、わたしは屋上へ向かう。

〈否定ばかりしないでください。何か案を出してください。探偵さんならいいアイデアがあるでしょう。使い慣れている武器とかはないんですか。

僕は、母のもとへ帰るつもりです〉

〈わたしには案なんかありません。武器は防犯スプレーくらいしか持っていませんし、人を殺せるものではないです。

お母さんとは連絡を取っているの？　君を引き取りたいと言っているの？〉

イートインスペースに戻る。あと十五分ほどで、この商業施設は閉まる。彼と自由に言葉を交わせないことが、もどかしかった。閉店まであと五分になったところで、わたしは屋上へ向かった。

〈母とはたまに連絡を取っています。僕を引き取りたいと言っています〉

——これだ。

一筋の光明が見えた気がした。置かれているのは紙一枚だけで、ペンもメモ帳もない。今日は対話終了、ということのようだ。

〈ごめん、残業してた。いまから帰るね〉

夫にラインを送り、わたしは階段を駆け下りた。

5

休暇が取れたのは、五日後のことだった。わたしは四年ぶりに、伊豆半島の中ほど、静岡県伊東の街にいた。最近はデスクワークが多いので、こうやって出張調査にくること自体が久しぶりだ。

自宅から電車で三時間ほど。夫には〈急な出張が入った〉と嘘をついて出てきてしまった。我ながらろくな母親ではない……と思ったところで、自己卑下はやめようと思った。普段は家事も仕事も両立できているのだ。それにこれは、わたしがやるべき調査だった。

風から、潮の匂いがする。遠くから、半島に寄せる静かな波の音が聞こえる。

記憶の中に長いこと横たわっていた海街に、わたしは足を踏みだした。

午前中の調査を終え、わたしは喫茶店でコーヒーを飲んでいた。

咲枝に会い、颯真を説得してもらう。

そう算段をつけてこの街を訪れたが、結果は空振りだった。

四年前に訪れた咲枝のアパートには、現在は別の若い男性が住んでいた。半年前に仕事の関係で転居してきたとのことだった。〈前の住人について何か知らないか〉と聞いてみたところ〈転送届が出ていないのか、前の住人宛の郵便物がいまだに届く〉と言われたのだが、宛先は咲枝とは違う女性の名前だった。咲枝が出て行ってから、少なくとも間にひとりの入居者を挟み、いまの男性が住んでいるのだ。

彼女が当時働いていたスナックは、潰れてなくなっていた。四年という年月は重たい。ひとりの女性が息子を〈誘拐〉され、母であることを失った。わたしは次男を産み、ふたりの息子の母になった。人生が大きく変わるのに、四年は充分な期間だ。

ひとりの少年が、父への殺意を醸成させるのにも。

颯真との対話は、この四日の間にも続いていた。

最初は穴だらけで実行性が低かった彼の計画は、このところの対話で徐々に練り上がってきていた。書くことは人間の精神に思いのほか作用をおよぼすようで、わたしも返答をしているうちに、殺人の昏(くら)い夢に引きずり込まれそうになっている。

――颯真は本当に、父を殺すつもりなのだろうか。

殺人など不可能だ。それを判ってもらいたいと思い対話を続けてきたが、彼は必死にわたしに食らいつき、計画を磨き続けている。いつまでもこんなことを続けるのは危険だった。だが、殺人に近づいた彼の精神は、自分自身を殺す方向にも容易に傾くだろう。子供に人殺しなどさせたくない。かといって、自殺もさせたくない。

昔のわたしは、もっと冷淡だったと思う。息子を産んでから、子供がひどい目に遭うニュースや映画が本当に駄目になってしまった。颯真も、なんとか日常に戻ってほしい。いくらでもほかの道があるのにそれを選ぼうとしない少年のことが、もどかしかった。

「あの……斎藤(さいとう)さん、ですよね」

ひとりの女性が、傍らにきていた。わたしは思索を打ち切って立ち上がる。

「阿佐見(あさみ)さん、お久しぶりです」

四年前の調査で世話になった、阿佐見優子(ゆうこ)だった。咲枝の小学校から高校までの友人で、伊東での生活をサポートしていた人だ。咲枝は大学進学を機に東京に出てきて、雅人に出会った。咲枝の両親はもう他界しており、伊東に戻ってきたときに優子を頼ったようだ。

斎藤みどり。

四年前の調査で使った偽名だ。探偵は素行調査の際に、しばしば身分を詐称する。このときは児童相談所の職員を騙り、咲枝の子育て状況を調べているという体で調査を進めていた。

あとから身分の詐称が発覚するケースも多いのだが、優子にはいまだにばれていないようで、〈四年ぶりに話を聞きたい〉と言うと乗ってきた。善意の人を騙す罪悪感は、長い探偵活動の間でとうに失われている。

「お久しぶりです。今日はお時間を作っていただいてありがとうございます」

「いえ。それよりも咲枝に、何かあったんですか？」

「ええ、それですが……」

頭の中で返事を考えながら口を開く。

「先ほど、咲枝さんのご自宅に行きましたが、もう彼女は転居したあとみたいでしたね。いまはどちらに？」

「ああ、知らないんです。あの子が引っ越してから、連絡が取れなくなって。いまどこにいるのかも、よく判りません」

「引っ越されたのはいつごろです？」

「三年半くらい前です」

「お子さんを旦那さんが引き取ったあと、ですよね」

「やはり、もう児童相談所は知ってるんですね」

「というより、東京の児相から連絡があったんです。颯真くん、父親と上手くいっていないみたいで。それで再調査を」

「ああ……」

「どういう経緯で、旦那さんが颯真くんを引き取ったんでしょうか？」

優子は根から人がいいのだろう。わたしがその場で作りだしている嘘を、疑う様子もない。わたしは改めて気を引き締めた。こういうときは危険で、相手を侮って余計なことを言ってしまうことがある。

「引き取ったというより、無理やり連れ去られたんです」

「えっ、連れ去られた？　咲枝さんの自宅で、ですか」

「路上で、です。颯真くんがひとりになるタイミングを見計らっていたようです。咲枝はショックを受けていました。なんとか頑張って生活をしていたんですけど、半年ほどして引っ越してしまって」

「誘拐じゃないですか。咲枝さんは警察には行かれたんですか」

「行ったと言っていました。でも、家族のことは家族で解決しろと言われたそうです」

「咲枝さんの結婚生活は、ひどいものだったようですね」

「はい。元夫は悪魔だって言っていました」

優子はかなり穏和な性格だ。そんな彼女が憤りを隠さない。

「暴力を振るわれたり、死ねとか、穀潰しとか、ひどい言葉を日常的に言われたり。そんな人間が子供を連れ去って育ててるなんて……悪い冗談としか思えない」

「咲枝さんはなんと言って引っ越していったんでしょうか」

「何も言っていません。ある日突然、いなくなってしまったんです」

「突然？　挨拶もなく？」

「はい」

優子は落ち込んだ表情になる。

「あの子は昔から、そういうところがあったんです。高校を出たときもそうでした。地元で就職をするものだと思っていたのに、突然東京の大学に行くと言いだして、私たちとは音信不通になってしまって」

「いきなり連絡が取れなくなってしまう人って、いますからね。仕事をしていても、たまに見かけます」

「児童相談所にも、そういう人がいるんですね」

探偵の仕事で見かけるということなのだが、わたしは頷いて辻褄を合わせた。やはり、与(くみ)し易い彼女を前に気持ちが緩んでいる。

「咲枝は昔から、ひとりで悩んでしまうところがありました。SOSを表に出せずに、突然爆発することがあって……あのときもそうでした。子供を取られてつらかったはずなのに、普通に生活をしていて……それが限界を迎えたんだと思います」

「咲枝さんと連絡を取る手段は、ありませんか」

わたしは声のトーンを上げた。

「颯真くんはいま、お父さんとの生活で苦しんでいます。咲枝さんと、彼の今後について話したい。なんとか連絡を取れませんか」

「判りません。ほかにも仲がよかった友達はいるから、その人たちに聞いてみることはできるかもしれませんけど……」

「颯真くんの将来に関わるんです。よろしくお願いします」

わたしは深く頭を下げる。颯真の狂気を解除できるのは咲枝だけだという思いがある。

「判りました。なんとか連絡を取れないか、やってみます。あまり期待しないでください」

わたしの剣幕に押されたのか、優子は慌てたように頷く。とはいえ、望み薄だろう。ひとりの人間が意志を持って消えたのなら、探偵でも容易に見つけられない。

「斎藤さんは、親身ですね」優子がしみじみと言う。

「あなたがきたのがあと一週間遅かったら、こんなことにはなっていなかったかもしれません」

「一週間？　来週に何かあるんですか」

「いえ、四年前のことです」

意味がよく判らない。優子が補足するように言った。

「斎藤さんがいらした一週間後くらいなんです。颯真くんが連れ去られたのは」

「一週間？」

「はい。あなたがいらしていたのがもう少し遅くて、悩んでいた咲枝の話を聞いてくれていたら、颯真くんを取り戻せたかもしれません。本当に残念です」

一週間。

何かが気になった。

わたしが調査報告を終えた直後に、颯真は連れ去られているということだ。正攻法では駄目だと感じた雅人が、実力行使に出たのかもしれない。辻褄は合う。だが、何かが引っかかる。

「あの」わたしは言った。

「颯真くんが連れ去られた場所は、どこですか。ご存じなら、教えていただけませんか」

6

翌々日の業務明け、わたしは三日ぶりにイートインスペースへ向かった。

二十時。颯真はすでにやってきていて、奥の席でわたしに背中を向けていた。この二日間現れなかったことに対して、無言で抗議しているように見えた。

わたしは彼を無視し、屋上への階段に向かった。こちらの気配を察知しているのか、後ろ姿から困惑が伝わってくる。

屋上に向かうドアの脇。防火ケースの上に、あらかじめ書いてきた手紙を置いた。

内容は、陸橋の話だ。

かつて調査中に陸橋の上で通り魔を見たこと。仕事中だったので、異様な雰囲気を纏った彼に声をかけることができなかったこと。わたしが一言何かを言っていれば、彼が陸橋を渡ることはなかったのではないかということ。二時間くらいかけて書いた、丁寧な手紙だった。

〈陸橋の向こう側に行ってしまったら、もう取り返しがつきません。探偵の仕事をやっている中で、わたしは戻れなくなった人を大勢見てきました〉

〈わたしのような年長者の言葉を、若い人が聞きたがらないのも分かってます。ただ、陸橋を渡る必要のない人が渡ってしまうのが、たまらないのです。どうか殺人などということを考えるのはやめて、前向きに生きることを考えてもらえませんか。そのためにお手伝いできることは、なんでもしますから〉

イートインスペースに戻ると、颯真の姿はなかった。きっとどこかで、手紙を置いたわたしの行動を見ていただろう。十五分がすぎるのがもどかしかった。ノートパソコンを開く余裕もないまま、わたしはその場に佇み続けた。

〈いまさら引き返せない。あいつは僕を誘拐した。僕の人生をめちゃくちゃにした〉

返信はいままでの丁寧に書かれたものと違い、書き殴ったような筆跡だった。誘拐されたことの恐怖、父に従わざるを得なかった屈辱、長年揺れ続けた感情の振幅が、文字の中に傷のように刻まれていた。

〈あいつは僕を誘拐する必要はなかった。ただ、母さんに僕を取られるのがムカつくというだけで、僕をさらったんだ〉

颯真が〈誘拐〉された現場は、優子から聞きだした。目撃者がおり、地元のコミュニティで情報が流れていたのだ。

颯真は当時、週に一度習字塾に通っていた。塾は自宅から一キロほど、海の近くを走る国道沿いにあり、颯真はその帰り道に〈誘拐〉された。

――〈空白〉。

現場を見た瞬間に、そう思った。車が行き交う国道から住宅街の中に入った、ひと気のない場所だった。少し歩くと繁華街があり、にぎやかなスペースの狭間に穴が空いているようだった。習字が終わったあと、夜の十八時ごろ、颯真はそこに入ったところで〈誘拐〉されたのだ。

雅人が、周到な準備をして〈誘拐〉に臨んだことが判った。あの街に〈空白〉があり、颯真が週に一度そこを通ることを調べていた。そして、〈空白〉に入った瞬間を見計らってさらった。絶対に〈誘拐〉を成功させるという黒い意志が、寂れた路地に漂っていた。

わたしは、ペンを持った。

〈あなたの苦しみが分かるとは言えません。ただ、わたしにも二人の子供がいます。息子が殺人や自殺をしてしまったら、わたしはきっと後悔などという言葉では表せないくらいの苦しみを抱くでしょう。あなたのつらさは理解します。ただ、お母さんのことも考えてください。お母さんのために、もう少し前向きに生きてみませんか〉

席に戻る。十五分待つ。

〈僕がつらいのが分かっているなら、協力しろ。いつまでもくだらないことを書き続けるなら、僕は自殺する〉

〈分かりました〉

わたしは、腹をくくっていた。

〈あなたがそうするのなら、もう止めません。ここ数日、あなたのことを真剣に考えていました。自分の息子が人を殺すことと、自殺をすること、一体どちらがつらいのか……わたしは、殺人だと思いました。あなたが自殺したら、お母さんは哀しむでしょう。それでも、子供が陸橋を渡るよりはマシです〉

書き終えたあと、わたしはメモ帳に手を置いた。賭けのつもりで、あえて突き放したことを書いた。わたしは信奉する神を持たないが、それでも何か巨大なものにすがりたくなるときはある。何に捧げているのか自分でも判らない抽象的な祈りを、わたしはメモの中に込めた。

イートインスペースに戻る。颯真が座っていた席には、彼のリュックサックが残されている。じりじりと焼かれるような十五分を、わたしは過ごした。時計を確認し、死刑宣告を受けるような気持ちで、階段を上った。

〈分かりました〉

新たに紡がれていたのは、理性を取り戻したような、整った文字だった。

〈探偵さんの手紙を読んで、母のことを考えました。しばらく母のことを考えていなかった気がします。もう少し考えてみたいと思います。ご迷惑をおかけしました〉

返信を書くためのメモは、残されていなかった。わたしは慌ててイートインスペースに戻る。

颯真のリュックサックは、なくなっていた。わたしたちが見えない思惑を飛ばし合っていた場所は、不純物のないただの〈空白〉としての佇まいを取り戻していた。

——終わったのだろうか。

椅子に腰を下ろし、深くため息をつく。大量の文字を書いた指が、いまさらのように鈍い痛みを放った。

7

それから三日間、わたしは颯真の家を遠くから観察していた。

あのガードマンがいる以上、みだりに近くに寄ることはできない。通行人を装ったり、夜の時間帯に訪れたりと、一日一度、さり気なく彼の家を見て過ごしていた。外から見る一軒家は、いつも死んだように静まりかえっていた。少なくとも、近所に響くような家庭内暴力があったり、酒乱の雅人が暴れたりしていることはなさそうだった。

「みどりさん」

要がわたしの机まできて、決裁用の書類を差しだしてくる。〈まだぼんやりしているのか〉とでも言いたいような、疑わしげな目だ。

――これ以上、わたしにできることはない。

伝えるべきことは伝えた。探偵は相手の人生にまでは関与できない。颯真が今後どうなろうとも、それは彼の選択だ。探偵を長く続ける秘訣は、自分にはできないことを諦め、切り捨てることだった。

「要ちゃん、いままでごめんね」

「はい？」

「ちょっと色々あって、仕事に身が入ってなかったよ。これから、ちゃんとするから」

煩悶を断ち切るように、わたしは書類に判を突いた。

夕方ごろに、夫からラインがきた。〈今日は家でご飯食べる？〉。このところ簡単な夕食ばかりで、夫の手料理が恋しかった。

〈今日は帰れそうだよ〉と伝えると、〈じゃあすき焼きにしよう！〉という返信がすぐにくる。思わず笑みがこみ上げ、わたしはスマートフォンをしまった。

異変が起きたのは、終業後だった。

日中の業務をすべて片づけ、オフィスを出た瞬間、スマートフォンに公衆電話からの着信があった。

「はい？」

問いかけたが、返事がなかった。だが、かすかに聞こえてくる息づかいだけで、わたしは発信者の正体を察知した。

颯真くん。

と言おうとして、慌てて言葉を止める。わたしは彼が誰なのか、知らないことになっている。

「君だよね？　どうしたの？」

嫌な予感がした。無言の中に、張り裂けそうな緊迫感があった。

「殺しました」

初めて聞く、西颯真の声だった。

「父を殺してしまいました。僕はもう、どうすればいいのか……」

夫に〈ごめん、ちょっと残業〉とラインを入れ、わたしは颯真の家へ向かった。住所と名前を改めて聞きだし、初めて行く振りをして。

到着したときには十九時を回っていた。一軒家自体が沈黙しているように、颯真の家の周りは静かだった。巨大な墓がそこに建ち、死者を抱えたまま沈黙しているような気がした。

〈玄関は開けてありますから、インターホンは鳴らさないでください。電気もつけないでください〉

言われた通りに、中に入る。ゆっくりと玄関のドアを閉じ、真っ暗な家の中に身体を滑らせる。

〈地下室にいます〉

と颯真には言われていた。地下室で勉強をしていたところ、泥酔した父がいきなり入ってきた。そこで口論になってしまい、勢い余ってナイフで刺してしまった——。

僕はとんでもないことをしてしまった。僕はいまから自殺します。怖い。死にたくない。人を殺すとは、こういうことなんですね。理性的に助けを求める合間に、唐突に破滅的な言葉が差し込まれる。颯真は激しく、混乱していた。

「颯真くん」地下室への階段を下り、閉じているドアに声をかける。

「入るよ」

わたしは、扉を開けた。

真っ暗だった。煮詰めたような闇だ。

「颯真くん？」

中に足を踏み入れ、壁を探った。反対側の手には、念のため防犯スプレーを握っている。指先が電灯のスイッチに触れるのを感じ、それを押し込む。

地下室は、空だった。

物置になっているのか、本やダンベルや非常食がうち捨てられたように散らばっていた。饐えた臭いが鼻をついたところで、わたしは悟った。

――この部屋は、しばらく使われていない。

背後に、気配を感じた。

次の瞬間、わたしは突き飛ばされていた。

遠慮のない力だった。何歩か前に押し出され、転倒しそうになるところを、足を踏張ってなんとかこらえた。ふくらはぎの筋がちぎれそうなほどに張り詰め、軋みを上げた。

わたしは振り返り、息を呑んだ。

フルフェイスのヘルメットを被った人間が、そこに立っていた。

「颯真くん……？」

顔は見えないが、背恰好から、見知った西颯真その人であることは間違いなかった。

わたしは右手に握った防犯スプレーの缶を掲げた。ＯＣガスが充塡されたもので、殺意を持って近づいてくる成人男性であっても、容易に制圧できるものだ。

――駄目だ。

颯真がヘルメットを被っている意図を、わたしは察した。ネットで調べたのだろう。防犯スプレーは、フルフェイスのヘルメットで顔面の皮膚を守れば、効果が激減する。

颯真が、ゆっくりとドアを閉じた。圧迫感のある静寂が、耳の中に満ちた。この部屋は、防音されているのだ。

「どうして、こんなことを？」

声が、震えていた。自分が恐怖を感じていることを、そこで自覚した。

颯真が、ゆっくりとポケットから何かを取りだす。

鞘に入ったナイフだった。最後に残った迷いを振り払うように、颯真はナイフを鞘から抜いた。

――わたしは、ここで死ぬ。

決められた手順を淡々とこなす颯真を見て、わたしは確信した。陸橋を渡った通り魔に殺された人のように、わたしはここで、殺される。

「やめなさい。人殺しなんかしたら、あなたの人生はめちゃくちゃになる。思い直して」

颯真にわたしの言葉は届いていない。与えられた仕事をただ遂行するように、ナイフを掲げたままわたしのほうに足を踏みだす。

「最初からわたしのことを、知って近づいてきたの？」

ぴくりと、颯真が固まった。当てずっぽうに投げた言葉が、石となって彼の頭にぶつかったのだ。束の間現れた余白に、わたしは対話の可能性を感じた。

考えろ。わたしがいまから殺される理由を、考えろ――。

「あなたは最初から、わたしを殺すつもりだった」

論理的に導きだされる言葉を、とりあえず口にする。颯真は電話口で〈父を殺した〉と言っていたのに、ここには遺体はない。ターゲットは父ではなかった。わたしだった。

「でも、わたしと中学生であるあなたの間に、接点なんかない。普通に考えたらね」

わたしと彼の接点は、ただひとつ——四年前の調査だ。

「わたしは四年前に、伊東を訪れた。そのときのわたしを、覚えていたの？」

颯真は全くリアクションを返してこない。だが、所詮はただの子供だ。漏れ出る気配から、わたしは正解だと察した。

四年前、わたしは咲枝と颯真の家の周囲を調べていた。見慣れない来訪者の顔を、彼はずっと覚えていたのだ。

颯真は、わたしの言葉を聞こうとしている。応手を間違えたら、殺されるだろう。わたしの脳は最高速度で回転を続けていた。

わたしは彼の視点から、四年前のことを振り返る。

颯真は九歳のころに無理やり〈誘拐〉された。その一週間前に、おかしな女が家の周囲を嗅ぎ回っていた。その時点では恐らく、わたしのことは誘拐とは特に関係のない、意味のよく判らない違和感未満のものとして記憶されていたのだろう。

——その後、颯真が、わたしの正体が探偵であることを知ったら？

わたしは最近、何度かメディアに露出した。女性探偵課を宣伝するためのものだったが、颯真がそれを目にし、記憶の中の女と照合した可能性は、充分に考えられる。

誘拐。おかしな女。彼の中でそれらが、ひとつの像を結んだ。〈誘拐〉には、探偵が関与していた。女が自分の情報を調べ上げて雅人に伝え、父は綿密な計画を立てて〈誘拐〉を決行した——そう推測したから颯真は、わたしのことを恨んでいるのだ。

「あんたが悪い」

ヘルメットの奥から響く声は、死人のもののようだった。

「あんたがノートを盗み見なければ、こんなことにならなかった。こそこそと人のことを探りやがって。恨むんなら、自分を恨め」

「こそこそ探ったのは、あなたもでしょ？」

想定外の返事だったのか、颯真の言葉が詰まる。恐らく彼は、退勤したわたしを職場から尾行したのだろう。そしてわたしの行動範囲の中から、あのイートインスペースを接触場所として選んだ。

颯真が気を取り直したように、ナイフを構える。

練習とシミュレーションを重ねたのか、その姿は様になっていた。人間は技術を積めば、何にでもなれる。ぶれずにナイフを構えるその姿は、殺人者のものだった。

——まだ、半分だ。

恐怖に焼かれながら、わたしは推理を続けていた。

颯真はなぜ、わたしを殺そうとしているのか。彼がもっとも恨んでいるのは、父のはずだ。そちらを差し置いて、なぜわたしを殺す？

雅人はすでに、颯真によって殺されているのだろうか。積年の恨みを晴らしたついでに、雅人の協力者であったわたしをも消そうとしている——？

いや。

もしそんなことをするのなら、夜道でさっさと後ろから刺せばいい。

颯真はわたしに〈父を殺そうとしている〉という相談を持ちかけた。わたしが〈自殺する〉という脅しに屈さずに、彼のことを父親なり学校なりに通報していたら、父を殺すという計画自体、大幅に後退していたはずだ。危険を承知で、わたしに近づいた。

——わたしに声をかけたのは、計画のためだ。

颯真はあくまで、父が〈事故〉で死ぬことにこだわっていた。単に恨みを晴らすのが目的ではない。父を亡き者にした上で、自分は自由の身になる。そこをゴールにしているからこそ、いきなり殺しはしなかったのだ。

——ということは。

「颯真くん、これ以上はもう、やめたほうがいい」

もう、声は震えていなかった。わたしには、真相が見えていた。

「あなたが何をしても、望む結果にはならない。いまやめるなら、わたしも全部忘れてあげる。お願い、引き返して」

颯真はわたしの言葉を、命乞いと受けとったようだった。こちらを侮るようにふっと笑い、一歩、近づいてくる。

「陸橋を渡ってはいけない」

もう一歩、距離を詰められる。

「このままだと、誰も得をしない結果になる。あなたはただ、何の意味もなく、すべてを失うことになる。お願い、颯真くん」

颯真がナイフを振り上げた。このまま切りつけるつもりだ。そのひと振りでわたしは重傷を負い、下手すれば死に至るだろう。

――もう、駄目だ。

やるしかない。彼を殺すつもりで止めなければ、わたしが殺される。

「君の計画は判ってるよ」

ぴたりと、颯真の動きが止まった。

「君は、最初からお父さんを殺すつもりはなかった。わたしだけを、殺すつもりだった」

わたしは言った。

「わたしを殺して、その罪を父親になすりつける。それが――君の計画なんだね」

言葉の刃に切られたように、颯真の動きがぴたりと止まった。ため込んだ論理を吐きだすように、わたしは口を開いた。

「君はお父さんを、殺したがっていた。君は九歳のときに〈誘拐〉されて、無理やり父のもとで育てられた。君はお父さんを事故に見せかけて殺し、お母さんと一緒に暮らしたいと思っていた。そんなところに――君のお父さんが襲われるという事件が起きた」

　ここまでの推理は正しい。ヘルメットの下からは、わたしの言葉を否定するような雰囲気は流れてこない。

「君のお父さんには何人かの恋人がいて、そのうちのひとりとのトラブルを起こした。ほかにも襲われる不安があったのか、君のお父さんはガードマンをつけた。もう外で事故に見せかけてお父さんを殺すことはできない。かといって、家の中で殺してしまっては、犯人が君だということがすぐに判る。君の計画は頓挫した――そんなときに君は、わたしを見つけたんだ」

　颯真は身じろぎもせずにこちらを向いている。彼が襲ってくる様子はない。

「君は計画を変更した。要するに、お父さんを排除できればいい。お父さんを殺すんじゃない。お父さんが殺せばいい」

　西雅人は、いくつもの女性トラブルを抱えていた。恋人が家に押しかけてきて、近所の騒ぎになったこともあった。彼が女と揉めて相手を殺めてしまったとしても、誰も不思議に思わないだろう。

「わたしが探偵だと知り、君はわたしに恨みを抱いた。お父さんがわたしを殺し、警察に逮捕される――そういうシナリオを作り上げられれば、ふたつの恨みを同時に晴らせる。でも、わたしと雅人さんの間に、交際の実態なんかない。君はわたしたちをつなぐミッシングリンクを、捏造する必要があった。それが、あの、手紙の交換だった」

颯真は、習字の名手だった。あそこまで字が上手ければ、他人の筆跡を模写することもできるだろう。

手紙のやりとりは、殺人計画を練るのが目的だったのではない。わたしの筆跡を得るのが目的だったのだ。彼とはさんざん、あらゆる言葉を交換した。「殺す」「刺す」「突き落とす」といった、物騒な言葉も書き連ねた。

それらの筆跡を模写し、雅人宛の手紙を偽造したらどうだろう。〈あなたを愛している〉〈あなたを殺す〉などと書いたらどうだろう。颯真はわたしの指紋がついたメモ帳も、ペンも持っているのだ。ありもしない痴情のもつれを捏造することも、可能になる。

「お父さんはたぶん、この家のどこかで酒を飲ませて寝させてるんだろうね。君はわたしを殺し、お父さんにその罪をなすりつける。そして偽造した手紙やペンを、この家のどこかに置いておく。父を殺人犯として排除することが、君の目的だった」

中学生がよくもこんなことを考えたものだ。そこまで考えさせるほど、彼の父に対する恨みは深い。

「無駄だよ。そんなことをしても、警察にはばれる」

最後の説得をするように言う。

「確かに手紙は偽造できるかもしれない。でもわたしと君のお父さんには、四年前の依頼以外の関係なんかなかった。警察はそれを見落とさない。お父さんに恨みを持った君が怪しいと思われたら、行動のすべてが洗われて、君の悪事は白日のもとにさらされる。君は捕まる」

「うるさい。騙されないぞ」

「騙してない。あなたのためなの。もう、諦めて」

「うるさい！」

目の前が暗くなった。ナイフを振り上げた颯真の手に、力がこもるのが見えた。間に合わなかった。颯真は、陸橋を渡ってしまった——。

「あなたはなぜわたしに、殺意を覚えたのか」

選択肢はなかった。わたしは、最後の推理を話しはじめた。

「わたしは確かに西雅人に頼まれて、咲枝さんの調査をした。でもわたしは、彼女の不利になることは報告してない。咲枝さんはしっかりと子育てをしていて、雅人が親権を取れる可能性はなかった。わたしの報告はそういうものだったのに、なぜ君はわたしを恨んだのか」

わたしの中には、明確な答えがあった。

「誘拐場所、でしょう？」

ヘルメットの下で、颯真が息を呑む音が聞こえた。

「あなたが〈誘拐〉された場所を見てきた。国道から一本入った路地裏で、もう少し歩くと繁華街に出る。人をさらうならここしかないという、都市の〈空白〉だった。君は週に一度塾に通っていて、特定の日、特定の時間しかそこを通らない。なぜ遠くに住んでいた雅人さんが、そのことを知っていたのか。〈誘拐〉の一週前にやってきた探偵が調べ上げたからだ――君はそう考えた」

わたしは、首を横に振った。

「わたしは、そんなこと、報告していない」

「お前だ」

「違う。わたしは君たちに有利な報告をした。じゃあ別の探偵が調べた？　そんなはずはない。〈誘拐〉はわたしの報告から、一週間後に起きてる。別の探偵を雇う時間はなかった」

わたしは、言った。

「咲枝さんだよ」

引き裂かれるような思いを感じながら、わたしは続けた。

「あなたの行動パターンを雅人さんに伝えたのは、咲枝さんだった。〈誘拐〉の犯人は、雅人さんだけじゃない。お母さんも、共犯だった」

「嘘だ」

怯えた子供の声になっていた。

「そうとしか考えられないの。あの場所を知っていること。あなたの行動パターンを知っていること。そのふたつの条件を兼ね備えているのは、咲枝さんしかいない」

「嘘をつくな。そんなのは嘘だ」

「咲枝さんはあなたを連れて別居をした。でも、ひとりで子供を育てることに、限界を感じていた。あなたのお父さんは、あなたを引き取ることを望んでいた。それは歪んだ独占欲だったのかもしれない。それでも咲枝さんは、決断を下した、あなたを譲るという決断を」

「黙れ。何のために〈誘拐〉なんかする必要がある」

「咲枝さんは、人の目を気にする人だった」

咲枝はニコニコと温和に振る舞っていたのに、ある日突然、人間関係を切るようなことを繰り返していた。外面がよく、他人の目に怯えていて、問題をひとりでため込んだ挙げ句、爆発してしまうパーソナリティ。

そんな彼女は伊東で限界を迎えた。かといって、親権を捨てることで子供に恨まれるのは怖かった。彼女は雅人に交渉を持ちかけた。あなたが泥を被ってほしい。その代わり、子供はあげるから――。

「咲枝さんはあなたに恨まれないために、雅人さんに〈誘拐〉をしてもらった。その結果、あなたはいまでも咲枝さんを慕っている。でも別れを選択したのは、彼女なの。わたしを殺してお父さんを殺人者に仕立て上げても、何も意味はない。君はお母さんとは一緒に暮らせない」

「嘘をつくな！」

颯真はそう言うなり、ヘルメットを脱ぎ捨てた。

顔面が、涙と鼻水にまみれている。こんな幼い顔をしていたのか、と思った。十三歳という年齢からしても、颯真の顔つきは無垢な子供のようだった。

「何の証拠がある」

一縷（いちる）の希望にしがみつくような、弱々しい声。

「全部あんたの想像だろ。何の証拠があってそんなことを言うんだ！」

「颯真くん。探偵は根拠もなく、こんなことは言わないの」

わたしはスマートフォンを掲げた。

「あなたのお母さんから、証言を取ってるの」

伊東に行った、翌日だった。優子から連絡があり、望み薄だった友人経由で咲枝と連絡を取れたと言われた。現在の居場所は教えてもらえなかったが、咲枝とは電話越しに何分か話せた。

〈誘拐〉を先導したのは、あなたではなかったのか。

わたしは、自分の仮説をぶつけた。もしも正直に答えないのなら、雅人にこのことを問いただすと、若干の脅しを加えながら。

〈――どうか、颯真にだけは、言わないでください〉

絞りだすように言ったその言葉が、耳にこびりついている。

〈私にとってあの子はすべてなんです。あの子に、恨まれたら、私は……〉

颯真が、くずおれた。

「母さんは」呻くように言った。「母さんは、僕を、捨てたの……？」

胸に走る痛みを、わたしは消した。

颯真は、慟哭を押し殺すように震えていた。もう、わたしへの害意は感じられない。

わたしは、地下室を出た。

「おかえり」

自宅に帰ると、夫の司（つかさ）がエプロン姿で迎えにきてくれた。「ママ！」次男の望（のぞみ）が、司に肩車をしてもらっている。

「ただいま、遅くなってごめん」

「お疲れ様。ほら望、下りろ。首が折れちまうよ、俺を殺すつもりか」

「望、パパが死んじゃうって。こっちにおいで」

するすると下りてきた次男と手をつないでリビングへ向かう。長男の理（おさむ）がソファに寝転び、絵本を読んでいた。彼は父親に似て読書好きだ。

リビングにはすき焼きの甘い匂いが漂っている。子供たちに夕食を食べさせてから、司はわたしのことを待ってくれていたようだ。わたしは手を洗い、部屋着に着替えた。

「最近大変そうだね」

「ごめんね、色々あって。もう終わったから」

ビールで乾杯する。卵を溶いて、牛肉をつけて口に運ぶ。司は料理が上手く、割り下から自作するすき焼きは絶品だ。濃いめの味付けが、疲れた身体に染み込んでいく。

「……どうしたの？」

「ん？」

「寒い？　暖房入れる？」

箸を持つ手が、震えていた。

溶き卵の中のすき焼きが、死んだ牛の欠片にしか見えなくなった。わたしは椀をテーブルの上に置き、「ごめんね」と言った。

「ママぁ」

望が、膝の上に乗ってくる。「ママはご飯食べてるんだから、あとにしなさい」。司がたしなめてくれるのをよそに、わたしは彼のために身体を空けた。

陸橋の上。通り魔の男。

たぶんあのときに声をかけたとしても、わたしにはどうにもできなかったのだろう。陸橋に差し掛かるはるか手前で、もう彼は引き返せない地点を越えていたのだ。ずっと刺さっていた棘が、いつの間にかするりと抜けていた。

儚(はかな)いものをつなぎ止めるように、わたしは息子の手を握りしめた。

ビーチで海にかじられて

一條次郎

しゃんしゃん鈴を鳴らして熊を追いはらう仕事だっていうから熊村の救助隊員になったのに、なんで鮫村にサメ退治にいかなきゃならないんですかってきいたら、隊長は片手運転であごをかきながら、人手不足なんだろうな、もうじき海開きだってのにあちこちの海辺にうようよサメが出てるみたいでさ、それだから鮫村の隊員はみんなおいそがし、しかもその隊員までもがサメに襲われたらしくてな、頼むから助けにきてくれっていわれたんだからしょうがないよな、おたがいさまだよとため息まじりにあくびをし、おれだって熊は好きだけどサメは苦手なんだよと独りごちるようにつけたした。

おれはべつにどっちも好きじゃないですけどとつぶやきながら、初日なのに髭剃ってこなかったなと気づき、両手でぽろぽろあごをかく。あまりにひさしぶりの仕事だったので緊張でよく眠れなかったせいかもしれない。隊長は横目でおれの無精髭をいちべつしたが、ちっとも怒った顔をしなかった。それどころか、熊っぽくていいぞとほめられた。変わった人もいたものだ。だいたいおれみたいになにをやらせてもすぐにくびになるような人間を雇うってだけでも変わった人なのに。家族も友もひとりもいない。そろそろ金も底をつき。このまま泥棒にでもなるしかないのかな、なんだかそれもいやだなと深刻に悩んでいたところだったんで、ほんと助かった。こんどこそ一日でくびにならないようがんばろうとおもった。

車にゆられながらぼうっとあごをかいてるうちに鮫海岸についた。車から降りたとたん、砂浜の熱気がずんと鼻の奥にもぐりこんできて、おれははやくもぐったりとした気分になった。みっしりと焼けた空気が口と鼻をおおい潮のにおいもわからない。どこまでものびていく黄金色の砂浜がうっとうしくかんじられた。垂直の日射しとどこにもない日陰。太陽がごうごうと降りそそぎ、あたまがぶちわれてしまいそうだ。鳥すら飛んでないじゃないか。獲物の魚もいないのだろう。それでも海がのたのた波打つ音はここちよいかんじがしなくもない。おれは暑さを押しかえすようにむりやり鼻からおおきなため息をつき、水平線に目をやった。ざっと見、だれもいないよう。

「どこですかね？」

これからだれかを助けるという実感もわかないままにたずねてみると、

「わからんなあ。山は好きだけど海は苦手だからなあ」

と頼りない返事。

「サメなんて、どうすりゃいいんでしょうね」

「銛(もり)を二挺かりてきた。発射装置がついてるやつだ」

「え、殺すんですか？」

「おれだって殺したくはないよ。でも人命がかかってるとなりゃしょうがないよなあ」

ため息をつきながら隊長は荷台から銛をおろした。

「待ってください。おれ、鈴を鳴らして山道をうろつく練習しかしてませんよ。鈴がきこえりゃ熊は用心して山奥へ逃げてくんでしょ。そしたら対面しなくてすむっていうから。だから遠くの熊にもきこえるように両手でじゃかじゃか鳴らす練習をしたんです。

きいたらきっと耳から血が吹き出ますよ」

きのうは夜遅くまで鳴らしまくったんで手首が痛いくらいですとおれは鈴を取り出し鳴らしてみせた。超特大の特注品。巨大な牛の首にでもぶらさがってそうなおおきさで、ずっしり持ち重りがした。殊勝なこころがけだなと隊長は感心した。でも錆びちまったらいけないからおいていったほうがいいというんで車に投げ入れると、すかさず銛を渡された。

それにしてもどうやって撃つんだったかなあと隊長が首をかしげる。そんなことも知らずにかりてきたんですかと、おれもためつすがめつ銛をひっくりかえす。けっこう長い。この反りかえったレバーみたいなのが安全装置かなと握ってみたら発射装置だった。銛はいかにも俊敏そうなうなり声をあげ、きらめく鰯みたいに鋭い先端を空に光らせ飛んでいき、おれは浜辺にひっくりかえる。それよりもっとおどろいたのが、その軌道上に砂にまみれたじいさんが座っていたことだ。全身がトカゲみたいに保護色になっていて、いるのにぜんぜん気づかなかった。あぶないと反射的に叫んだらこちらへふりかえり、じいさんの顔に銛が直撃した。

初日から殺人かよ！　とおもい、おれは気絶しそうになった。でもしなかった。砂浜にひろがる赤赤とした鮮血と、銛に貫かれたじいさんの干からびたあたまを想像し、おそるおそる目をやると、じいさんは神社の狛犬みたいなかっこうでこちらをむいていた。狛犬は銛をがっちり口にくわえておれを見ていた。

すごい歯だとおもった。すごい健康的な歯。というかすごい反射神経だ。飛んできた銛をとっさに食いとめたのだ。文字通り。歯で。よかった。刺さらなくてよかった。よかったけどすごいにらんでる。いまにも飛びかかってきてこちらの喉笛を食いちぎるのではないかという空気が浜辺全体に横溢していて、おれは背筋がぞくぞく涼しくなった。あ、すみません、鈴のふりすぎで手が疲れててとかなんとかへどもど口ごもりながらへこへこあたまをさげ、こういうことってよくありますよねといった調子でおれはいいかげんにこの場をしのごうとした。

が、じいさんは銛を嚙んだまま離そうとしない。這いつくばるようによってきて、砂をぱしゃぱしゃ落としてすっくと立ちあがる。そうして口から銛をとり、まばたきもせずに返してよこした。どうもと小声で受けとると、隊長がとりなすようにわってはいった。

「すみません、新入りなんです」

お怪我はありませんでしたかと隊長がきくと、砂まみれのじいさんはきこえよがしに鼻を鳴らしていった。

「こんどは手下を使って人殺しか」

「手もとが狂ったんですよ。こいつ、銛を使うのは初めてのことで」

こんどはってどういうことですとおれが口を挟むと、そいつは人を殺したことがあるんだとじいさんは隊長をにらむ。隊長は顔をうつむけ声を曇らせた。

「あれは事故です。村人っぽい顔をしたサメだとおもったら、サメっぽい顔をした村人だったんです。それで助けるのが遅れてしまい」

わざと見殺しにしたくせにとじいさんは砂浜につばを吐き、

「きさまのいうことなど信じるやつがいるとおもうか？」

と粘土みたいな目をすがめてみせた。

「シャーク長老、もうよしてください」

おろおろとした隊長の声。それよりおれは、サメっぽい顔をした村人なんかいるわけないよなとか、なんなんだそのシャーク長老という名前はなどとおもいながら、じいさんの顔をまじまじと見た。砂っぽいばかりでちっともサメらしくはない。首筋に刻まれた深い皺。そこに砂がはさまり、まるでマーブル模様のようにみえた。隊長はおれのようすに気づいたのか、それともただ話を変えたかったのか、シャーク長老は鮫村の予言者なんだよと紹介した。

「予言者？」

ききまちがいかとおもったが、

「こいつは死ぬ。きょう、こいつはどこかしらでどうにかなってぜったいに死ぬ！」

とさっそく予言された。こいつってのは、おれのことだ。

「あの、銛が刺さりそうになったのは謝りますんで」

おれはまたあたまをさげた。きっとあたまにきてこんなことをいっているのだ。だが隊長は弾けるようにひざまずき、砂浜にひれふして懇願しはじめた。

「そんな、嘘だといってください、シャーク長老！」

おれにたてつくからこういうことになるんだとじいさんは鼻を鳴らす。それから海の向こうをながめると、潮の流れがいいな、きょうはいい日になりそうだとつぶやき、駝鳥のような足どりで砂浜を去っていった。ものすごくはやかった。

「あんなのでたらめですよ」

おれはいったが、隊長は青ざめた顔で声を震わせる。

「シャーク長老の予言は外れたことがないんだ」

「信じてるんですか」

「信じる信じないの問題じゃない。たんに事実なんだ」

「えっと、じゃあ帰ってもいいですか？」

「だめだ」

隊長は言下に否定した。

「なんでですか」

「だめなものはだめだ」

「だけど予言がほんとうなら、いかにも海で溺れたりサメに食われたりして死にそうじゃないですか？」

「さっきの言葉をきいてなかったのか。どこかしらでどうにかなるといってただろ。どこでどうなるかわかりやしない。へたに帰ったりしたら、道すがら不良の熊たちに因縁をつけられたり、隕石が直撃したりして死ぬかもしれないんだぞ」

なにわけのわからないことをいってるのだろう。不良の熊とか隕石だとか、そんなことあるわけないじゃないですかといいかえしたかったが、たしかにじいさんはたしかなことをひとつもいってなかった。きょうぜったい死ぬということをのぞいては。なんなんだ。もうちょっと具体的にいってくれないと、なににどう気をつけていいかわからず、まるで気をつけようがないじゃないか。まったくもう、こんなおかしなことになるなら働こうなんて気をおこしたりするんじゃなかった。おれはちょっと泣きたい気分になっていた。

「でも、だったらどうすればいいんです？」

おれは隊長にきいた。

「仕事さ。それがおれたちの役目だからな」

「でも、おれ死ぬかもしれないんですよね？」

「なにかあったらおれがぜったいに守ってやる。いまの予言をきいたのはおれだけだ。おれならなんとかしてやれるかもしれない」

そういわれても説得力がない。だいたいほんとに予言はほんとうなのか。あんなおかしなじいさんがいったことじゃないか。いや、おかしなじいさんだから、やっぱりほんとうなのか。でもなんとかするってどうするの。どうしていいかわからないと困惑して

いたら、

「弟子だったんだ、シャーク長老の。だが教えにそむき破門になった。そんなおれじゃなきゃできないことが、きっとあるにちがいないんだ」

と隊長はいった。でもサメとか海とか苦手なんですよねとおれはおもった。が、さっき話をしていた人身事故みたいなのがあったから苦手になったのかともおもった。とはいえ弟子だというのは意外だ。それなら一理あるのかも。ここは隊長のいうことをきいておいたほうが安全なような気がしてきた。

おれのそばから離れるなと隊長はいった。おれは漠然とした不安を抱えながらも、しずかにうなずき隊長についていくことにした。

栈橋に古びた小型のボートがつながれていた。船尾に取りつけられた推進装置。そのロープのようなものをひっぱり隊長はエンジンをかけた。きょうきょうとした空に軽快な音が響く。隊長から離れてはいけないとおもい、おれはあわててボートにとびのった。

波はおだやかでとてもゆったりとしていた。これなら海に落ちて死ぬって線はなさそうだ。とおもっていたら、おい、サメがいたぞとの声に緊張が走る。見れば三角形の背びれがぐんぐんこちらへむかってきていた。あれがサメか。初めて見た。こんなにすぐに出くわすなんて、やっぱりうようよ出没しているらしい。隊長が舵を握る。

「ボートをよせるから銛を打ちこむんだ」

「でも、あのサメなにもしてませんよ」

「これからするんだろ」

そっか、おれが食われるのか。それで死ぬのか。なら打とう。波を白く泡立たせる鋭角のひれ。なめらかそうな流線形。殺されるならしょうがない。おれはそいつに狙いを定め、発射装置のレバーを握った。銛はあらぬ方向へ飛んでいき、狙いをはずした。やっぱりむずかしいなとおもった。

「あれ、いまのほんもの？」

という声がした。隊長ではない。サメのほうからきこえてきた。だれか村人が泳いでいたのかとおもったが、そうではなかった。サメだ。サメが喋ったのだ。

「サメが喋った！」

おれはそのままのことを口にした。われながらまぬけなかんじがしなくもなかった。

「ちがう。サメじゃない。シャークだ」

とサメがいう。

「え、なに、英語？」

と混乱したが、そういう問題でもない。

「シャークです。どうもはじめまして」

あらたまった声でサメが口をおおきくあけると、なかに人の顔が見えた。うわ、まるのみされたのかと仰天したが、どうやらサメの着ぐるみを着て泳いでいただけらしかった。このサメはほんもののサメではなかったのだ。というか、この人もシャークというのか。シャーク長老の親戚のかたでしょうかと隊長にきくと、最近鮫村村民全員がシャークに改名するという条例ができたらしい。さすがサメの村だとおもったが、わかりやすいのかわかりにくいのかわからない気もした。おれはサメの着ぐるみのシャークさんに、まぎらわしいじゃないですかと声をかけ、いったいなにをまぎらわしいといっているのか自分でもよくわからないかんじがした。

「そんなかっこうで、いったいなにをしていたんです？」

「訓練でサメの役をやってただけですよ」

「訓練？」

「訓練ですよ」

「え、なら訓練でおれたち呼ばれたんですか？」

「いや、訓練の最中にほんもののサメが出たんです。サメに襲われた人を救うという想定で海難救助の訓練をしてたら、ほんとうにほんもののサメが出没して襲われたんで、それを救助しなければならなくなったという想定で訓練をしてまして、そしたらほんとうにほんもののサメが出て襲われたんです」

シャークさんはしきりにひれをばたつかせながら説明した。水しぶきがかかり、おれも隊長もびしょぬれになった。それはいいけど、なんてややこしい訓練なんだ。ともかくほんものが出たなら、はやく陸にもどったほうがよいのではというと、

「これ、めちゃくちゃ泳ぎやすいんですよ。ついでだからほんものがいたら、こっちか

ら齧りついてぶっ殺してやろうとおもいましてね」

「すごい村民魂ですね」

「村民ていうか救助隊員ですからね」

そりゃそうか、訓練してたんだものな。それにしても着ぐるみがリアルすぎやしませんかと、なかば感心したかのように愚痴をこぼすと、ほんものらしくないと訓練の意味ないですからね、まるっきり見わけがつかないくらいじゃないと鮫村の沽券に関わるとか、よくわからないようなことをべらべらまくしたて、なんだかすごくめんどくさい村だなとおもった。

「助けてくれ！」

という声がきこえた。あ、だれか手をふってるぞとシャーク隊員が背びれをふるわせる。

「あれはきっとシャークさんだな」

「シャーク長老ですか？」

「いえ、ボランティアで訓練に参加してくれている村人のシャークさんですよ」

ああそうですかとおれは声をしずめる。

「とにかく助けにいこう」

隊長がいうと、

「なら、おれがあいつを襲いますんで、よろしく頼みますよ」

と、シャーク隊員は着ぐるみの牙をにやつかせた。白くきらめき、ほんとうに人を嚙み殺せそうに見えた。いや、まぎらわしいからおれたちだけでと隊長はいい、ボートを村人のシャークさんのほうへ近づけていった。

うわあ、サメに食われる、助けてくれというシャークさん（村人）をおれたちはボートに引きずりあげたが、シャークさん（村人）は礼もいわず、なんかぱっとしねえなと不服そうに舌打ちした。

「サメはどこです？」

とたずねると、

「いつまで待ってもサメ役が来ねえから、とりあえず大声出してみたのさ」

「なら、訓練でやってたんですか？」

「たりめえだろ。襲われるふりをする役だからな。といっても芸もなくただたんに襲われるほうの役じゃないぞ。訓練中にほんとうにほんもののサメが出没して襲われたんで、そっちを救助しなきゃならなくなったっていう想定のほうの役さ」

「どっちもおなじかんじがしますけど」

「ぜんぜんちがうだろ。スリルがさ。やっぱスリルがないとな」

とシャークさん（村人）はカジキみたいに口をとがらせる。

「でも、ほんものが出たんですから陸にもどったほうがいいですよ」

隊長がいったが、

「冗談よせよ。訓練だかほんものだかわからねえなんて、これ以上のスリルをのがす手があるか？」

とシャークさん（村人）は目をかがやかせ、これで死ねるなら本望だぜと吐きすてるようにいった。まったくどうかしている人たちばかりだ。これならサメだか村人だかわからなくなり事故がおきたなんていう話もわからなくもない気もした。おれがあきれて隊長と顔を見あわせていたら、やにわに波しぶきが高く跳ねあがり、視界をぱっと白く染めた。空をさえぎるサメの腹。すべすべのつるつるで、白くきらめきまぶしかった。サメはシャークさん（村人）の胴体にかぶりつき、波をはずませ海に引きずりこんだ。

「うわあ、食われた、サメに食われたぞ！」

とシャークさん（村人）は一〇メートルほど先の海面に顔を出し、腕をばたつかせる。なんだかとてもよろこんでいるみたいだ。ほんものに食われてとうとうおかしくなってしまったのだとおもった。

「助けなきゃ」

おれは銛を手にしたが、隊長にとめられた。

「待て。あのサメはさっきのシャーク隊員だ」

いや、サメと人をまちがえる人のいうことをきいていいのかと迷ったが、

「食べたぞう、食べたぞう！」

という楽しげな声がきこえてきた。たしかに例のシャーク隊員の声だった。とっさに

銃を打たなくてよかった。サメ（シャーク隊員）も村人（シャークさん）もじつにたのしげでまるで緊迫感がない。訓練なのかサメごっこをして遊んでいるのかわからないく らいだ。ふたりはきゃっきゃきゃきゃっきゃと食ったり食われたりしながら浜辺のほうへ泳い でいった。

ほんとうにほんとうのサメなんているんだろうかとおれはおもった。もしかしたらお れたちはスリルとかいうやつを盛りあげるためだけに呼ばれたんじゃないのだろうかと いう気がしてきた。するとこんどは沖のほうでだぶだぶ手をふり溺れているような人の 影が見えた。あれもきっと訓練だろう。まるで演技がへたすぎる。

「あれはシャーク村長かな」

隊長が目をこらす。

「村長まで訓練に出てるんですか」

鮫村をサメ産業で売り出し立てなおした人で、村人たちはみなこころから感謝してい るんだと隊長はいった。こうした訓練にも体をはって参加するほどの行動力に賛嘆がと まらず、もう死んでも世襲で村長をつとめつづけるのではないかと噂されているらしい。 さぞかし張りきり溺れていることだろう。隊長はボートを近づけていく。訓練おつかれ さまですとおれが声をかけると、

「訓練に見えるか？」

とシャーク村長はふてくされた顔を波間にぷかぷかとさせた。

「まあそこそこまあまあの演技かとおもいます」

おせじにもうまいとはいえなかった。おれはそういうことをいうのはすごく苦手だ。

よほど悔しかったのかシャーク村長は顔をしかめて声をはりあげた。

「ちくしょう、サメが右足を舐めたぞ！」

いよいよもってへたくそな芝居だった。おれは少しくあきれた声でいう。

「へえ、サメにも舌があるんですね」

「あるだろ、たぶん」

「じゃあ、喋れるかもしれないですね」

「おい、きさま。なにくだらない寝言をいってるんだ」

射るような目つきでにらまれ、いえ、冗談ですと口ごもる。

「さっさと助けろ、このぼんくら」

村長は声をすごませ、おれに潮水をぶっかけた。ほんとうにこの人、村人たちに人気なのだろうかと顔をぬぐう。

「ほんもののサメがいるんだ。そのために隣村からのこのこ来やがったんだろうが、昼(ひる)行灯(あんどん)の表六玉(ひょうろくだま)め」

「ええ、でもほんとにほんものですか？」

「おれもどっちかわからんのだ」

「ていうかサメなんかいないんじゃないですか。着ぐるみたいなのがあんまりリアルだから、みんなちょっとパニックになってるだけで」

わざわざ助けにきたことが、おれはもう馬鹿らしくなっていた。

「いま、甘噛みしたぞ！」

シャーク村長が大声で目をまるくする。サメが甘噛みなんてするものかとおもっていたら、はねとばされるように村長の体がひっくりかえり、あたまが瞬時に海面に沈む。これは迫真の演技だぞとおれは身をのりだした。

「おい、ほんものじゃないか？」

隊長は青ざめた顔をしてた。視線の先で波を切り裂く背びれの蛇行。たしかにきらめきぐあいが着ぐるみよりも生生しい。背びれはあたりをするする回る。さっきの着ぐるみとはスピード感がぜんぜんちがう。舳先で泡立つ村長の息。サメがほんものかどうか確信はない。ただ、シャーク村長が溺れているのはほんとうらしい。

「助けなければ」

いうが早いか飛びこむ隊長。しぶきをあげて海面から消える。ほんもののサメだったらどうしよう。おれは不安とともに銛をつかんだ。サメの背びれは音もたてずに波間をすべる。舳先をのぞきこんだが、隊長が浮いてくる気配はない。村長のあぶくもどこかへ消えてしまった。はやくしないと、いつサメに襲われるかわからないのに。

あらぬ方向で人の声がした。ふりかえるとずいぶんうしろのほうで隊長たちが水面から顔を出しているのが見えた。無事シャーク村長を助けることができたらしい。よし、ボートをあちらへ近づけようとおもった。

おもったけれどどうしよう。操作をするのは初めてだ。舵はばたばたうごくけど、波が強まりままならない。前進するのもひと苦労。あたふたどうにもしあぐねてたら、これまでになくおおきく盛りあがった波頭がうねりをともないやってきた。押しよせさけぶ大波にボートが軽軽ひるがえる。必死で舷をつかんでみたが海にまみれて転覆しそう。ざばりと波がたたきつけ、全身まるごとびしょぬれに。弾かれないようしがみつく。前後左右が入り乱れ、上下もいよいよあやふやに。

やっぱり海で死ぬのかも。身をこわばらせあきらめかけた。だが海のうねりは気まぐれらしい。波はすぐさま去っていく。太陽が照り、波間にさらさら光が泳ぐ。しずかにそよぎ凪いだ海。転覆せずにすんだらしい。

隊長たちはとおもったら、波にさらわれ沖合遠くへ流されているのが見えた。海のゆらぎにかき消され、声もはっきりきこえない。ボートに水が溜まり、エンジンが停まっていた。しょっぱい水につばを吐く。たしかロープみたいなのを引っぱり推進装置を稼働させてたはずだけど、と見よう見まねで試してみたが、うんともすんともいわなかった。

途方に暮れて座りこむ。手でじゃばじゃばと水をかこうか。そんなの海にはかなわない。ゆらゆらゆられて波まかせ。このまま漂流してしまうのだろうか。視線をあげれば、なまめく背びれが遊泳していた。なびいたように湾曲し、黒く鋭く波を切る。水面下におおきく映る暗い影。着ぐるみよりも断然でかい。

　そいつはボートのまわりをまわっていた。あきらかにつけねらわれていた。水びたしのボートに目をやるが、銛はどこにも見あたらない。さっきの波にさらわれたのか。あるのはロープ、棍棒、おおきな木箱、ぴちゃぴちゃ小粋にはねるエビ。おれは棍棒を手にかまえた。

　背びれがゆっくりまわりをまわる。なんどもなんどもまわりをまわる。ちっとも視線をはずせない。はなしたとたん、しぶきをあげて飛んできそう。ぐるぐるまわるサメのひれ。おれはだんだん目がまわる。このままいくと世界がすっかりうずまきに。おれはぐるぐる回転し、ぜんまい、ねじまき、ありじごく。くらくらし、棍棒が手から滑り落ち、とうとうぶったおれそうになったころ、ひれが横木をばしりとたたく。はっとわれにかえると、海からサメがざぶりと顔を出し、

「どうも、サメです。ほんもののサメです」

　と自己紹介した。サメはタキシードでも着ているかのように礼儀正しくあたまをさげた。のこぎりみたいなじゃきじゃきの歯、円錐形のとがった鼻、ぞっとするような赤い口。黒みがかった背中とは対照的な白白とした腹が不吉で不気味で不穏なかんじ。だが左右についたまんまるの目がなんだかちょっとかわいらしいとおれはおもった。

「ええと、着ぐるみですか？」

　とおれは問う。が、口のなかに人間の顔はない。がたがたでこぼこまっ暗い。口のな

かはどこまでも口のなからしい口をしていた。

「なんです?」

「いや、着ぐるみだったりするのかなと」

「ちがいますよ」

サメがぱちくりまばたきをする。まばたきなのかしらないが。

「ほんとにほんもの?」

「はい、ほんもののサメです」

「ならやっぱりサメに食われて死ぬんだな」

おれはさびしく独りごちた。どうやら予言はほんとうらしい。そんなまさか、あなたを食べたりなんかしませんよとサメはいった。そういわれ、にわかにちょっと安心しつつ、おれはぐにゃりと首をかしげる。

「待てよ。おかしいぞ。やっぱりきみは着ぐるみだ。だって、なぜサメが敬語を使うんだ?」

というかなぜ喋るんだ。舌があるから喋れるのか?

「いけませんか」

「いけなくはないけど敬語はなんだかにあわないような気がする」

「では、どのような喋りかたをすればよろしいのです?」

「てめえ、サメだぜ、こんちくしょう」

「おかしなイメージを押しつけないでください」

「ふうん、きみはかわったサメなんだね。親の顔が見てみたいや」

おれはおもわず声に出してわらった。

「見てもきっとサメの顔なんて区別つきませんよ」

「それもそうだ。はっはっはっは」

「まあ、親ならじきに来ますけどね」

「へー」

「わたしはただのおとりですから」

「おとりかあ」

あいづちしつつ、どういう意味かとサメを見る。ふいをつき襲いかかってくるような目をしてはいなかった。どちらかというと遠いまなざし。どこかかなたを見つめるような。なにをそんなに見ているのかとふりかえる。サメの視線のその先を。なんだかあたりがにわかに暗い。むせかえるような泥のにおい。あ、こうして背をむけさせてかぶりつく作戦かとおもったけれど、ぜんぜんそうではないのに気づく。

おおきなおおきなサメがいた。あまりにあまりにおおきくて、サメだかなんだかわからない。親とかいうからわかっただけで。遠近感がすっかり狂う。海ではさっぱりわからない。比較するのがなにもない。電信柱や木立とか、高いビルとか山だとか。船でもあればわかるのに。でもなみたいていの船ならば、そいつにまるのみされるかも。そんなサイズの巨大なサメが空を背後にせまっていた。これだけおおきいとひょっとしたら人間はその存在そのものを認識することすらできないのではないか。たとえば地球とおなじおおきさの生物がいても、そいつがじっとおとなしくさえしていれば、あるいはだれも気づかないかもっていうような意味で。そんなことをかんがえぼうっとしてしまうほど、そいつは現実感に欠けていた。

「なんだいあれは」

ぼうぜんとした言葉がもれる。

「親です。親ザメです」

まあそうなんだろうな、そういうならばそうなんだろうな、そうでもどうでもでかいよな。沖からこちらへやってくる。まるごと村を飲みこみそう。どどうと涼しい海風が吹く。ボートがぐらりとゆれるのは、波風ばかりのせいではないだろう。地球が芯からふるえてる。おおきいばかりか速度も速い。ぱっかりおおきく口をあけ、空に燃えてる日を隠す。下水さながらうずまく海流。おおきな舌もあるのだろう。木の葉のようにボートが踊り、これはまずいとようやく気づく。

けっきょくサメに食われるぞ。じじいの予言があたったぞ。どうにもこうにも避けられない。なすすべもなくボートは転覆。おれは人形みたいにへなへなと海へほうりだされる。波にのまれて呼吸不能。手足もちっともばたつかない。食われるまえに死にそうだ。ふいにあたまが水面に。いそいで息を吸いこんだ。計算ずくのことじゃない。本能的に吸っただけ。異様に巨大なサメの口。空がピンクでおおわれる。どうするまもなくまた沈む。

ほら、意識が遠のくぞ。これでとうとうおしまいだと世界が暗く閉じられる。おおきなサメがおおきな口を閉じたらしい。おれはサメの体にのみこまれ、土砂降りの日に排水溝に転げ落ちたネズミのようになにもわからず流される。こんなことになるならほんとうに仕事なんかはじめるんじゃなかった。こんど生まれ変わったら、もうぜったいに働いたりなんかしないぞとこころに誓う。

自分が気をうしなったのかどうかもわからなかった。気づいたらどこか浜辺のようなところにうちあげられていた。おかしいな。サメに飲まれたはずなのに。空はほのかなピンク色。いつのまにやら夕暮れかとおもった。なんだかいやに生臭い。背後に村の影もない。どこもかしこもピンク色。なんだ、やっぱり飲みこまれたんだ。そりゃそうだ。あのおおきさじゃ、人など嚙まずにまるのみだ。プランクトンみたいに飲みこまれ、やっぱりここはサメのなか。ピンクの空は胃壁だろう。

「どうしたもんかな」

おれはしずかに独りごちる。むかしむかしクジラかなにかに飲みこまれた人の話があったとおもうけど、あれはどうしてどうなったのか。どうにか外へ出た気がするが。これまでずっと仕事ばかりか勉学さえろくにしてこなかったせいでわからない。勉強ぐらいはしておけばよかったなとため息をついていたら、

「そんなにおちこまないで」

となぐさめられた、サメに。

「こころの声か？」

おれは胃壁をあおぎみる。つまりこのでかいでかいサメが腹のなかのおれに腹を響かせ話しかけてきたのだ。が、そのわりに天をふるわせ包みこむような深みのある声ではない。どちらかというと反響残響余韻がない。すぐ横に座って親しげに語りかけているような、ごくごくまぢかな響かぬ声。とおもってふりむけば、となりに座して親しげな顔でおれに語りかけているサメがいた。

「お怪我はありませんでしたか」

サメはおおぶりの鎌のような胸びれでおれの背中をさする。タキシードみたいなさっきのサメだった。なぜだかそうだとはっきりわかる。

「なんだ、きみも飲みこまれたのか。これじゃ共食いじゃないか」

「ご安心ください。訓練のようなものですから」

「ん、これ訓練なの？」

なら、このサメ（目の前のタキシードみたいなやつ）もやはり着ぐるみで、このサメ（おれを飲みこんだ超巨大なやつ）はおおきな船か潜水艦か、とピンクの空をみまわした。けどこんな巨大な船をもてるような村じゃないよな。いくらサメでもうかってるっていったって。なんだかよくわからないなあとうなりながら、なんの訓練なのかとたず

ねれば、

「訓練といつわる訓練といいますか」

と牙をのぞかせ口ごもる。

「ああそうか。やはり訓練じゃないんだね。やはりきみはほんもののサメで、やはりここは巨大な腹のなかなんだ」

おれは気持ちが暗くなる。

「あなたにここへ来てもらったのは他でもないのです」

「食べるためだろ」

「いえ、きかれてはまずい話なのです」

「なにいってるんだ。人食いザメに外聞なんかあるもんか。どっちにしろこっちは食われるんだ。というかもう食われたんだよな」

「食べませんよ。人間なんて食えた代物じゃない。反吐(へど)が出ます」

タキシードっぽいサメはぷいと鼻を曲げてみせた。目をきつくしばたたかせ、心底気持ちがわるいといった顔をする。そんないいかた失礼じゃないかとおれはサメをにらみつけたが、べつにおいしく食べてほしいわけじゃない、そもそも食べられたくなどないわけで、まずいならまずいで食べられる心配がないからよかったけどとおもったが、もうすでに食べられてしまったのだからよかったもなにもなく、それなのにいまさら反吐が出るとかいわれてもなんかむかつくというか、かってに食べたくせにけちをつけるのかと明確にむかつき、かといって、とってもおいしかったよなんてにやつかれても、やはりそれはそれでむかつくにちがいなかった。つまりいったいどんな気持ちになればいいのかよくわからず、なんといわれればなっとくできるのかもわからなかったのだけど、むやみに食われた以上、なにをいわれてもなっとくなんてできるはずなどないのだ、などといったことをおもっても、食われた事実にかわりはない。その事実をまえになんともむなしい徒労感におそわれ、やはりずしんと気持ちがおちこんだ。

「そんなにおちこまないで」

とまたサメになぐさめられた。

「だいたいもってわれわれサメは人を襲ったりなんてしません。なぜわざわざ人間を襲わなければならないのです。想像するだにおそろしい。そもそもサメに殺される人間よりも、人間に殺されるサメのほうが圧倒的に多いのですから。それに人間殺しはほとんどぜんぶ人間のしわざではありませんか。わたしですら目撃したことがあるくらいです。フカヒレ、軟骨、コンドロイチン、靴にバッグにコラーゲン。なんて貪欲なのか。なのにあまったくかんべんしてください。むしろ人間のほうがわれわれを食べるのですよ。くびが出るほど退屈で、あごがはずれそうになるほど独善的な米国映画のせいですっかり悪者にされてしまいました。もうあいた口がふさがりません」

サメはあんぐり口をあけてみせた。舌があった。こまったものです、絶滅まぎわだというのに、とサメはため息をついた。おれもつられてため息をつき、

「なら、どうして海岸に出てくるんだい？」

「海の酸素が薄いんです。おまけになんだかやたらとあつい」

四億年も生きてきたわれわれですから、それくらいではへこたれません、だけどそうしてしかたなく海辺へ出たところを人間たちがわいわいわめいて打ちのめすのです、さすがにこれにはかなわない、とひれをしおらせうなだれる。なんだかおれはほんとうにかわいそうな気がしてきた。

「そりゃ気の毒だね」

「居場所がないのです。あなたがたのせいで」

「あ、やっぱり復讐しにきたんだ？」

サメはかぶりをふる。

「むやみに追いつめられたら必死で抵抗しますが。それだって、しかたなくです。われわれは平和に暮らしたい。しずかな顔で泳いでいたいんです」

サメは真剣そうな顔をあげ、おれの目をじっと見つめた。

「あなたをここへお連れしたのは他でもありません。全人類に伝えてください。全世界に。われわれサメは決してむやみに人間を襲ったりなどしないということを。そのことを人間たちに知らしめていただきたくてお招きしたのです」

サメは懇願するような切切とした目で深深と一礼した。鋭いサメの鋭い視線におれはたじろぎぼろぼろあごをかく。サメの気持ちはよくわかる。いいたいことは伝わった。

おれはぼろぼろあごをかき、体ぐらぐら、視線をぐるぐるさせてこたえた。

「なんていうか困るよ。そんなのおれみたいな役立たずじゃなくて、立派な科学者とかにいってくれないと。偉い人じゃないとさ。それか富裕層の連中とか。じゃないと意味ないかな。ちょっと、おれじゃむり。荷が重いっていうか。おかどちがいっていうの。だってこっちはとんだ貧乏人。苔のようにつつましく生きてるんだ。サメなんて食べたこともないし、そもそも全世界に伝えるちからなんてぜんぜんないし」

「おや、でもあなたは王様ではないですか」

サメが怪訝そうに目をほそめる。

「なんだよ、王様って」

「まるで働いていないようですから王様かとおもいまして」

「働いてないって、だれからきいたんだよ？」

われわれ動物には陸のほうにも情報網がありますからねとサメは肩をすくめるようにし、ふうむとため息をもらす。

「これ以上われわれをないがしろにしないでいただきたいものです。ようするにわれわれは人間なんてものは食べやしないのですから。げてもの食らいにもほどがあります」

「でも、おれを食べたじゃないか」

だから反吐が出ますよ、とサメは遠いまなざしになる。どこかかなたを見つめるような。なんだ、いったいなにを見てるんだとふりかえる。あ、こうして背をむけさせてかぶりつく作戦かとおもったが、すでに巨大なサメに食べられてるのだ。ということはサメの腹のなかで、さらにサメに食われるってことになるのか。生涯に二度もサメに食われるのはおれだけなんじゃないだろうかとおもった。が、ピンクの空にブラックホールのように黒黒とした穴がぽっかりあいているのが見えた。なんだあれはと首をかしげていたら、浜辺（巨大なサメの腹のなかの砂浜だけど）がぐらりとゆれた。あまりのゆれに立ちあがることもままならず。なにかにつかまりたいが、つかまるものがなにもない。しかたないからサメ（タキシードっぽいやつ）に抱きつき、声をふるわす。

「地震かい？」

そうではないのはわかってた。サメ（ばかでかいやつ）の胃が痙攣しているのだ。つまりそう、サメ（タキシード）のいうとおり、サメ（ばかでか）がおれを吐き出そうとしているのにちがいなかった。浜辺がぼうんとひっくり返り、おれは虚空へ投げ出される。サメ（タキシ）をしっかり抱きしめたけど、サメ（でか）の胃壁がなみうって、つるりとすべって手をはなす。ブラックホールに飲みこまれ、上下左右もわからない。サメ（タ）もどこかへみうしない、サメ（で）の下水を逆流し、口から海に反吐られた。

自分が気をうしなったのかどうかもわからなかった。気づいたらどこか浜辺のようなところにうちあげられていた、なんてことになっていたらいいんだがとおもったが、海のうえだった。空はほのかなピンク色。なんだ、吐き出されたんじゃなかったのかとおもったが、たしかに日が暮れようとしているところらしい。村の影が遠くの浜にたたずんでいるのが見えた。

自分が死んでないのが不思議なくらいだ。日暮れということはそろそろ世界の見おさめだ。予言がほんとにあたるなら、きょうぜったいに死ぬんだし。夕日をうけ、海全体が橙色にきらめいている。波にゆられて漂ってたら、木箱がぷかりと流れてき、おれはそいつにつかまった。ボートに積んでたやつらしい。巨大なサメはどこかへ姿を消していた。海底にでももぐったのだろうか。

木箱につかまり、どうしたものかとかんがえた。ばた足で陸へ帰ろうか。でも帰ったところでどうしよう。どのみち死ぬのが運命ならば、わざわざ帰る意味もない。家族も友もいないんだ。鮫村のことをかんがえても、熊村のことをかんがえても、その他の村も町も市も、世界のどこをおもっても、べつに帰りたいような場所にはおもえなかった。いまおれはこうして地球にゆられ、海に包まれ心地よかった。

「うわ、またサメだ」

おれはおもわず声をあげた。三角形の背びれがつるつるとこちらへむかってきていた。夕日に映える黒い影。このまま死んでもいいやという気分になりかけていたのだが、いざ不吉な影が間近にせまると、どうにも反射的に避けたくなるものらしい。だがあれはほんもののサメか、それとも着ぐるみか。まさか朝から晩まで訓練するわけないかとおもった。けど、たとえほんとのサメだとしても、サメは人間を襲わないってサメからきいたばかりだ。それならなにもこわがる必要ないわけか。どうしたものか決めかねて、おれはただぼんやりと波にゆられているばかり。

ざばりとサメが顔を出し、おれはちいさく首をすくめる。すぐにサメは言葉を話した。だからといってほんものでないとはいえないが、このサメはたしかに贋物だとわかった。口のなかに顔があったのだ。

「おれだ。シャーク村長だ」

「まだ訓練してたんですね」

でも村長はサメに襲われるほうの役でしたよねというと、シャーク隊員から衣裳を借りたんだ、こいつはいやによくできてな、いくら泳いでも疲れないし、溺れる不安もちっともないと自慢気に胸びれを水面にたたきつけた。夕日に光る水しぶきを浴びながら、シャーク隊員はどうしたんですとたずねたが、サメの餌食にでもなったんじゃないのかと関心のない声。

「あ、その話ですけど、サメはむやみに人を襲わないそうですよ」

おれは村長にいった。とりあえずいっておこうとおもった。まあ田舎の名士なんて親類縁者が多いというだけででかいつらをしているようなしょうもない連中でしかないんだが、かんがえてみれば人間みんなひとりのこらず田舎の名士みたいなものなのかもしれないって気がしたのはともかくとして、ゆきがかり、サメに言伝を頼まれた以上はだれかに知らせておこう、そしたらどんどん噂がひろがって、世界中の耳に届くかもとおもい、そう口にしたのだ。

にわかにシャーク村長の顔色がかわる。もちろん着ぐるみのサメでなく、サメの口のなかにめりこんだ人間のほうの顔色が。目をすがめ、ふくらむ鼻でけしきばむ。

「だれからそれをきいた？」

「だれって、本人というか、本サメというか」

つい正直にいったが、そんなこと信じてもらえるわけないかとおもい、サメって舌があるじゃないですか、つまり言葉を喋れるってことなんですよといってみたが、そういえば舌があるからといってべつに喋れるとはかぎらないよなといまごろになっておもい、なんと説明したものかわからなくなってしまったが、なんかもうそんなのどうでもいいかなとだんだんなにもかもに興味がなくなってきたのだけど、村長の顔色はいよいよ暗い。夕日のかげんか不吉なまでに暗いので、ちょっと話を変えてみた。

「さっきの巨大なサメ見ました？」

「とぼけたことぬかすんじゃないぞ、この屑が」

やはり巨大すぎて認識されてないのだろうか。すごくちいさな生き物は顕微鏡でしかわからない。ならすごくおおきな生き物はなにを使えばいいんだろう。望遠鏡を逆からのぞくとか？　それなら顕微鏡で見られている微生物は見ている人間の存在に気づいてるってことだよな、などと死ぬほどどうでもいいことをかんがえていたら、

「知られたからには生きては帰せんな」

とシャーク村長がつぶやいた。あ、もしかして超巨大サメの存在は秘密だったんです

かとたずねてみたが無視された。サメってのは問答無用で凶暴なものなんだと村長はサメの口のなかの自分の口のなかから黄色いつばを吐き、ガラスのように目玉を光らせた。気のせいか着ぐるみの目まで光ったような気がした。

「こんなぐあいに嚙み殺すんだよ！」

いうやいなや、ひれをおどらせとびあがる。しぶきが夕日にまいあがり、おおきな口が眼前に。あわてふためき飛び退くが、ぷかぷか木箱じゃままならない。空を切りさく模造の牙が肩に深深突き刺さる。どんな仕組みか知らないが野蛮なまでの嚙みあわせ。おれはたまらず悲鳴をあげる。にわかに肩が熱くなり、だばだばすうっと力がぬける。やっぱり予言があたるんだ。あたってここで死ぬんだな。牙がみりみり食いこんで、あたまがぼうっと視界がにじむ。まさか相手が人だとは。なんだかひどく不愉快だ。涙がぼろぼろあふれでる。人生最期に見る顔がこんなに汚いやつなんて。これならほんとのサメに食われるか、溺れて海に沈みたかった。

「これでも食らえ！」

と怒鳴られる。食らってるのはそっちじゃないか。こいつはこうして気に入らないやつをまえにも殺したことがあるんじゃないか。でなけりゃこんなに慣れてない。そうしてぜんぶサメに罪をなすりつけてきたんじゃなかろうか。

「ぎゃー」

という叫び声が鼓膜に響く。なんなんだ、叫びたいのはこっちのほうなのにといいたかったが、そんな気力もつきていた。牙がゆるりとゆるんでく。ふっと体が軽くなり、目をしばたたかせてあおぎみる。着ぐるみのサメがおおきな口をあけていた。まるであくびをしてるみたい。とっととうせろと罵倒され、気がかわったのかとおもいきや、村長の目がふつうじゃない。生ごみみたいにひしゃげた形相。しゅっと鋭い音がして、ばばっと黒い血を吐いた。着ぐるみは痙攣しながら横向きに。その背には長長とした銛が刺さってた。

「だいじょうぶか?」

との声に、それがシャーク村長の声ではないのに気づく。隊長だった。ボートに乗ってサメの背中に銛を打ちこんだのだ。村長とふたりいっしょに沖に流されて、それからなにがあったか知らないが、転覆したボートを見つけたのだろう。デッキで小エビがぴたぴたはねる。サメは血を吐き微動だにしない。サメっていうか着ぐるみだけど。

「だめみたいです」

おれはいった。即死だ。村長が即死した。

「いま助けてやる」

とボートに引き上げられるおれ。ひどく噛まれたな、でも安心さ、それほど傷は深くないようだと隊長はいった。まあ着ぐるみのサメですからねとおれがいうと、隊長はさっと顔を青ざめさせた。サメはくるりとひっくり返り白白とした腹をあおむけに。ぽかりとあいたその口に目をひんむいた村長の顔。その目はもはや生きてなかった。

「なんてこった」

と隊長は声をふるわせた。またサメと人をまちがえてしまったとボートにがっくり膝をつく。いえ、でもおれを助けたんだから正当防衛じゃないですかとおれはいったが、おれのいうことなんてだれも信じてくれやしないさと隊長はうなだれる。おれが証言しますといったものの、無為徒食ですごしてきたおれのことも、村人たちはあまり信じてくれそうにないような気もした。

「ええい、こんなもの」

隊長は銛を海に投げすてた。借り物なのに。とりかえしのつかないことをしてしまったとうつむく隊長。むろん銛のことではないだろう。なんならサメのせいにすればとおれはおもったが、それだとサメがいよいよ困るだろう。だいたい銛がきれいに貫通しているのだ。サメのせいにもしようがない。あ、それともサメが銛を放ったことにすればいいのかとおもった。おもっただけでむりとわかった。

「どうしましょうか」

「どうにもならんよ」

もうおしまいだと隊長は両手で顔をおおう。おれは隊長が気の毒になった。隊長はおれを助けてくれたのだ。隊長がシャーク長老の予言を阻止してくれたのだ。こんどはおれが隊長を助ける番だとおもった。日暮れて海から空までまっ赤に染まる。ゆらめくボートにあおむけのサメ。たぷたぷ波が打ちつけて、まばらな灯をともしはじめた村から、ゆったりとした陸風が吹いてくる。

浜へ帰れば、どうしたって隊長を村人たちにつきだすことになるだろう。おれを助けてくれた人を引き渡すわけにはいかない。それならおれが銛を打ちまちがえたことにすればいいのか。おれの銛の腕前なら、シャーク長老が証明してくれるはずだ。でも村長殺しってどのくらいの罪なんだろう。村の立役者だっていうし。命に上下はないはずだけど、鮫村独自の司法でなぶり殺しにされるかもしれない。

「逃げましょう」

おれはそう口にしていた。エンジンはうごいていた。波もずいぶんおだやかだ。これならどこかへ行けそうだ。となりかそのとなりかそのまたとなりの村か。どこか遠くの海辺まで。とにかくここを離れよう。おれはそうこころに決め、舵を握った。

計画性などなにもない。できうるかぎり沖に出た。ほとんどなかば波まかせ。おれはちいさくうずくまった隊長を乗せたボートで、日の暮れてゆく海をさすらった。ひっそりとしたしずかな夜がせまっていた。

夕日の名残が消えるころ、前方から声がきこえてきた。おれはにわかにはっとなる。一艘のボートがこちらへ近づいてきていた。こっちのボートよりもゆったりとしておおきいようだ。こんな夜まで訓練をしていたのか。浜からだいぶ離れたつもりが、すっかり潮に押しもどされたらしい。きっとシャーク村長の死体も発見されていることだろう。まずいことになった。こそこそ逃げだしたりしたら、いよいよ怪しまれるぞ。

でもなんだかおかしいなと目をしばたたかせる。デッキのライトに浮かんだ影がどうもふつうの人じゃない。少なくとも五六人はいるようだが、そのどれもがのっそりまるくおおきくて、ぞろぞろもぞもぞうごいてる。ううんと首をかしげているうちにボートは間近にせまってた。こんどは姿がはっきり見えた。デッキにたたずむその影は村人たちのものではない。熊だ。熊たちが海のしじまを舟行していたのだ。二足歩行で立ちあがり、食べたり飲んだりしていたようだ。ワインの壜や缶ビール、魚にピザにパンケーキ。

「不良の熊たちだ」

隊長がぽつりといった。なんだよ。なんなんだよそれ。ということは予言があたったのか。というかそれって隊長がいってたことだよな。ということは隊長も予言してたのか。さすが弟子だっただけのことはあるけど。でも不良の熊ってなんなんだ。そんなのほんとにいるなんて。

熊たちがおれたちに気づく。おれはあわてて舵をきったがボートがボートの舳先にあたる。船首の熊が片目をすがめる。おい、どうしたと船尾の熊が荒っぽい声をあげる。ワインを腹にこぼしたらしい。どうもよくない雲行きだ。こんなことなら車に鈴をおいてくるのではなかったとおれはおもった。どうせならそこまで予言してくれればよかったのに。師匠が中途半端なら弟子も中途半端なのか。熊よけの鈴ならめちゃくちゃうまく鳴らせる自信があったのに。夜っぴて練習したのにな。けっきょくなんにもならずじまいだ。

「ようようようよう！」

熊たちがこちらをむいて声をはりあげた。おれや隊長よりも背が高い。おれはあたまをへこへこさげて、つとめて愛想のいい顔をしてみせた。

「みなさん、こんなところでどうしたんです？」

いかにもなんでもないような調子でフレンドリーにいってみた。話ができる熊ならば、話せばなんとかなるかもしれない。すると先頭の熊が乱暴な調子で鼻を鳴らした。

「海開き前にたのしもうとおもってな。じきに人間どもでうようよになるだろ」

「へえ、熊も海で遊びたくなるものなんですね」

すなおな感想を述べただけなのだが、

「なんだてめえ、おれたちを馬鹿にしてるのか？」

「いえ、そういうつもりでは」

おれはちいさく口ごもる。洋上の暗がりで、熊たちの目がいっせいに光った。だいたいなんで海開きもしてないのに人間がうろちょろしてるんだ、気に入らねえな、そうだ、気に入らねえ、どこもかしこも人だらけ、おれたちいつでもがまんしてる、そうだそうだそのとおり、むかしはこんなにいなかった、異常繁殖したんだな、こっちはずいぶん逃げてるのにな、偶然出会えば撃ち殺す、よってたかって撃ち殺す、ほんとにまったく腹が立つ、そうだそうだ腹が立つ、やっちまおうぜ、やっつけよう、ばきばきに噛んで砕いて放り投げ、海の魚の栄養に、そうだそうだそれがいい、人間なんかみんな海の餌になればいい、だけど海が汚れるかもな、はっは、かもしれねえ、そうかもな、うん、そうだ、なんだかいよいよむしゃくしゃしてきたな、腹が立ってきた、おれもだ、おれだってそうだ、腹が立った、どうしたってばきばきにしてやらねえと気がすまねえ、そうだ、そうだな、それがいいなどと口口にいい、おおきな両手を閉じたり開いたりしてみせた。

「それにきのうは夜遅くまでしゃんしゃん鈴がうるさくて眠れなかったんだ。だからおれたちすこぶる機嫌がわるいんだ。てめえの仕業だろ。知ってるぞ。おれたちなんでも知ってるぞ。情報網があるからな」

人間ていうのはまったくうるさくてかなわねえ、いまどき鈴でびくつく熊がいるとでもおもってるのか、どこへいっても鈴まみれ、へたな演奏ききあきた、そうだそうだうんざりだ、などといいあう熊。おれは足ががくがくとふるえた。知らないふりを決めこむか、それとも土下座で謝るか。どっちがいいかわからない。だけどサメはむやみに人を襲わないというじゃないか。熊だってむろんそうだろう。そうだ、このいたずらっぽい目と目と目と目。冗談でばきばきいってるだけなんだきっと。熊だって冗談が好きなはず。パーティーの余興みたいなもの。そうおもったら、ちょっと勇気がわいてきた。おれはごくりとつばを飲みこみ、じっと気持ちをおちつけた。そうして両手でぽろぽろあごをかき、まばらな髭を見せつけて、

「どうです。熊っぽいでしょ」

と冗談をかましてみた。とたんに熊たちがしずかになる。表情が消え、冷たい視線でため息をもらす。しばらく顔を見あわせてから、ひとりの熊がぽつりといった。

「いや、猿っぽい」

興ざめだなとほかの熊がいった。なんだか馬鹿らしくなってきたとさらにほかの熊がいった。交渉失敗だ。というか冗談失敗だ。自分でもなにがおもしろいとおもってこんなことを口走ったのかわからなかった。だが、それが功を奏したらしい。熊たちはすっかり意気をそがれ、脱力し、あきれはて、なんだ、おまえらもなにか食うかといって、欲しいものをたずねたりさえしたのだ。

これなら友だちになれそうだとおれはおもった。緊張がいっきにとけた。そしてとても腹がへっているのに気づいた。ピザを二人分ください、シーフードじゃないやつ、それとビールもいただければと頼むと、熊たちはこころよく食べ物をまわしてくれた。おれも隊長に皿をまわし、缶のビールを受けとろうと熊たちのほうに手をのばしたとき、にわかに熊の目つきが変わる。あ、飲み物までもらうのはずうずうしかったかなとおもったが、熊は空を見あげていた。

「なんだあれ、流れ星か?」

熊がいった。そうやって後ろをむいたところを襲うのかなともおもったけれど、ふりむかずにはいられなかった。ふりむきざまに空が光った。ひとすじの光がまぶしくまたたき空をざっくり切りさいた。いままでに見たことがないほどのまぶしさだった。目をしばたたかせてあおぎみる。星はつぎつぎ降ってきた。流星群が降ってきた。ごうと世界がおおきくうなる。熊がどよめきボートがゆれる。そうか、隕石か。隕石が直撃して死ぬんだっけか。すごいな、隊長。すごいですねといわずに隊長を見た。隊長もぼんやりおれを見た。空はまぶしく、海もまぶしくきらめいた。流れる星はみるみるでかく、あちらこちらに落下する。つぎからつぎへと降りそそぎ、地はゆれて、波がはね、おれはしずかな顔で海のかなたを見つめるほかなかった。

解説

清原　康正

本書は、二〇二二年の一年間に発表された短篇小説の中から選び出された優秀作のアンソロジーである。

二〇二〇年から続くコロナ禍の中で日常生活は変化してきたが、海外はもとより国内の旅行やちょっとした遠出をも控える傾向が定着して、それなりのルーティンが生まれたようで、コロナによる閉塞感はこれまでよりは薄れてきたかに思われた。それでもインフルエンザの流行がダブルパンチで加わり、物価高による経済不安も前年度以上に進行していた。海外ではロシアのウクライナ侵攻とウクライナの迎撃が連日、海外ニュースのトップを占めていた。北朝鮮の弾道ミサイル打ち上げも、そのつど大きく取り上げられた。

内外ともに不安をかき立てる状況が続く一年であったが、小説界では若手作家たちのさまざまなジャンルでの活躍が目立った。それを反映して、本アンソロジーの収録作もファンタジーや近未来社会を描いた作品が例年よりも多い。宇宙の先での物語と並んで、現代により近い未来の風景を描くことで作家自身がのびのびとイマジネーションをのばしているさまがうかがえる。コロナ禍でのステイホームや在宅ワークなどを背景に取り入れた作品にも、混沌の現状を乗り越えて物語を創り出そうとする作家たちの意欲が感じられる。本書に収録した十二編の短篇小説から、こうした熱気を感じ取っていただきたい。

佐藤愛子「悧口なイブ」（初出『オール讀物』一月号）

イブと名付けた明哲で悧口な電子計算機と数十年向き合ってきた六十近くの主人公と、彼が問うことにしか答えない従順さを持つイブ。彼の退職の日が近づいて、後任の若い女性と親しくなった頃から、問題が生じる。電子計算機、つまりコンピュータの叛乱・逆襲というSFの古典的な設定にとどまらない展開が、ほのかな笑いを誘う。雑誌掲載時に編集部注として付されていた作品掲載の経緯によると、昭和三十年代半ばに執筆されたものの活字化されず、佐藤家の書庫内に眠っていたのが発見されたという。半世紀以上も前に執筆されたとは思えないユーモラスで瑞々しい文体と、コンピュータ社会の将来を予想した風刺性を評価して本アンソロジーに収録した。

森絵都「雨の中で踊る」（初出『小説新潮』一月号）

入社二十五年目に得た十日間のリフレッシュ休暇の旅行をコロナにつぶされ、在宅ワーク中の妻がいる家では少しもくつろげなかった五十路前の主人公は、休暇の最終日に幕張の海岸に行く。そこでひょんなことから、「生き方のカリスマ」という男と会う。カリスマは、人生に行き詰まった主人公に意外なことを言う。コロナ後の新しい人生に目を向けようとしている主人公が未来を思い描く場面で物語は終わる。がんばれよと主人公にエールを送りたくなるエンディングとなっている。

一穂ミチ「ロマンス☆」(初出『小説宝石』四月号)
コロナ禍のステイホームで急激に普及したフードデリバリーの配達員に一目惚れして、あと一度でもいいから会いたいと、幼い娘が幼稚園に通っている間にアプリ注文を繰り返す主婦の行為がエスカレートしていく。コロナで幼稚園が休園になったことが追いうちをかける。事態を知った夫が娘を連れて実家に出かけて行ったあとの空っぽの家で、彼女はその日三度目の注文をしたが……。主婦は正常だったか、異常だったか、その判断は読者に委ねられている。

まさきとしか「おかえり福猫」(初出『小説宝石』五月号)
毎日、孤独死のことを考えている四十四歳の独身女性の「私」、1DKの築二十五年、ペット不可のアパートに十一匹の猫たちと暮らしている。猫たちの世話をすることで、生きる意味や存在する価値が与えられた気がしていた。六歳の時に出会った福猫のふくちゃんは、中三の秋に「うるさい」と怒鳴ってしまったことで、それきり帰ってこなかった。今も後悔、罪悪感、自己嫌悪が心の中でねじれ合っている。自分の死と残された猫たちのことを考える主人公の思いに、現代のペット社会の現状が重なってくる。

高野史緒「楽園の泉の上で」（初出『小説すばる』五月号）

静止衛星軌道上にある宇宙ステーションから地球に向かって建造中の宇宙エレベータ塔に、工学博士が蜘蛛（スパイダー）と呼ばれる気密カプセルに乗って上っていた。エレベータ塔の底部で七人の遭難者が酸素ボンベを待っていた。尽きた予備電池を地上に落として電源を切り替え、蜘蛛（スパイダー）の下を覗く。すると……。

アーサー・C・クラーク『楽園の泉』と芥川龍之介『蜘蛛の糸』のパロディーで、天空と繋がる蜘蛛の糸を宇宙エレベータ塔からぶら下がる炭素結晶繊維帯に設定し、摩擦駆動装置で昇ってゆくというオーソドックスなSF手法と着想の良さに、物語としての面白さがある。

君嶋彼方「走れ茜色」（初出『小説現代』五・六月合併号）

野球部の秋津悠馬の練習が終わって一緒に帰るまでの時間を、教室で小説を読んで過ごす「俺」。そこに秋津に想いを寄せる同じクラスの女子・新藤梓が話しかけてくる。

彼女は「俺」の秋津への想いを指摘する。「俺」が隠していかなければいけない想いと新藤の想いとはのしかかるものが全く違う、と二人の秋津への特別な感情と矛盾した感情を描いて、立場が異なるようで重なる二人のキャラの結び付きを面白くしている。

佐原ひかり「一角獣の背に乗って」（初出『小説新潮』六月号）
山奥の〈園〉で一角獣の世話女をしていた叔母が一角獣に蹴り殺された。葬儀に参列した「私」は、ハラダと名乗る男から叔母を殺した一角獣を逃がす手伝いを頼まれる。一角獣を労せず扱えるのは処女であるという設定で、奇妙なアルバイトの少女たちは一角獣の捕獲にあたっているのだ。一角獣の背に乗って駆けるラストシーンに、主人公の解放感があふれている。

須藤古都離「どうせ殺すなら、歌が終わってからにして」（初出『メフィスト』夏号）
過激派組織アル・シャバブの勢力が支配するソマリアの首都モガディシュでは、音楽が禁止されて街から音楽が消えていた。歌うことが好きな主人公の少女「私」は音楽なしでは生きていけない。妹が噂で聞いた歌のコンテスト「スターズ・イン・ソマリア」のオーディションに出たことで、「私」の日常生活は変化し、歌手として認められてきた。街にも音楽が流れるようになった。かつての恋人でアル・シャバブの一員となったディークの存在が、ソマリアの闇の深さを示している。

斜線堂有紀「妹の夫」（初出『小説推理』九月号）

初の有人長距離航行のパイロット・荒城務は、三十分後に迫った最初の長距離ワープを前に、地球の自宅にいる妻を宇宙船のモニターで見ていた。その配信中、妻の身に重大なことが起こるのを目撃するが、直後に長距離ワープに入ってしまう。ワープが終わると、地球とは七年の時間差をもたらしていた。地上ステーション本部の担当通信官と連絡がとれたが、フランス語系の青年でフランス語だけを喋る。通信システムの翻訳に関わる部分の故障で、二人の言葉は全く通じない。

言葉が通じない相手とのやりとりが続く宇宙と地球との間のディスコミュニケーションという着想が面白く、地球の日常生活の中で遠隔地の人とのコミュニケーションでも起こり得るものだと思うと、主人公の焦りが共感できる。二人が英語を使わない、使えない理由については、翻訳機の進化が頂点に達したことによるものと説明されており、近未来では起こり得る興味深い問題で、翻訳機がないと英語も全く通用しないことが分かれば違和感は薄れていく。

荒木あかね「同好のＳＨＥ」（初出『小説現代』九月号）

ある人物を殺すべくポケットにナイフを忍ばせて広島発新宿行きの夜行バスに乗り込んだ優子だが、バス内で盗難事件が発生し、盗まれた財布が優子のショルダーバッグから見つかる。すると、隣席に座っていた不思議な空気をまとう瑠璃が見事な推理で犯人を言い当てる。しかし、瑠璃にも秘密があった。バスの狭い車内で鋭い観察による名探偵ぶりを発揮する瑠璃の屈折したキャラが、主人公以上に面白い。

逸木裕「陸橋の向こう側」（初出『小説野性時代』冬号）

女性私立探偵と父親を殺したい少年との間で奇妙なメモ交換が始まる。サカキ・エージェンシーの女性探偵課課長の「わたし」は、駅近くの商業施設のイートインスペースで何かを一心不乱に書き綴っている少年を見かけ、探偵としての本能から開かれたままのノートを覗き込む。ノートには〈殺す〉と書かれ、父親の殺害方法が書き連ねられていた。少年の父親は、別居した妻に九歳の息子を誘拐されたと四年前に訴えてきたクライアントだった。

父親を殺すという殺意の裏に秘められた少年の計画を、探偵の「わたし」が少年との接点を考えることから気づく巧妙な展開となっている。

一條次郎「ビーチで海にかじられて」（初出『小説新潮』十二月号）

熊村の救助隊員の「おれ」が鮫村にサメ退治の応援に出かけ、海難救助の訓練でサメの着ぐるみを着て泳ぐ村民たちのサメごっこ遊びを見る。巨大なサメに飲み込まれるなどのドタバタ劇が「おれ」の饒舌体で綴られていく。サメは人間を襲わないことを敬語で喋るほんもののサメと、人間はうるさくてかなわんと海開きの前にボートでパーティーを楽しむほんものの熊たち。荒唐無稽な設定と物語展開を装ってはいるが、その底流に作者の自然と環境問題への視点を感じさせるものがある。

今回の収録作には、近未来社会で起こり得るような状況や、現代社会の深刻な問題に対する作者の熱い思い、感慨がひとひねりした形で描き込まれており、それが意外な展開へと結びついていくのを感じた。

閉塞感極まるコロナ禍にもかかわらず、のびのびと想像の翼を広げる作品が多かったことから、森絵都さんの「雨の中で踊る」のキーワードをお借りして、総タイトルを『雨の中で踊れ』とした。

十二編の魅力的な作品を、それぞれ味わって頂きたい。

（文芸評論家）

文春文庫

定価はカバーに
表示してあります

雨(あめ)の中(なか)で踊(おど)れ
現代(げんだい)の短篇小説(たんぺんしょうせつ) ベストコレクション2023

2023年9月10日　第1刷

編　者　日本文藝家協会(にほんぶんげいかきょうかい)
発行者　大沼貴之
発行所　株式会社 文藝春秋

東京都千代田区紀尾井町3-23　〒102-8008
TEL 03・3265・1211(代)
文藝春秋ホームページ　http://www.bunshun.co.jp

落丁、乱丁本は、お手数ですが小社製作部宛お送り下さい。送料小社負担でお取替致します。

印刷製本・凸版印刷
Printed in Japan
ISBN978-4-16-792104-0